LILLI BECK

Liebe auf den letzten Blick

aufbau taschenbuch

LILLI BECK kennt die Vor- und Nachteile des Alters nur zu gut. WG-Erfahrungen hat sie ebenfalls, auch wenn die schon einige Jahre zurückliegen. Vierzig, um genau zu sein. Doch die Erinnerung an die wilden Zeiten mit Putzplan und Gemeinschaftsbad sind durchweg positiv, und sobald sie geeignete Mitbewohner gefunden hat, wird sie selbst eine Oldie-WG gründen. www.lilli-beck.de

Eigentlich sind die vier die perfekte Besetzung für das, was sie vorhaben: Mathilde Opitz, patente Chefbuchhalterin in Frührente, die gut konservierte Star-Stylistin Irma, der gemütliche Gustl, der endlich den Tod seiner Frau überwinden will, und die lebenslustige Amelie, die ihm nur zu gern dabei behilflich wäre. Sie bringen alles mit, was eine WG in ihrer Altersklasse braucht: Erfahrungen mit den Kommunen der 68er, Kochkünste und die Erkenntnis, dass Altwerden nichts für Feiglinge ist. Und schließlich sollte man mit sechzig doch so abgeklärt sein, dass das Zusammenleben leichter fällt als in Sturm-und-Drang-Zeiten. Doch im Gegenteil: Schon bald gerät die WG in die Krise, und Mathilde ist auf der Suche nach zahlungskräftigen Mitbewohnern. Ausgerechnet da taucht ein Mann auf, der sie so begeistert, dass ihr ihre Hitzewallungen wie Kinderkram erscheinen. Allerdings ist der noch nicht einmal fünfzig … Aber geht der Trend nicht zum jüngeren Mann?

Charmant und unglaublich komisch erzählt Lilli Beck von WG-Liebschaften, vergessenen Haschkeksen, altersbedingter Sturheit und anderen Problemen ihrer Golden Girls.

LILLI BECK

Liebe auf den letzten Blick

Roman

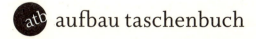 aufbau taschenbuch

ISBN 978-3-7466-2796-0

Aufbau Taschenbuch ist eine Marke
der Aufbau Verlag GmbH & Co. KG

2. Auflage 2012
© Aufbau Verlag GmbH & Co. KG, Berlin 2012
Umschlaggestaltung Mediabureau Di Stefano, Berlin
unter Verwendung einer Illustration von Gerhard Glück
Satz LVD GmbH, Berlin
Druck und Binden CPI – Clausen & Bosse, Leck
Printed in Germany

www.aufbau-verlag.de

Alter schützt vor Liebe nicht,
aber Liebe vor dem Altern.
Coco Chanel

1

»Ach, komm schon, Mathilde! Es geht doch um *zwei* wichtige Anlässe.«

Irma flötet so süßlich, als wollte sie mir einen neuen Haarschnitt aufschwatzen. Wozu sie mich nicht überreden müsste. Meine beste Freundin ist seit vielen Jahren die Friseurin meines Vertrauens und außerdem eine bekannte Starstylistin. Für ihre Vorschläge wäre ich also jederzeit offen. Doch im Moment geht es nicht darum, mein kinnlanges brünettes Haar aufzupeppen.

Irma, Amelie, Gustl und ich sitzen beim Mittagessen in unserer Wohngemeinschaft, die wir vor einer Woche gegründet haben.

»Nein!«, widerspreche ich entschieden. »Ich habe keine Lust zu feiern. Ich werde sechzig, warum sollte ich das feiern? Zumal ich heute beim Duschen ein graues Schamhaar –«

»Und deshalb bist du so mies drauf?«, unterbricht Irma mich. »Ich spendier dir ein Brazilian Waxing. Ist jetzt auch bei Älteren ein Trend. Wir bieten das seit kurzem bei uns im Salon an.«

»Heißes Wachs auf meine Mumu?« Schockiert starre ich sie an. »Niemals! Und vor allem, für wen? Mich guckt doch kein Mann an. Nicht mal im bekleideten Zustand! Wozu brauche ich ein enthaartes Eroscenter?«

Ich kann nicht anders: Ich habe einfach massive Probleme mit dem Älterwerden. Da hilft es wenig, wenn ich mir immer wieder sage, dass die einzige Alternative keine Alternative ist. Lebensmüde bin ich nämlich nicht. Meine Unzufriedenheit hat auch viel mit dem Verlust meines Jobs zu tun. Ich habe es immer noch nicht verwunden, dass ich in den Vorruhestand geschickt wurde. Sechs Monate ist das nur her. Vorruhestand! Was für ein schreckliches Wort. Klingt eindeutig nach jemanden, der vorzeitig schlappgemacht hat. Der es nicht bis ins Ziel geschafft hat.

Fünfunddreißig Jahre war ich in der Buchhaltung einer Textilfirma tätig, die letzten zehn als Chefbuchhalterin. Wie bei vielen mittelständischen Firmen wurde dann die Produktion ins Ausland verlegt, die Angestellten wurden entlassen. In meinem Fall immerhin mit einer netten Abfindung. Natürlich ist so ein finanzielles Polster ein angenehmes Trostpflaster. Das frustrierende Gefühl, ausgemustert und vollkommen nutzlos zu sein, ruiniert dennoch das Selbstbewusstsein.

Irma lässt die Gabel sinken. »Du benimmst dich, als wärst du steinalt und könntest dich nur noch mittels Rollator bewegen.« Sie schüttelt verständnislos den rotgefärbten Kurzhaarschopf. »Hier ist keiner alt. Sechzig ist doch das neue Dreißig! Ich weiß, wovon ich spreche. Immerhin bin ich schon zweiundsechzig. Und ich versichere dir, in meinem Kopf hat sich seit dem Dreißigsten nichts verändert. Ich bin immer noch die leicht durchgeknallte Irma. Wenn's drauf ankommt, kann ich jederzeit 'nen Gang höher schalten.«

Amelie kichert. »Denk nicht dran, Mathilde«, empfiehlt sie. »Stell dir einfach vor, du wirst mit jedem Tag jünger. Das macht glücklich!«

Amelie ist unsere Fachfrau für Esoterik und die Lebenslust in Person. Gestern schleppte sie zwei Kisten Prosecco an – damit wir für alle Eventualitäten gerüstet wären. Die Anspielung auf meinen Geburtstag war nicht zu überhören. Das erste Fläschchen wurde sofort geöffnet, nur zum Probieren. Amelie war früher meine Mitarbeiterin, aber obwohl sie wie ich in den

Vorruhestand geschickt wurde, hat das ihrer guten Laune keinen Abbruch getan. Insgeheim nenne ich sie unseren esoterischen Glückskeks.

»Gute Idee, Amelie. Nach dieser Rechnung hätte ich morgen also gar nicht Geburtstag, und wir müssen den Tag auch nicht feiern, oder?«, kontere ich, schiebe mir ein Marzipan-Praliné in den Mund und nehme ein Schlückchen Portwein. Ich behandle meine schlechte Laune nämlich mit »natürlichen Drogen«. Und derartig frustrierende Gespräche ertrage ich nur mit einer Überdosis.

»Soll ich Tarotkarten für dich legen?«, wechselt sie eilig das Thema, wie immer, wenn es zu realistisch wird.

»Nein danke, aber vielleicht schaust du mal, wie die nächste Traubenernte für den Portwein ausfällt«, antworte ich betont freundlich.

Ich glaube nicht an Vorhersagen. Der ganze esoterische Kram ist sowieso Unfug. Amelie dagegen sieht in jeder Karte die große Liebe auf mich zukommen. Sogar in unserem Alter könne sie einem jede Sekunde über den Weg laufen, behauptet sie.

Dem letzten Mann, der mein Herz höher schlagen ließ, bin ich zwar erst vor einigen Tagen in der Weinhandlung begegnet, doch aus solchen Begegnungen wird ohnehin nie etwas. Als wir beide nach derselben Flasche Portwein griffen, berührten sich unsere Hände. Ich war wie elektrisiert, jedoch – wie immer – zu schüchtern, um ihn auch nur anzulächeln. Ich sollte Flirtunterricht bei Amelie nehmen. Doch machen wir uns nichts vor: Eher bricht der Weltfrieden aus, als dass eine Frau über fünfzig noch einen Mann findet. Männer in dem Alter sind entweder schwul oder verheiratet. Und wer sonst noch frei rumschlurft, sucht höchstens eine Krankenschwester. Ich für meinen Teil habe die rosarote Romantikbrille abgesetzt. Im Grunde braucht eine Frau einen Mann doch nur für zwei Dinge: Geld und Sex. Finanziell bin ich dank der Abfindung versorgt. Und Sex? In meinem Alter praktiziert man höchstens Extremsex – was soviel heißt wie: extrem selten.

»Also, mein Burzeldach im Oktober wird ganz groß gefeiert«, erklärt Amelie. »Ich lade alle meine Freunde ein, und wir lassen es richtig krachen. Da könnt ihr euch schon drauf freuen.«

Amelie stammt aus dem fränkischen Bamberg, wo man auf die Welt purzelt, was mir gut gefällt. Sie käme nie auf die Idee, diesen wichtigen Tag ausfallen zu lassen. Ein feucht-fröhlicher Abend mit möglichst vielen Männern – und ihre Welt ist himmelblau wie ihre Augen. Sie gehört zu den Frauen, die in männlicher Gesellschaft aufblühen wie eine ausgetrocknete Topfpflanze, die endlich gegossen wird.

»Zum dreißigsten Burzeldach,« wiederholt Gustl mit Augenzwinkern, » backe ich dir eine dreistöckige Torte, Mathilde. Für jedes Jahrzehnt eine Etage.«

»Herzlichen Dank, Gustl. Aber mir ist nicht nach Kuchen. Obwohl ich deine Torten sehr schätze. Sie sind wirklich die besten der Stadt.«

Die Kreationen unseres WG-Quoten-Manns, eines Konditors im Ruhestand, schmecken so lecker, dass ich mich glatt reinlegen könnte. Doch den eigentlichen Grund verschweige ich. Mein Stoffwechsel hat sich seit der Menopause auf fast null eingependelt. Die Zeiger der Waage mahnen mich zur Zurückhaltung, wenn ich wenigstens die Kleidergröße zweiundvierzig halten möchte. Im Grunde müsste ich mindestens einen Null-Diät-Tag pro Woche einlegen oder meinen Pralinenkonsum drastisch einschränken. Und natürlich den Portwein weglassen.

»Dann backe ich ein paar Haschkekse. Davon bekommst du auf jeden Fall bessere Laune.« Amelie zieht eine Schnute.

»Wenn ihr mir unbedingt ein Geburtstagsgeschenk machen wollt«, lenke ich um des lieben Friedens willen ein, »freue ich mich über ein frisch geputztes Bad und ein aufgeräumtes Wohnzimmer. Außerdem stehen im Flur noch Umzugskisten rum. Das nervt. Weiß jemand, wem die gehören?«

Die Anspielung gilt Irma, die gern verdrängt, wenn sie mit Putzen der Gemeinschaftsräume an der Reihe ist. Laut Abmachung war das gestern der Fall. Im Wohnzimmer sieht es aus, als wären wir heute erst eingezogen. Ganz zu schweigen vom chaotischen Badezimmer.

»Locker bleiben und keinen Stress, Mathilde«, sagt Irma. »Ich habe es nicht vergessen, falls du das glaubst. Obwohl ich mich noch im Urlaub befinde, bin ich dir zuliebe heute früher aufgestanden, um im Wohnzimmer Staub zu wischen.«

Verwundert mustere ich sie. »Und im Stehen wieder eingeschlafen?«

»Nein, ich konnte den Staubwedel nicht finden! Jemand muss ihn geklaut haben.«

Ungläubiges Schweigen breitet sich aus, in das sich Amelies Glucksen mischt.

»Hast du wieder *Tomatenkraut* geraucht?«, fragt Gustl mit zweideutigem Grinsen.

Irma zuckt gelangweilt mit den Schultern. Stumm schiebt sie ihren Teller beiseite und lehnt sich auf der Eckbank zurück. Mit einem zufriedenen Seufzen hält sie ihre Nase in die hereinscheinende Mittagssonne.

Amelie mustert Gustl neugierig. »Tomatenkraut kann man rauchen? Das wusste ich gar nicht. Meine Mutter hat mit dem Gestrüpp immer die Beete abgedeckt.«

Wir sehen uns schmunzelnd an.

»Würde mir bitte mal jemand verraten, wo die Stelle zum

Lachen ist?« Amelie blickt irritiert in die Runde und klimpert mit den Wimpern. »Gustl!«

»Na ja …« Gustl schiebt sich ein Stück Brezel in den Mund und nuschelt undeutlich, dass wir eigentlich über ihre Bemerkung lachen würden.

Sie hebt die Augenbrauen, grübelt einen Moment und fängt dann an zu lachen. »Ach ja, Rauschgift!«

»Pssst!« Ich bedeute ihr, leise zu sein.

Der Grund ist Cengiz, unser Hausmeister. Er ist sehr hilfsbereit und sympathisch, aber neugieriger als ein klatschsüchtiges Marktweib und taucht gern wie aus dem Nichts auf, um unschuldig den Kehrbesen zu schwingen, wenn man ihn ertappt. Ich befürchte sogar, dass er für den Hausbesitzer spioniert, weshalb ich extrem vorsichtig bin und nicht möchte, dass Irma in dem zur Wohnung gehörenden Garten ihre »Tomaten« züchtet. Meinetwegen könnte sie auch Fliegenpilze züchten. In unserer WG leben weder Hunde noch Katzen und schon gar keine Kinder, die sich vergiften könnten. Aber wenn das Cengiz mitbekommt, könnte es Ärger bedeuten.

»Wie dem auch sei«, wechsle ich das Thema. »Ich wäre euch dankbar, wenn wir einfach so tun könnten, als sei morgen ein ganz normaler Tag.« Ich schaue fragend über meine Brille, ernte aber von meinen Mitbewohnern nur verständnislose Blicke.

»Und was ist mit dem Sieben-Tage-Jubiläum unserer WG?« Amelie lässt nicht locker. »Sieben ist eine magische Zahl. Esoterisch gesehen ist es also ein superwichtiger Tag. Außerdem haben wir zunehmenden Mond. Wir *müssen* eine Zeremonie abhalten, das verscheucht die bösen Geister, bringt Glück und lässt einen guten Stern über unserer Wohngemeinschaft aufgehen.«

Ich hätte es wissen müssen. Amelie lässt keine Gelegenheit

aus, um auf den Putz zu hauen. Notfalls bemüht sie eben den Mond, sämtliche Himmelskörper oder sonstige Magie.

»Ich fände es auch schade, zu tun, als wäre nix«, unterstützt Gustl sie. »Das Leben braucht Höhepunkte. Und die Tatsache, dass wir diese traumhafte Fünf-Zimmer-Wohnung in Friedhofsnähe gefunden haben, ist ein echter Glücksfall und muss gebührend gefeiert werden.«

»Sag ich doch.« Amelie nickt eifrig. »Nicht zu vergessen die Adresse: Nachtigalstraße! Bei der Besichtigung habe ich sofort die positiven Schwingungen gespürt und gewusst: Das ist unsere Wohnung, sie hat auf uns gewartet! Gemütliche Küche, zwei Bäder, Terrasse und Garten. Erinnert ihr euch, wie der Makler gegrinst hat, als er hörte, dass ich Specht heiße?«

»Das ausschlaggebende Argument bei der Wohnungsvergabe«, bestätige ich. »Amelie Specht, Nachtigalstraße, klingt aber auch zu schön. Jeder Brief an dich wird der Postbotin ein Lächeln auf die Lippen zaubern. Viel erstaunlicher finde ich jedoch, dass wir es schon sooo lange miteinander aushalten.« Ich gebe Irma einen freundschaftlichen Schubs.

»Stimmt.« Irma grinst verschmitzt, während sie mit dem Finger ein Herz aus den Brotbröseln formt – statt sie zusammenzuwischen. »Sieben Tage sind 'ne Ewigkeit für uns zwei … ähm … grundverschiedene Schrullen. Psychologische Analysen verkneife ich mir jetzt mal.«

Schweigend nicke ich. Niemand würde uns als Traumquartett bezeichnen. Müsste man jeden von uns mit wenigen Worten charakterisieren, könnte sich das ungefähr so anhören:

Amelie, die esoterische Naive.

Irma, die chaotische Kreative.

Gustl, der liebevolle Ruhepol.

Und ich, die akkurate Rationale.

Ich bin diejenige, die für Ordnung sorgt und den finanziel-

13

len Überblick behält. Ein ziemlich mieser und selten aner-
kannter Job, aber einer muss ihn ja machen.

Irma und ich haben am wenigsten gemeinsam. Zugegeben,
ich bin extrem ordentlich, und Irma ist eher das Gegenteil, um
nicht zu sagen: schlampig. Sie bezeichnet sich als Sammlerna-
tur und mich als Pedantin. Worüber man streiten kann. Aufräumen heißt bei Irma, alles in einen Raum werfen, Tür zu,
fertig. In der Abstellkammer, die gemeinschaftlich als Garde-
roben- und Schuhschrank benutzt wird, würde man keinen
einzigen Schuh finden, wenn wir anderen nicht Ordnung hiel-
ten.

Die Idee, dass wir vier gemeinsam eine WG gründen, kam
natürlich von Amelie, unserem Hippie, die schon vor Jahren
in einer Kommune gelebt hat. Eine TV-Dokumentation über
fünf Oldies war die Initialzündung. Das sei im Moment der
Mega-Trend, berichtete sie, und nur eine Wohngemeinschaft
könne uns vor Vereinsamung oder Seniorenheim retten. Wer
von uns würde das schon wollen? In völlig überteuerten Ver-
wahranstalten vor sich hinvegetieren, in denen man Frühstück
um sechs, Mittagessen um zehn Uhr und Abendessen um vier
serviert. Wo man keine Partys feiern darf, Tee aus Schnabel-
tassen und Alkohol nur in flüssiger Medizin bekommt. Auch
Irma hatte in den Flower-Power-Jahren einige Monate in einer
Kommune verbracht und war begeistert. Ich hingegen hielt
das Ganze für eine Schnapsidee. Im Gegensatz zu meinen
Freunden dachte ich nämlich auch an die Nachteile. Als Erstes
fielen mir meine nächtlichen Toilettengänge ein. Von Irma
wusste ich, dass auch sie nachts ein, zwei Mal raus muss. Da
entsteht schnell mal peinliches Gedränge. Doch dann fanden
wir diese Wohnung mit einem zusätzlichen Duschbad und
einer zweiten Toilette, und mir gingen die Gegenargumente
aus.

Mit nächtlichem Harndrang hat Amelie nichts am Hut. Sie möchte Gustl einfangen, in den sie sich auf den ersten Blick verliebt hat. Oder muss man in unserem Alter eher von Liebe auf den *letzten* Blick sprechen? Bisher schien Gustl immun gegen Amelies »Honig am Höschen« zu sein, doch ich kenne ihn lange genug, um erste Anzeichen schlechten Gewissens bei ihm zu erkennen, das er wegen seiner vor drei Jahren verstorbenen Frau Susanne hat. Seit wir vier zusammenleben und er nicht mehr einsam und verlassen in der Wohnung sitzt, die er dreißig Jahre gemeinsam mit seiner Familie bewohnt hat, fängt er offensichtlich an, seine Trauer zu überwinden. Er besucht Susannes Grab nicht mehr täglich, seine Gerichte sind plötzlich stark gesalzen, und zum Schlafen trägt er ein ausgeleiertes T-Shirt mit dem Slogan: *MAKE LOVE NOT WAR.*

»Mathilde!« Irma reißt mich aus meinen Gedanken. »Was ist denn jetzt mit der Jubiläumsfeier? Ich habe extra meine Verabredung mit Otto verschoben.« Sie erhebt sich, um am offenen Küchenfenster eine Zigarette zu rauchen.

Irma pflegt seit Jahren eine platonische Freundschaft zu Otto Goldbach, einem erfolgreichen Schauspieler. Sie hat den berühmten Mimen im Salon »Chez Schorschi« kennengelernt, Münchens schickstem und teuerstem Coiffeur, wo sie seit Ewigkeiten Promis und Stars verschönert.

»Wenn ich mich hier so umsehe, sollten wir lieber die restlichen Umzugskartons auspacken, Ordnung schaffen und den Dreck wegputzen«, antworte ich. »Ich meine, solange ringsum so ein Chaos herrscht … «

»Dazu ist am Wochenende noch genug Zeit«, meint Gustl, stapelt aber immerhin Teller und Besteck, trägt das Geschirr zur Spüle und schnappt sich einen bereitliegenden Block. »Ich gehe einkaufen. Was wollt ihr morgen essen?« Er kommt zurück an den Tisch und setzt sich neben mich. »Du darfst dir was wünschen, Mathilde.«

Backen und Kochen sind seine Lieblingsbeschäftigungen. Als leidenschaftlicher Familienmensch liebt er es, uns alle zu bekochen. Und wenn es uns schmeckt, strahlt er wie der Gewinner einer Konditorenmeisterschaft.

Amelie steht auf und tänzelt barfuß zum Kühlschrank, wobei der Rocksaum ihres bunten Blumenkleides wippt. Seit sie in die Frührente geschickt wurde, trägt sie wieder Hippiekleider, tonnenweise bunte Ketten, Ohrringe, Armschmuck und wilde Frisuren. Neulich kam sie mit einem Paar türkisfarbener Birkenstock-Sandalen an, angeblich von Heidi Klum entworfen.

»Wie wär's mit Grillen? Für morgen ist Sonne angesagt«, schlägt sie vor. »Milch fehlt, Joghurt auch und Diätmargarine.«

»Also, wenn Fleisch, dann nur Bio«, bestimmt Irma und pustet malerische Rauchkringel nach draußen.

Irma ernährt sich seit Jahren bis auf wenige Ausnahmen vegetarisch. Angeblich sei sie deshalb faltenfrei, sagt sie. Manchmal behauptet sie auch, Rauchen würde konservierend wirken. In Wahrheit lässt sie sich regelmäßig Botox spritzen, um gegen ihre Promikundschaft nicht *alt* auszusehen.

Ein leises Frühlingslüftchen weht die Rauchschwaden zurück in den Raum. Sonnenstrahlen verfangen sich in Irmas roter Strubbelfrisur. Vogelgezwitscher ist zu hören.

Amelie unterbricht die Vorratskontrolle der Lebensmittel für einen Moment und lauscht dem Vogelgesang. »Ob da eine Nachtigall zwitschert?«

»Na klar«, bestätigt Irma mit gespielt ernster Miene. »Nachtigallen singen grundsätzlich zur Mittagszeit.«

»Ach, ich dachte, nur in der Nacht, weil sie doch so heißen«, sinniert Amelie. »Egal, ich finde es schön, dass wir in einer Straße mit einem Vogelnamen wohnen.«

»Da muss ich dich enttäuschen«, entgegnet Irma. »Sie wurde nach Gustav Nachtigal benannt, einem berühmten Afrikaforscher des 19. Jahrhunderts. Und der schreibt sich nur mit einem L im Gegensatz zum Vogel. Hat uns doch der Makler verraten.«

»Echt?« Amelie ist sichtbar überrascht. »Kann mich gar nicht erinnern.«

»Macht doch nichts«, sagt Gustl.

Auch mir war es entfallen. Etwas anderes fällt mir aber in diesem Moment auf. »Gustl ist die Abkürzung von Gustav.«

Gustl lacht. »Genau!«

Amelie klatscht vor Freund in die Hände. »Na bitte. Ich hab's gewusst, die Wohnung hat auf uns gewartet.«

Ich muss lachen. Diese seltsame Situation könnte sich auch in einer ganz normalen Kleinfamilie abspielen. Papa plant den Großeinkauf, die Kinder quengeln nach Überraschungseiern und Mama beobachtet das Ganze mit Wohlgefallen. Die genaue Rollenverteilung ist unwichtig. Nur der Part des »Familienoberhaupts« geht an mich, da der Mietvertrag auf meinen Namen läuft.

Zwei Stunden später stolpert Amelie mit einer prall gefüllten Plastiktüte im Arm durch die offene Küchentür. Irma und ich sind gerade dabei, das fertig gespülte Geschirr aus der Maschine zu räumen.

»Huhuuu! Wir sind wieder dahaaa«, trällert sie und streicht sich eine widerspenstige Locke aus dem geröteten Gesicht.

Sie sieht erhitzt und glücklich aus, fährt es mir durch den Sinn. Als käme sie von einem heimlichen Quickie und nicht vom Großeinkauf im Supermarkt.

Gustl folgt ihr mit drei vollen Tüten in den Händen. »Na, ihr zwei?«

»Habt ihr uns was mitgebracht?« Irma lugt neugierig in die Tüte, die Amelie vor uns auf dem Tisch abstellt.

»Wir sind noch im Baumarkt vorbeigefahren und waren auf dem Friedhof, Susanne besuchen«, antwortet Amelie, als sei Gustls verstorbene Frau ihre beste Freundin gewesen. Dabei hat sie Susanne nie kennengelernt. »Hier!« Sie fischt einen bunten Prospekt aus der Tüte und hält ihn uns entgegen.

Schmunzelnd greift Irma danach. »Gartenmöbel? Davon werde ich aber nicht abbeißen.«

»Sei nicht albern«, antwortet Amelie.

»Ein Vorrecht des Alters«, kontert Irma. »Je oller, je doller! Daran musst du dich gewöhnen, wenn du mit uns alt werden willst.«

Alt werden!

Schon wieder dieses frustrierende Thema. Sofort habe ich das Gefühl, wieder eine Falte mehr bekommen zu haben. Amelie scheint das Problem allerdings nicht zu kennen. Selbst aus der Nähe betrachtet sieht sie nicht wie sechzig aus, eher wie fünfzig. Wäre da nicht Gustl, das Objekt ihrer Begierde, würde sie vielleicht gar nicht mit uns in der WG leben wollen. Für ihn hat sie sogar ihr Essverhalten geändert. Früher ließ sie grundsätzlich die Hälfte übrig – von was auch immer. Jetzt verspeist sie alles bis zum letzten Krümel – was auch immer Gustl uns serviert.

»Liegestühle ... Sonnenschirme«, murmelt Irma, während sie im Prospekt blättert.

Ich blicke Amelie fragend an. »Und was sollen wir damit?«

»Für die Terrasse«, klärt sie uns begeistert auf. »Dank der hohen Hecken ist der Garten doch nicht von außen einsehbar. Wir können uns nackt sonnen!«

»Nackt sonnen!?« Meine Stimme überschlägt sich.

Unser Glückskeks strahlt übers ganze Gesicht, als sei es abgemacht.

Ich dagegen frage mich, ob ich mir einen entspannten Sommertag in unserer WG so vorgestellt habe. Wir liegen nackt im Liegestuhl, ein Joint geht rum, und wenn wir alle richtig high sind, gibt's Fleisch vom Grill! Ich hatte ja nie viel mit den Hippies zu tun und habe auch nie in einer Kommune gehaust, aber nach dem, was Amelie und Irma so erzählen, machen Joints ziemlich hungrig.

Doch Amelie scheint zu vergessen, dass wir nicht in einem Einsiedlerhof leben. Wir wohnen in einem zweistöckigen Gebäude plus Dachgeschosswohnung. Von oben kann man problemlos auf unsere Terrasse blicken. Ganz zu schweigen von Cengiz. Er ist imstande, heimlich Fotos von uns zu schießen und sie dem Vermieter zu schicken. Der Hauseigentümer war sowieso ziemlich skeptisch, als er von unseren WG-Plänen erfuhr. Hat was von Alt-68ern, Hippiesaustall und Drogen gemurmelt und war nur bereit, an uns zu vermieten, wenn wir uns auf einen Dreijahresvertrag einlassen, der bei vorzeitiger Kündigung den Kautionsverfall beinhaltet. Wenn er jetzt noch von *wilden Orgien* erfährt, sieht er seine Vorurteile bestätigt. So schnell könnten wir unsere Schrumpelkörper gar nicht verhüllen, wie uns dann die Kündigung ins Haus flattern würde.

2

Sechs Uhr zeigen die Ziffern meines digitalen Weckers an. Ich muss zwar nicht mehr ins Büro hetzen, aber meine innere Uhr denkt gar nicht daran, sich umzustellen.

Mit halb geöffneten Lidern drehe ich das Kopfkissen um und genieße die angenehme Kühle der Unterseite. Wieder einzuschlafen gelingt mir jedoch nicht. Vermutlich hat mich bereits die senile Bettflucht fest im Griff. Senil oder nicht – dabei fällt mir ein, was heute für ein Tag ist.

Mein Sechzigster!

Wie auf Kommando kriecht mir eine heftige Hitzewelle über den Körper und steigert sich zum Schweißausbruch, als mir zu allem Übel auch noch einfällt, der Jubiläumsfeier zugestimmt zu haben. Irma hat im Gegenzug versprochen, ihre Umzugskisten wegzuräumen und endlich zu putzen. Amelie ist in die Birkenstocks gestiegen und wollte unbedingt in den Baumarkt sausen, um die Liegestühle zu besorgen. Gustl konnte es gerade eben verhindern, da er zu bedenken gab, dass es im April noch nicht heiß genug zum Nacktsonnen wäre. Wie ich sie kenne, wird sie früher oder später das geeignete Mondphasenargument finden, um ihren Plan in die Tat umzusetzen.

Träge steige ich aus dem Bett. Na, wenigstens schlafen noch alle und ich kann ungestört die Zeitung lesen.

Meine Mitbewohner sind begeistert, dass ich als Frühaufsteherin immer schon Kaffee koche. Ab halb acht ist mit Irma zu rechnen, die zwar ein paar Tage Urlaub hat, aber den gewohnten Weckrhythmus auch nicht aus dem System kriegt. Und sobald Amelie auftaucht, ist es vorbei mit der Ruhe. Dann wird die tägliche Tarotkarte gezogen, stundenlang rumgedeutet und über Schicksal oder Zufall gerätselt. Endlos lange dauert dieses Ritual, wenn sie direkte Fragen stellt und die Karten ihr einfach keine eindeutige Antwort geben wollen. Dann mischt sie das Spiel immer und immer wieder und zieht so lange neue Karten, bis das Ergebnis taugt. Notfalls pendelt sie auch über dem Kartenspiel.

Vorsichtig, jedes Geräusch vermeidend, steige ich in die schwarzen Filzpuschen und schlüpfe in den schwarzweiß gemusterten Morgenmantel. Im Flur lausche ich in die morgendliche Stille. Aus dem Zimmer zu meiner Linken, wo Gustl schläft, glaube ich ein leises Schnarchen zu vernehmen. Ansonsten ist alles ruhig. Auch rechts neben mir, aus Amelies Märchenburg, wie sie es nennt, ist kein Mucks zu hören. Ich schleiche durch den langen Korridor, öffne so geräuschlos wie möglich die Wohnungstür und husche zum Briefkasten, in dem die Zeitung steckt.

Meteorologen versprechen Supersommer, verkündet die Schlagzeile auf der ersten Seite. Oh, oh, wenn Amelie das liest, rennt sie noch vor dem Frühstück in den Baumarkt.

Als ich die Küche betrete, weiche ich zurück. Schmutzige Töpfe und Pfannen stapeln sich im Spülbecken, auf dem Tisch stehen Teller mit Resten vom Abendessen, und es müffelt nach Stinkesocken. Als Verursacher dieses peinigenden Odeurs identifiziere ich ein Stück zerfließenden Limburger.

Amelie und Irma! Statt wie versprochen Ordnung zu schaffen, haben sie gepichelt, wie ich an den zwei leeren Flaschen Prosecco erkenne. Irma hat mich wieder mal ausgetrickst. Ich solle mal den WG-Feldwebel nicht so raushängen lassen, hat sie gegrinst und mich ins Bett geschickt.

Während ich meine zehn Jahre alte Kaffeemaschine mit Filter und Kaffeemehl befülle, entspanne ich mich wieder ein bisschen. Unsere hauseigene Esoterikerin Amelie hat das Ding beim Einzug ausgependelt und behauptet, wir würden mit Elektrosmog verseucht – worauf sie die Maschine umgehend entsorgen wollte. Einzig das Argument, ausschließlich *ich* würde beim Kaffeezubereiten versmogt, konnte die Maschine retten.

Ich liebe das leise Blubbergeräusch, bei dem ich mich wie eine Figur aus einem Joghurt-Werbespot fühle. Wenn die Sonne durchs Fenster fällt, der Tag noch jung ist und seine Überraschungen bereithält. Auch wenn das Blubbern einfach nur das fällige Entkalken verkündet. Sollte meine Maschine demnächst tatsächlich den Geist aufgeben, kann Amelie einen esoterisch korrekten Ersatz mit rechtsdrehendem Karma anschaffen. Vielleicht hat ja irgendein Alt-Hippie bereits ein Gerät konstruiert, das den Kaffeesatz zum Tageshoroskop umwandelt. Aber im Moment ist noch alles gut, freue ich mich und angle eine Tasse aus dem Schrank. Als ich den Kühlschrank öffne, um die Milch herauszunehmen, schrecke ich zusammen. Wie jeden Morgen seit einer Woche – seit da ein Wasserglas steht, in dem ein halbes Gebiss schwimmt! Oder mich anlacht. Je nachdem, wie schmerzfrei man eine schwimmende Zahnprothese betrachtet. Jedenfalls ist der Anblick extrem skurril. Wer bitte schön bewahrt seine dritten Zähne im Kühlschrank auf? Und warum? Bisher ist es mir noch nicht gelungen, das Geheimnis zu lüften. Üblicherweise begebe ich mich nämlich ins Bad, um meine Zähne zu putzen, solange der Kaffee durchläuft. Wenn ich dann zurückkomme und nachschaue, ist das Glas verschwunden.

Auch heute ist das wieder der Fall.

Kopfschüttelnd nehme ich mir meinen Kaffee und trolle mich mit der Zeitung in mein Zimmer. Dort ist es wenigstens sauber und aufgeräumt.

Ich mache es mir mit zwei Kissen im Rücken bequem und setze die Lesebrille auf. Während ich meinen Milchkaffee genieße, blättere ich zum Klatschteil, der für mich ein rezeptfreier Stimmungsaufheller ohne Nebenwirkungen ist. Ich amüsiere mich jedes Mal, wenn alternde Playboys sich mit jungen Gespielinnen zeigen und behaupten, jeden Tag Sex zu haben, natürlich mehrmals. Logisch. Aber ich kann einfach nicht glauben, dass 80-Jährige ihre Schrumpelschniedel zu anderen Zwecken als zum Pinkeln aus dem Stall holen. Aber wer weiß, vielleicht können bald selbst 80-jährige Frauen noch Kinder gebären.

Heute präsentiert man dem geneigten Leser jedoch keine Sexbeichten von tattrigen Ladykillern oder unmündigen Silikonbarbies, sondern tatsächlich Wissenswertes: Otto Goldbach wurde für eine seiner Arbeiten als Regisseur an einem Theater in London für den »Shakespeare«, einen englischen Theaterpreis, nominiert. Als einer seiner großen Fans drücke ich Otto natürlich ganz fest die Daumen und hoffe, dass er die Konkurrenz auf die unteren Plätze verweist.

Ein leises Klopfen an meine Tür unterbricht meine Lektüre.

»Morgen, Mathilde. Happy Dreißig.« Irma lehnt barfuß in einem knielangen Shirt mit Entenaufdruck am Türrahmen.

Wer Irma als erfolgreiche Hairstylistin aus dem »Chez Schorschi« kennt, erlebt sie immer tipptopp frisiert, geschminkt und ausschließlich in Designerklamotten. In Wahrheit ist sie ein klassischer Fall von: draußen hui, zu Hause pfui. Sie selbst bezeichnet das als: Stylingpause. Auch Irmas Vorliebe für Enten, ein Überbleibsel aus ihrer Hippiezeit, passt nicht ins durchgestylte Bild.

»Guck mal.« Irma schwenkt den vermeintlich gestohlenen Staubwedel. »Dein Geschenk.«

Entgeistert starre ich über meine Brille hinweg auf die rosa Schicht in ihrem Gesicht. »Hast du Ausschlag?«

»Das ist eine Kaviarextrakt-Maske!« Sie lacht mich an. »Damit ich zur Feier faltenfrei antanze. Jetzt wollte ich bei dir mal durchwirbeln. Das Wohnzimmer ist bereits staub-frei.«

»Nicht nötig, aber danke … Auch fürs Wohnzimmer. Dann hast du ja Zeit, das hier zu lesen.« Ich halte ihr die Zeitung entgegen.

Irma kommt angeschlurft, lässt sich am Fußende des Betts nieder und schnappt sich die Zeitung, die sie noch immer ohne Brille lesen kann.

Murmelnd überfliegt sie den Artikel. »Hoffentlich klappt es diesmal.« Sie seufzt besorgt. »Otto war schon zwei Mal für diese Auszeichnung nominiert. Ich finde, seine Inszenierun-gen sind wirklich gut. Erinnerst du dich an das Stück von die-sem österreichischen Autor?«

»Ja, das war schön schräg. Wie hieß es gleich noch mal? Ir-gendwas mit Leber … «

»Ganz genau kann ich mich auch nicht mehr erinnern«, sagt Irma. »Aber ich glaube: *Meine Leber ist sinnlos*«

»Klasse Titel«, entgegne ich und prophezeie zuversicht-lich, dass Otto den Preis bekommen wird. »Aller guten Dinge sind … «

Ein gellender Schrei unterbricht mich. Erschrocken sehen wir uns an und murmeln einstimmig: »Amelie!«

Irma rennt los, ich springe aus dem Bett und sause hinter-her.

Schon ertönt der nächste Schrei. Besorgt reißen wir die Zimmertür auf – und finden Amelie auf einem Sessel stehend.

In einem kurzen bunten Fummel bibbernd, starrt sie uns mit schreckgeweiteten Augen an. Ihrem Panikschrei nach zu urteilen, ist sie mindestens vor einer Riesenratte von der Größe einer Hauskatze in die Höhe geflüchtet.

»Wer brüllt denn hier so laut?«, ertönt eine dunkle Stimme aus dem Flur.

Gustl, lediglich bekleidet mit seinem MAKE-LOVE-Shirt und Unterhose und mit braunen Lederpantoffeln an den Füßen, gesellt sich dazu.

»Da!«, piepst Amelie und deutet mit spitzem Zeigefinger auf ihr rosageblümtes Polsterbett. Beim nächsten Atemzug springt sie vom Stuhl auf Gustl zu und wirft sich ihm mit dem schrillen Ruf »Eine Spinneee!« an den Hals.

Er klopft ihr beruhigend auf den Rücken, befreit sich sanft aus ihrer Umarmung, zieht seinen rechten Schlappen aus und murmelt ungerührt: »Das haben wir gleich.«

Irma und ich können uns vor Lachen nicht mehr halten und prusten los.

»Ihr glaubt mir wohl nicht?«, mault Amelie beleidigt und zeigt einen Kreis von der Größe eines Kuchentellers. »Die war sooo groß. Bestimmt eine Vogelspinne. Ich wusste es ja, meine Tarotkarten haben mir gestern eine unangenehme Überraschung vorhergesagt.«

»Na, dann hast du das Schlimmste überstanden und kannst dich jetzt entspannen«, entgegnet Irma ungerührt.

Schlappenkrieger Gustl inspiziert derweil das Bett, das zwischen den zwei geöffneten Fenstern vor einer blassblauen Wand steht. Er hebt zuerst die Decke und dann die unzähligen bunten Kissen nacheinander hoch, wobei er den Lederschlappen stets zum tödlichen Angriff auf das gefährliche Monster bereithält.

»Nichts!« Gustl dreht sich zu uns und mustert Amelie fragend.

»Aber da war eine ganz große fette Spinne. Ehrlich!«, verteidigt sie sich leise. »Vielleicht ist sie ja unters Bett gekrochen.«

Gustl lässt den Schlappen fallen. »Hmm.« Nachdenklich kratzt er sich am Hinterkopf. »Da komme ich nicht ran. Sind ja kaum zwei Zentimeter Platz zwischen Bettunterkante und Parkett.«

»Sollen wir den Kammerjäger bestellen?«, wispert Amelie.

Irma tippt sich an die Stirn. »Wegen *einer* Spinne? Da machen wir uns ja lächerlich.«

»Und selbst wenn kein Ungeziefer zu finden ist, wird er dennoch etwas berechnen«, gebe ich zu bedenken.

»Solange das Vieh in meinem Zimmer wohnt, kann ich hier nicht schlafen«, verkündet Amelie nun in weinerlichem Ton und schaut dabei in Gustls Richtung.

Ahhh! Daher weht der Wind. Sie sucht ein *spinnenfreies* Nachtlager. Bei wem sie da wohl anklopfen wird?

Mittlerweile kniet Gustl vorm Bett und versucht, darunterzuspähen, was ziemlich lustig aussieht, weil er völlig ungeniert seinen Po in Unterhosen in die Luft reckt. Genauestens beäugt von Amelie.

Nach wenigen Sekunden gibt er auf und erhebt sich ächzend. »Ohne Brille kann ich nichts sehen.«

Ich reiche ihm meine.

»Danke, Mathilde«, sagte er und schickt mich in die Küche. »Unter der Spüle steht 'ne Dose Insektenspray.«

»Nein, nicht umbringen«, piepst Amelie, die sich offenbar ihrer Naturverbundenheit erinnert, und hält mich am Arm zurück.

Ich muss schon wieder ein Lachen unterdrücken: Spinne am Morgen vertreibt Kummer und Sorgen!

Irma empfiehlt Haarspray. »Einfach 'ne ordentliche Ladung unters Bett sprühen, dann ergreift das Biest die Flucht.«

Amelie zieht eine Schnute und protestiert. »Na danke, und mein Bett stinkt dann nach Friseursalon. Außerdem halte ich mich an die buddhistische Regel, dass man keinem Lebewesen etwas zuleide tun soll. Auch keinem ekligen.«

»War nur ein Vorschlag.« Irma hebt abweisend die Hände und verzieht sich mit der Bemerkung, dass sie nun das Bad putzen würde. »Um zwei sitzt meine beste Kundin vor dem Spiegel – trotz meines Urlaubs. Münchens angesagteste Modedesignerin würde es mir nie verzeihen, wenn sie auch nur ein Sekündchen auf mich warten müsste.«

»Wir sehen uns später«, rufe ich, als sie im Badezimmer verschwindet.

Irma hat mir nämlich zum Geburtstag einen Termin bei ihr geschenkt, wie jedes Jahr, seit wir uns kennen. Waschen, schneiden, legen. Nach der Designerin bin ich dran.

Gustl gibt mir meine Brille zurück, hakt Amelie und mich unter und zieht uns in die Küche. »Ich werde uns ein stärkendes Jubiläumsfrühstück zubereiten, das beruhigt die Nerven. Danach stürzen wir uns in die Vorbereitungen für die Party, und später schau ich noch mal nach dem Spinnentier.«

Amelie blinzelt ihn an. »Ach, Gustl, du hast immer die besten Ideen. Und bitte, erschrick nicht, die Küche ist noch nicht aufgeräumt.«

»Sellerie – so ist das Leben«, entgegnet er generös.

»Irma und ich haben es gestern leider nicht mehr geschafft«, erklärt sie schuldbewusst.

»Leider?«, frage ich sie streng.

Fast unmerklich zuckt sie zusammen. »Ja, *leider*«, betont sie und taxiert mich unverwandt. »Ich habe nämlich für *dich* in die Zukunft geschaut. Eigentlich wollte ich es dir erst heute Abend verraten, aber bitte, dann sage ich es dir eben jetzt: Du wirst sehr bald deinem Traummann begegnen und dich unsterblich verlieben!«

»Nein!«

»Doch!«, beharrt sie trotzig. »Die Karten lügen nicht.«

Ich verkneife mir ein Lachen und bemühe mich, ernst zu bleiben. »Danke, Amelie, das ist wirklich eine tolle Geburtstagsüberraschung. Hoffentlich verliebt sich der Mann auch in mich.«

3

Pünktlich um zwei treffe ich im »Chez Schorschi« ein.

Ich liebe Friseursalons, Entschuldigung, Coiffeursalons. Schorschi legt Wert darauf, nicht als Friseur bezeichnet zu werden. Irma hat mir erklärt, der Unterschied zwischen einem popeligen Haarschneider und einem Coiffeur betrüge rund zweihundert Euro pro Schnitt. Die Atmosphäre dagegen dürfte sich kaum unterscheiden; immer surren leise die Haartrockner, irgendwo plätschert Wasser und verführerische Düfte wabern umher. Allein der Gedanke an teure Shampoos, wohltuende Spülungen, feuchtigkeitsspendende Fluids und was sonst noch alles an Wundermitteln auf den Köpfen verteilt wird, nährt in mir jedes Mal die Hoffnung, wie aus einem Jungbrunnen rundum erneuert aufzutauchen. Bisher wurden meine Träume aber nie erfüllt – trotz Irmas kreativer Hände.

Irma erwartet mich bereits am Empfangstresen und geleitet mich durch das silber-weiße Ambiente aus Glas und Stahl. Dabei begrüßt sie im Vorbeigehen eine Kundin, die sich bitter beschwert, keinen Termin bei ihr bekommen zu haben, und mich giftig beäugt.

An Irmas versteckt liegendem Frisierplatz sinke ich in einen bequemen Ledersessel, während sie mir ein Handtuch umlegt und den Umhang darüber befestigt. »Und, bereit für eine Veränderung?«, fragt sie.

»Ähm … Veränderung?« Unsicher blicke ich sie über den silbergerahmten Spiegel an. »Also eigentlich … «

Entschlossen greift sie mit den Händen in mein Haar. »Wie lange kennen wir uns jetzt?«, fragt sie, zupft mir dabei Strähn-

29

chen in die Stirn, schiebt eine Seite aus dem Gesicht und wieder nach vorn.

»Ungefähr fünfzehn Jahre«, antworte ich, ohne lange überlegen zu müssen. »Warum?«

»Weil du seitdem mit diesem langweiligen Bob rumläufst.«

»Den du mir seitdem schneidest!«, kontere ich und lege schnell noch ein Kompliment drauf. »Zu meiner vollen Zufriedenheit.«

»Danke, danke«, grinst sie geschmeichelt. »Aber irgendwann wird jeder Style fade, egal wie perfekt der Schnitt ...« Sie stockt, als suche sie nach den richtigen Worten.

»Ja?

»Ich finde«, beginnt sie und zieht das Waschbecken zu sich. »Du trägst viel zu dunkle Klamotten, und der strenge Bob ist auch unvorteilhaft. Du solltest dich dringend neu erfinden. Schaff dir ein paar farbige Shirts an oder wenigstens mal einen roten Schal. Ab einem gewissen Alter braucht frau ein bisschen Pep.«

Oh, oh! Wenn Irma »Pep« sagt, schrillen bei mir die Alarmglocken. Im Gegensatz zu mir verändert sie ihre Haarfarbe nämlich jedes Halbjahr. Und sobald das Haar auch nur fünf Zentimeter nachgewachsen ist, lässt sie sich von einem Kollegen einen neuen Schnitt verpassen.

»Und was genau bedeutet *peppig*?« Meine Stimme kickst, als habe sie mir eine Vollglatze angedroht.

»Vertrau mir«, flüstert sie und zwinkert mir zu. »Ein anderer Schnitt, mit dem du dich um mindestens zwanzig Jahre jünger fühlen und um zehn Jahre jünger aussehen wirst.«

»Hilft ein peppiger Haarschnitt auch gegen trockene Haut, lästige Hitzewallungen und überflüssige Pfunde?«

»Selbstverständlich!«, antwortet sie voller Überzeugung. »Ich leide jedenfalls nicht unter der Menopause.«

Zwei Stunden später starre ich ungläubig in den Spiegel. Irma hat den »faden« Bob stufig geschnitten, mir jugendliche Ponyfransen und eine farbauffrischende Spülung verpasst. Das Haar schimmert jetzt golden-haselnussbraun und lässt meine grün-braunen Augen leuchten. Ich fühle mich tatsächlich, als sei ich dem Jungbrunnen entstiegen – zumindest habe ich einen Schluck daraus getrunken.

Zur Feier des Tages spendiere ich mir noch ein professionelles Make-up bei Gerry, der zufällig einen Termin frei hat.

»Ach, wie schön, die wunderbare Tilda«, begrüßt mich der schwarz gekleidete Visagist überschwänglich. Erstaunt hebt er die wohlgeformten Brauen und lässt den Blick über mein Haar wandern. »Irmchen, du kleine Artistin, hast mal wieder gezaubert, wie? Haselnuss, mit einem winzigen Schlückchen Goldkupfer. Einfach spek-ta-ku-lär!«

»Danke Gerry-Schatz.« Sie busselt ihn auf die zart rougierte Wange. »Und jetzt sind deine Zauberkünste gefragt.«

»Du scherzt, Teuerste«, winkt er mit einer ausladenden Bewegung seiner silberberingten Hände ab. »Gegen dich bin ich nichts weiter als ein bedauernswerter Lurch.«

Zwei, drei Minuten lang wetteifern sie mit zuckersüßen Komplimenten, bis sich Irma schließlich verabschiedet.

»So, Schätzchen!« Gerry stellt sich hinter mich und betrachtet mich über den Spiegel. »Was darf's denn sein? Künstliche Wimpern, falsche Fingernägel und kussechter Lippenstift?«

Dankend lehne ich ab. »Dafür bin ich viel zu alt. Trotzdem, lieb von dir. Heute hätte ich gern nur ein schönes Tages-Make-up.«

»Meine Liiiebe«, antwortet er gedehnt. »Wir sind al-ters-los. Weißt du, was Eiväna neulich zu mir gesagt hat, als ich ihr ein Kompliment zu ihrem guten Aussehen gemacht habe?«

»Meinst du Ivana Trump, die mit diesem Trump-Tower-Milliardär verheiratet war?«, frage ich ehrfürchtig.

»Selbige, selbige«, bestätigt Gerry. »Die Trampsche ist ja auch in unserem Alter und sieht aus wie das blühende Leben.«

Ich schätze Gerry auf Mitte Dreißig, aber er spricht grundsätzlich von »unserem Alter«. Bei dieser Behauptung fühlt sich jede Frau gut.

»Und, was sagt Ivana?«

»Es dauert jedes Jahr zwei Stunden länger, sooo umwerfend auszusehen!«

Nach dem Besuch beim Coiffeur begebe ich mich auf Shoppingtour. Mal abgesehen von mehr Farbe, die ich laut Irma benötige, hat Amelie fürs Jubiläum *Aufbrezeln* angeordnet. Damit wir nicht wie olle graue Altersheimmäuse aussähen, meinte sie. Sie wusste genau, dass sie mich mit diesem hinterhältigen Argument eiskalt erwischt, denn leider hängen in meinem Schrank ausschließlich die konservativen Klamotten, die man als Chefbuchhalterin so trägt. Doch nun besitze ich ein todschickes schwarzes Kleid mit U-Boot-Ausschnitt, das die Schultern freilässt. Laut Coco Chanel bleiben die Schultern nämlich bis zuletzt faltenfrei. Außerdem ist Schwarz unabhängig von Modetrends, was wiederum meine immer noch auf Kosten-Nutzen ausgerichtete Buchhalterseele besänftigt, denn das Kleid und der dazu passende Body waren unanständig teuer.

Mindestens zehn Minuten habe ich mich im Designerladen vor dem Spiegel gedreht und überlegt, ob sich so eine Ausgabe für mich überhaupt amortisiert. In meinem Alter sind Einladungen zu festlichen Events so selten wie ein Rosengarten in der Wüste. Wie oft würde ich es also noch tragen können? Die blutjunge, wunderschöne Verkäuferin sah ihre Chance auf Umsatz schwinden und suchte eilig nach Argumenten, um meine Kauflust zu animieren. »Mit einer schönen Kette oder einem farbigen Schal können Sie es jederzeit aufpeppen und nicht nur zu Beerdigungen tragen«, säuselte sie verbindlich lächelnd. Im ersten Moment wollte ich sie anpflaumen, wie sie auf die absurde Idee käme, dass ältere Frauen elegante Kleider nur für Beerdigungen benötigen. Doch dann schluckte ich meinen Ärger runter und entgegnete spitz: »Eigentlich wollte ich es zu meiner eigenen Beisetzung tragen.« Das schöne Kind war so geschockt, dass sie beinahe vergaß zu atmen.

Beim Gedanken an ihren fassungslosen Gesichtsausdruck muss ich immer noch lachen und schließe fröhlich summend die Haustür auf.

Im Treppenhaus begegnet mir Sophie Stein. Die junge Mutter lebt mit ihren beiden kleinen Kindern und deren Vater im Dachgeschoss.

»Hallo Frau Stein. Wie geht's?«, erkundige ich mich.

»Danke«, grummelt sie mit unbewegter Miene. »Und Sie? Schon etwas eingelebt?«

Sophie trägt ihr aschblondes Haar nachlässig im Nacken zusammengebunden und wirkt so erschöpft, als habe sie nächtelang nicht geschlafen. Selbst im Schummerlicht des Hausflurs erkenne ich die dunklen Schatten unter ihren Augen.

»Wir feiern heute Abend eine kleine Housewarming-Party«, sage ich. »Kommen Sie doch auf ein Glas Prosecco vorbei. Sie sind herzlich eingeladen.«

»Ja mei, die Frau Opitz und die Frau Stein …«

Die Stimme von Cengiz lässt uns zusammenzucken. Im grauen Kittel, mit Filzhut auf dem Kopf und Eimer und Putzmopp in den Händen, taucht unser Hausmeister, der trotz seiner türkischen Wurzeln bayrischer als jeder Münchner Bierbrauer wirkt, aus der Kellertür auf. »Servus, mitnander!« Sein breites Grinsen lässt unter seinem üppigen Schnurrbart kräftige, weiße Zähne sehen.

Wir grüßen freundlich zurück. Er stellt sein Putzzeug ab und schnappt sich den mit Werbebroschüren gefüllten Papierkorb unter den Briefkästen. Kopfnickend verschwindet er durch den Hinterausgang zu den Mülltonnen.

Sophie bedankt sich für die Einladung, zögert aber, sie anzunehmen. »Kommt drauf an, wann die Kinder einschlafen.«

»Wie geht es den Kleinen denn? Sie können die beiden auch gern mitbringen.«

»Das ist nett, Frau Opitz, danke. Vielleicht schaue ich auf einen Sprung vorbei.« Sie wendet sich zum Gehen. »Entschuldigen Sie, ich muss los, den Wochenendeinkauf erledigen. Torsten kann nicht so lange auf die Kids aufzupassen.«

»Wenn Sie Hilfe benötigen, jederzeit gern«, rufe ich ihr noch nach. Ich finde sie sehr sympathisch, schade, dass sie immer einen etwas gehetzten Eindruck macht, und nie länger als ein paar Sekunden Zeit hat. Ob sie Streit mit ihrem Lebensgefährten hat? Sie scheint nicht besonders glücklich zu sein. Den jungen Vater habe ich noch nicht kennengelernt. Doch Sophie hat mir erzählt, dass er Archäologie studiere, sie selbst Kunst unterrichte und deshalb, wie viele berufstätige Frauen, ständig unter Zeitdruck stehe. Kein Wunder, unter der Doppelbelastung würde wohl jeder leiden. Die sechs Monate alte Nora und der dreijährige Luis scheinen zwar sehr liebe Kinder zu sein, aber wie ich herausgehört habe, bleibt die meiste Arbeit an ihr hängen. Viel Verantwortung scheint dieser Torsten Schulz nicht übernehmen zu wollen, und ihrem Familiennamen nach zu urteilen, hat er sie auch nicht geheiratet. Oder bin ich hoffnungslos altmodisch und die Ehe ist längst ein Auslaufmodell? Von mir selbst kann ich kaum behaupten, eine Beziehungskoryphäe zu sein. Meine letzte Zweierkiste ging vor zehn Jahren zu Bruch. Verheiratet war ich nie, und Kinder habe ich auch keine. Während Amelie glücklich über den zoologischen Straßennamen unserer neuen Adresse war, habe ich mich über die junge Familie im Haus gefreut, weil mir eigener Nachwuchs nicht vergönnt war.

Als ich unsere Wohnung betrete, weht mir ein appetitanregender Duft nach Gebratenem entgegen. Mein Magen beginnt in Vorfreude auf Gustls Köstlichkeiten zu knurren. Als ich die Tür hinter mir geschlossen habe, kann ich es kaum glauben.

Nicht zu fassen! Die Umzugskartons sind zwar nicht verschwunden, haben sich aber verwandelt. Da scheint mal wieder der Kreativgaul mit Irma durchgegangen zu sein. Die Idee zu dem »Kunstwerk« muss sie von Christo, dem Verpackungskünstler, geklaut haben. Und das Material dazu hat sie eindeutig bei Amelie ausgeliehen, denn die aufeinandergestapelten Umzugskisten sind in kunterbunte Tücher gehüllt. Das Ganze wird von Klebestreifen zusammengehalten. Niedlich.

Verblüfft fixiere ich mein »Geburtstagsgeschenk« und weiß nicht, ob ich lachen oder weinen soll. Vielleicht war diese WG doch eine Schnapsidee, ein fataler Fehler, den ich schon bald bitter bereuen werde? Wie lange wird dieses Chaos anhalten? Irma schafft es ja nicht einmal während ihres Urlaubs, die Kisten auszupacken. Wie wird der Flur erst aussehen, wenn sie wieder täglich im Salon arbeitet? Nach einem anstrengenden Arbeitstag ist sie am Abend doch so geschafft, dass sie einfach alles fallen lässt.

Wütend trete ich gegen die Kisten. Am liebsten würde ich unsere kleine Party platzen lassen. Na gut, vielleicht bin ich zu pingelig, aber Unordnung macht mich nun mal aggressiv. Ich erwarte ja nicht, dass sie in ihrem Zimmer Ordnung hält, dort kann sie meinetwegen im Dauer-Tohuwabohu hausen. Das ist mir schnuppe. Wie ich sie kenne, hat sie seit dem Einzug sowieso nur das Nötigste ausgepackt und deshalb keinen Platz für die Kisten. Das ist ganz allein ihr Bier. Für die Gemeinschaftsräume war hingegen vereinbart, nichts herumliegen zu lassen. Und der Flur gehört ja wohl eindeutig dazu.

Prompt tritt das Verpackungsgenie auf den Flur. Würde sie nicht aus der Küche kommen, könnte man meinen, sie käme aus dem Bett, so derangiert sieht sie aus. Das Haar steht wirr vom Kopf ab, ihre Wangen sind gerötet, und der knallgelbe Jogginganzug bildet zwar einen tollen Kontrast zu ihren roten Haaren, geht bei Amelie aber niemals als Abendgarderobe durch.

»Hallo, Tildchen«, flötet sie mit glänzenden Augen. Sie ist eindeutig angesäuselt oder bekifft – oder beides. »Hast du was Schönes beim Shoppen gefunden?«

»Was Schwarzes«, knurre ich ungehalten. »Das passt bestens zu meiner Stimmung!«

Nicht die Bohne schuldbewusst sieht sie mich fragend an. »Ist jemand gestorben?«

»Ja, meine Geduld«, sage ich ungehalten. »Du hast mir versprochen, deinen Kram verschwinden zu lassen. Stattdessen empfängt mich dieser … dieser Saustall.«

»Ach, Tildchen, sei doch nicht immer so entsetzlich korrekt. Mach dich locker«, meint sie nur. »Die paar Kisten stören doch nun wirklich niemanden. Übrigens glaubt Amelie, es hätte etwas zu bedeuten, dass ich mich ums Auspacken drücke.«

»Ja, dass du eine faule Nuss bist«, werfe ich ihr an den Kopf.

Unbeeindruckt, als sei sie nicht gemeint, hebt sie die Schultern. »Man kommt doch problemlos durch.« Zum Beweis

wackelt sie mit ausgebreiteten Armen an mir und den umhüllten Kartons vorbei. »Siehste! Oder wie Amelie sagen würde:
Schau einfach nicht hin, dann siehste nix.« Ausgelassen stößt
sie mich an. »Und nun schmeiß dich in den neuen Fummel,
damit unser Jubelabend beginnen kann. Amelie hat große Ereignisse vorhergesehen, und Gustl wartet mit dem Dinner.«
Damit dreht sie sich um, huscht in ihr Chaotenreich und
schließt eilig die Tür.

Locker machen?

Mir fehlen die Worte. Dafür spüre ich meinen Blutdruck
ansteigen, was sich zu einem unangenehmen Schweißausbruch
entwickelt, wie immer, wenn ich mich aufrege. Gerrys Make-
up ist ruiniert.

In meinem Zimmer schnaufe ich empört vor mich hin und
pfeffere die Tüte mit dem sündhaft teuren Kleid achtlos in die
Ecke. Aufbrezeln und feiern sind das Letzte, wonach mir jetzt
der Sinn steht. Und Amelies Weissagungen sind mir schnurz-
piepegal. Ich muss mich erst mal beruhigen – mit Pralinés und
Portwein.

Ich entledige mich der engen Jeans, ziehe die weiße Bluse
aus, schlüpfe in ein olles Shirt und lasse mich mit der Pralinen-
packung ins Bett fallen. Schon besser.

Nach diversen Schokotrösterchen und dem ersten Gläschen Portwein erinnere ich mich, dass wir vereinbart haben,
einen Putzplan zu erstellen. Entschlossen greife ich nach Stift
und Papier, die immer griffbereit auf dem Nachttisch liegen. Es
muss doch möglich sein, dass vier Erwachsene dieses lächerli-
che Problem in den Griff bekommen.

Da wären Bad, Duschbad, Wohnzimmer und der Flur, in
dem eigentlich nur gesaugt werden muss. Die Einteilung, wer,
wann, wo mit dem Saubermachen an der Reihe ist, gestaltet
sich im Grunde ganz einfach. Eine Arbeitswoche hat sechs

Tage, sonntags haben wir frei. Da Gustl unbedingt die Mahlzeiten für uns zubereiten möchte und sich auch noch für den Einkauf zuständig fühlt, verteilt sich die leidige Putzerei selbstverständlich auf uns Damen. Wenn jede von uns, jeden Tag einen Punkt erledigt, dürften die leidigen Arbeiten eine Kleinigkeit sein. Theoretisch.

Ich überlege gerade, wie man Irma dazu bringen könnte, wenigstens hin und wieder den Staubsauger anzuwerfen, als die Tür auffliegt und Amelie reinplatzt, aufgedonnert, als stünde ein großes Woodstock-Revival bevor. Sie hat sich in ein wallendes Patchwork-Kleid gezwängt und ihr üppiges Dekolleté mit einer Mischung aus Bändern und Ketten dekoriert. Die wilden blonden Locken sind mit bunten Federn geschmückt und die hellblauen Augen dunkelblau umrandet.

»Prösterchen!« Sie hält mir ein Glas Prosecco entgegen.

»Schon mal was von Anklopfen gehört?«

Unschuldig zuckt sie die Achseln und schaut sich im Zimmer um. »Herrenbesuch?«, fragt sie in gespielter Verwunderung. »Monsieur ist wohl schnell unters Bett gekrabbelt!«

Darauf antworte ich gar nicht erst.

»Dein Lover soll sich mal schnell was anziehen und du auch«, plappert sie weiter. »Das Essen ist fertig, der Tisch gedeckt, und die Getränke sind gekühlt. Gustl stand ewig in der Küche, hat dein Lieblingsgericht zubereitet, und du – du siehst übrigens sehr hübsch aus, mit der neuen Haarfarbe und dem Make-up! Wäre doch schade, damit im Bett liegen zu bleiben. Mit oder ohne Liebhaber.«

Ich hole Luft, um sie anzupflaumen, dass ich keinen Hunger habe, ändere meine Meinung aber im selben Atemzug. So naiv wie Amelie sich immer gibt, ist sie gar nicht. Immerhin schafft sie es, mir, ohne rot zu werden, ein schlechtes Gewissen einzureden und das Ganze noch in ein Kompliment zu verpacken. Ich muss zugeben, dass sie gar nicht so unrecht hat. Gustl gegenüber wäre es ziemlich gemein, das Essen zu verschmähen, ganz abgesehen von der Tatsache, dass ich mich selbst am meisten bestrafen würde. Denn so langsam gelüstet es mich nach etwas Deftigem. Schokolade allein macht anscheinend doch nicht glücklich. Jedenfalls nicht für lange Zeit.

»Ja, schon gut«, beruhige ich sie. »Dauert aber ein paar Sekunden. Eine alte Frau ist schließlich kein Düsenjet.«

»Sehr schön.« Sie lächelt zufrieden, wendet sich zum Gehen, dreht sich noch einmal um und sagt mit sanfter Stimme: »Übrigens, Irma hat inzwischen die Umzugskartons weggeschafft!«

Mist! Jetzt hat sie mir auch noch ganz elegant den Schwarzen Peter zugeschoben.

4

Im raffinierten kleinen Schwarzen, die einreihige Perlenkette umgelegt und auf schwarzen Secondhand-Pumps von Prada betrete ich die Küche.

Wie von Amelie angekündigt, ist alles vorbereitet. Auf Gustls rustikalem Holztisch aus seiner alten Wohnung liegt eine weiße Damastdecke. Darauf stehen glänzende Kristallgläser (aus Irmas Besitz) und poliertes Geschirr (das zartblaue von Amelie), flankiert von silbernem Besteck (aus meiner Aussteuer). Den Mittelpunkt bildet ein Schokoladenkuchen, auf dem sieben bunte Kerzen flackern. Wenn meine Freunde jetzt auch noch singen, fange ich an zu heulen.

Gustl weiß, wie sehr ich solche emotionalen Situationen hasse, klatscht kurz in die Hände und dirigiert uns mit einer Handbewegung zum Tisch. »Los, los, alle hinsetzen. Kaltes Essen schmeckt nicht.« Er nimmt seine weiße Schürze ab, richtet die dunkle Krawatte auf dem weißen Hemd und schlüpft ins passende Jackett.

Während er das duftende Gratiné und die Steaks aufträgt, gießt Amelie Prosecco ein. Als alle versorgt sind, erhebt sie mit feierlicher Miene ihr Glas.

»Auf die Prosecco-Panther. Mögen sie ewig zusammen bleiben!«

Es überrascht mich nicht, dass ihr Blick bei den letzten Worten auf Gustl ruht.

Wir lassen die Gläser klingen und nehmen alle einen großen Schluck.

Irma, die sich in ein knallrotes Schlauchkleid eines japanischen Modemachers gehüllt und die Lippen im gleichen Farbton betont hat, kichert. »Man könnte auch sagen – bis ins Grab!«

Gustl stellt sein Glas ab und starrt ins Leere. »Seid ihr eigentlich auf den Tod vorbereitet?«, fragt er unvermittelt.

Offensichtlich ist er mit seinen Gedanken bei Susanne.

Betretenes Schweigen breitet sich aus. Wer ist schon auf *diese* Frage vorbereitet? Und was soll man darauf antworten?

»Ich habe ein tolles schwarzes Kleid!«, bemerkt Amelie schließlich. Sie zeichnet mit beiden Händen ein ziemlich großes Dekolleté. »Mir fehlen nur noch eine schicke große Sonnenbrille und ein scharfer Hut dazu. Einer mit Schleier, versteht sich. In Filmen sieht das immer so schön dramatisch aus.«

Typisch Amelie! Für sie herrscht sogar auf dem Friedhof Feieralarm. Und ich wette, dass sie ihre Beerdigung als fröhliche Party mit lauter Musik und reichlich Alkohol organisiert haben möchte. Gustl findet das vermutlich weniger lustig. Doch zu meiner Überraschung verzieht er plötzlich das Gesicht und lacht auf. Befreit lachen wir mit ihm.

Amelie sendet Irma und mir einen triumphierenden Blick, der uns signalisiert, dass sie mit Gustls Trauer umzugehen weiß. Und vor allem, wie sie ihn auf andere Gedanken bringen kann.

Aber auch mich hat sie mal wieder für sich gewonnen. »Na dann, auf die Ewigkeit!«, erkläre ich launig.

Wir trinken alle einen Schluck und widmen uns dann dem köstlichen Essen.

»Gustl, es schmeckt einfach himmlisch«, lobe ich unseren Meisterkoch nach den ersten Bissen.

»Hmm, du kannst mit jedem Sterne-Restaurant konkurrieren«, murmelt Irma kauend.

Amelie fügt noch »Ich könnt mich reinlegen« hinzu, wobei sie das letzte Wort über den Tisch *haucht*.

Irma zwinkert mir verschwörerisch zu, was ich schmunzelnd erwidere. Gustl hat längst spitzgekriegt, dass Amelie heißer als ein Waffeleisen ist.

»Danke, die Damen«, entgegnet er geschmeichelt. »Aber ihr wisst ja, ich koche leidenschaftlich gern. Und wie heißt es so treffend? Kochen ist der Sex des Alters!«

»Wahrscheinlich leiden deshalb die meisten im Alter unter Übergewicht«, erwidere ich.

Amelie schneidet sich ein Stück Fleisch ab, schiebt es in den Mund und verdreht beim Kauen verzückt die Augen. Dann tupft sie sich anmutig den Mund ab und sagt: »Diabetes soll auch eine Folge von zu viel Essen und zu wenig Sex sein.«

»Sag bloß«, prustet Irma los und verschluckt sich am Gratiné.

Ich klopfe ihr auf den Rücken. Gustl füllt eilig ihr Wasserglas auf.

Später, beim Anschneiden des Schokokuchens, fragt Amelie mit unschuldigem Augenklimpern in die Runde: »Wie wär's mit einem kleinen Würfelspiel?«

Dass daran irgendetwas faul ist, merkt sogar Gustl, der normalerweise niemanden zweideutige Absichten unterstellt.

»Also ich kenne nur Mensch-ärgere-dich-nicht«, sagt er irritiert.

»Das Spiel wird dir gefallen«, orakelt Amelie und fährt sich durch die blonden Locken.

Alarmiert hake ich nach: »Du willst doch nicht etwa Strip-Poker mit uns spielen?«

»Eigentlich nicht«, antwortet sie mit unergründlicher Miene.

Nachdem wir den Tisch abgeräumt und das Geschirr in der

Spülmaschine verstaut haben, kredenzt Gustl noch süßen türkischen Mokka. »Damit wir nicht vorzeitig schlappmachen«, zwinkert er Amelie zu.

Sie blinzelt zurück und eilt hinaus.

Als sie zurückkommt, verteilt sie an jeden einen Würfel und behält einen für sich. »Da stehen berühmte Persönlichkeiten oder verschiedene Aktivitäten drauf«, erklärt sie. »Es wird reihum –«

»Ich hab *Marathonlauf* gewürfelt!«, ruft Irma dazwischen. »Und was ist daran lustig? Soll ich vielleicht einmal durch die Stadt rennen? Das überlebe ich nicht – und meine sündhaft teuren Manolos sowieso nicht.«

Amelie taxiert Irma mit vorwurfsvollem Blick. »Nun warte doch ab, ich will ja gerade erklären …«

»Na, dann aber dalli. In unserem Alter ist jede Minute kostbar«, antwortet Irma.

»Schon gut … Also ich dachte an eine Art Scharade. Das wird bestimmt lustig«, setzt sie hinterher, als keine Begeisterungsrufe ertönen. Um die Reihenfolge auszuwürfeln, pfeffert sie einen kleinen roten Würfel auf den Tisch. »Vier!«

Irma hat eine Zwei, Gustl gleichfalls eine Vier, was Amelie mit einem zufriedenen Lächeln registriert. Ich würfle die Sechs und *darf* beginnen. Meine Mitbewohner halten sich die Augen zu, um nicht zu sehen, was ich ihnen gleich vorspielen werde.

Schöner Mist, fluche ich lautlos, als ich lese, was auf dem Würfel steht. So langsam befürchte ich, dass die ganze Würfelnummer irgendwie ausartet. Aber ich will nicht den Spielverderber geben. Also verstecke ich den Würfel unterm Sitzkissen und verkünde: »Ihr könnt wieder gucken.«

Dann erhebe ich mich, nehme zwei Stühle und stelle sie mit etwas Abstand ans Fenster.

»Reise nach Jerusalem«, tippt Irma und beschwert sich über das babyleichte Spiel.

»Falsch.« Ich schüttle den Kopf, ziehe meine Pumps aus, schiebe mein Kleid etwas nach oben und besteige umständlich den Stuhl.

»Fensterputzen!«, kreischt Amelie vergnügt.

»Nein.« Vorsichtig klettere ich wieder runter, dann rauf auf den zweiten Stuhl und erklimme mit äußerster Anstrengung auch noch das glücklicherweise überbreite Fensterbrett. Mit letzter Kraft klammere ich mich an den Fenstergriff.

»Gardinen abnehmen«, tippt Gustl mit besorgter Miene. »Komm lieber wieder runter, das ist doch viel zu gefährlich in unserem Alter.«

»Danke, dass du mich daran erinnerst«, entgegne ich mürrisch beim viel zu hektischen Abstieg, wobei die rückwärtige Naht meines Kleides ein besorgniserregendes Geräusch macht.

Doch nun packt mich der Ehrgeiz. Ich klettere ein weiteres Mal von einem Stuhl auf den anderen, krabble abermals aufs Fensterbrett, steige umständlich ab und röchle am Ende meiner Kräfte: »Sauerstoff!«

Irma springt hoch und stürzt zu mir. »Brauchst du einen Arzt?«

Keuchend schüttle ich den Kopf.

»Ist wirklich alles okay?«, fragt sie besorgt nach.

»Ja, ja, mir fehlt nichts«, antworte ich unwillig, richte mich auf und erkläre wieder mit normaler Stimme: »Das gehört zum Spiel.«

»Ah!«, ruft Amelie. »Du bist eine Fensterputzerin, die einen Herzinfarkt erleidet.«

Mir reißt der Geduldsfaden. »Quatsch! Das war Reinhold Messner bei seinem Alleingang auf den Nanga Parbat.«

»Toll!«, meint Amelie.

Als Nächstes ist Gustl dran. Als wir das Kommando zum Gucken bekommen, erhebt er sich, entfernt sich einige Schritte vom Tisch und breitet die Arme aus, als wolle er jemanden umarmen. In dieser Position beginnt er sich zu drehen.

»Rentnerball!«, rufe ich und muss mir ein Grinsen verkneifen. Gustl sieht einfach zu niedlich aus, wie er steif und ungelenk sein Bäuchlein durch die Küche schiebt.

Er schüttelt den Kopf, wackelt mit Armen und Beinen wie bei einem Twist und dreht sich dann abermals im Kreis.

»Turniertänzer mit Rheuma?«, gackert Irma.

»Nein«, antwortet Gustl keuchend und läuft knallrot an. »Fred Astaire in Rente.«

Amelie mustert ihn verträumt. »Ich war schon ewig nicht mehr tanzen. Sollen wir vielleicht einen Kurs belegen?«

Gustl zuckt zusammen, als wolle sie ihn noch heute zu einem Tanzturnier anmelden.

»So Arm in Arm übers Parkett zu schweben ...«, schwärmt sie weiter. »Wie Ginger und Fred.«

»Wer ist als Nächster dran?«, wechselt Gustl schnell das Thema.

Amelie ist an der Reihe. Sie nimmt den Würfel, drückt ihn theatralisch an ihre Brust und wartet, bis wir uns die Hände vor die Augen halten. Ihr spitzer Aufschrei verrät uns, dass sie gleich die große Show abzieht.

Betont langsam erhebt sie sich, zieht ihren Stuhl in die Mitte des Raumes und stellt mit einem graziösen Schwung ihr rechtes Bein darauf.

»Musical«, kreischt Irma. »Die Sally Bowles aus ›Cabaret‹ ... Zeig uns deine Strapse, Sally!«

Amelie schüttelt den Kopf, zieht den Rocksaum aber trotzdem etwas höher.

Was hat sie bloß vor? Nervös beobachte ich, wie sie nun um den Stuhl tänzelt.

Gustl dagegen scheint es zu genießen. Er lehnt sich zufrieden lächelnd zurück und betrachtet die flotte Tänzerin ungeniert.

Das Tanzmariechen fühlt sich offensichtlich motiviert und dreht sich lachend schneller. Plötzlich hält sie abrupt inne, beginnt lasziv die Hüften zu kreisen und öffnet dabei einen Knopf am Ausschnitt.

Sie bewegt sich erstaunlich geschmeidig, und ich ahne, dass sie gleich alle Hemmungen und sämtliche Hüllen fallen lassen wird. Ich frage mich, wie viel sie schon getrunken hat. Um Schlimmeres zu verhindern, will ich gerade »Striptease«, rufen, als die Klingel schrillt.

Amelie unterbricht ihre künstlerische Darbietung, scheint aber von der Unterbrechung ziemlich angefressen zu sein. Irma und ich springen erleichtert auf.

»Ich dreh uns mal 'nen Jubiläumsjoint«, erklärt Irma. »Wir brauchen dringend Entspannung.«

»Das ist sicher Cengiz, der uns durchs Fenster beobachtet hat«, tippe ich. »Soll ich ihn hereinbitten?«

»Immer rein damit, wenn's kein Schneider ist«, meint Gustl.

Amelie nickt – Schneider oder nicht, Männer sind ihr grundsätzlich willkommen. Außerdem ist das *die* Gelegenheit, das nächste Fläschchen zu öffnen.

Doch vor der Tür steht nicht der bayrische Türke, sondern die junge Mutter aus dem Dachgeschoss. Ihr aschblondes Haar fällt frisch gewaschen auf die Schultern. Sie trägt ein Blumenkleid und Plateausandalen an den Füßen. Wesentlich erholter als heute Nachmittag wirkt sie allerdings nicht. An der Hand hält sie ihren kleinen Sohn, in der anderen das schlafende Baby in einer Trageschale.

»Guten Abend, Frau Opitz«, begrüßt sie mich. »Ich musste die Kinder jetzt doch mitbringen.«

»Wunderbar, ich freue mich sehr. Treten Sie ein«, fordere ich sie auf.

Luis tippelt an Mamas Hand in den Flur, hält mir stumm eine Riesenbrezel entgegen und schaut mich dabei mit großen Augen an.

»Brot und Salz zur Wohnungseinweihung«, erklärt Sophie das Geschenk.

»Danke schön, Luis.« Der kleine blondgelockte Kerl in der ausgewaschenen Jeans mit dem blau-weißen Ringelpulli sieht so niedlich aus, dass ich ihn am liebsten an die Brust drücken würde. Was ich natürlich nicht tue. Ich streiche ihm auch nicht über die Locken, schließlich sind wir uns erst ein, zwei Mal begegnet. »Magst du Schokoladenkuchen?«

Er reißt sich von Mamas Hand los, saust den langen Flur entlang und quietscht begeistert: »Jaaa!«

Am Flurende angekommen, stößt er mit Irma zusammen, die in diesem Moment mit einem professionell gedrehten Joint aus ihrem Zimmer tritt.

»Hallo, kleiner Mann. Willst du mich besuchen?«, lacht sie vergnügt.

Luis starrt die fremde Frau an und zeigt dann auf das seltsame Gebilde in ihrer Hand. »Was … hast du da?«

Mist! Was soll Frau Stein nur von uns denken? Ich weiß nicht, wohin vor Peinlichkeit, was mir sofort eine heftige Hitzewallung beschert. Mit Blicken versuche ich, Irma zu bedeuten, dass sie gefälligst den Joint verstecken soll.

Aber Irma bringt so eine Situation nicht in Verlegenheit. Sie geht in die Hocke, zeigt auf mich und erklärt Luis ganz ruhig: »Das ist ein klitzekleines Geschenk für Mathilde.«

»Ich … ich auch Geburtstag!«, behauptet Luis.

»Nein, Luis. Das dauert noch ziemlich lange, bis du Geburtstag hast. Erst wenn Weihnachten vorbei ist«, entgegnet seine Mutter geduldig und wendet sich dann an mich. »Sobald das Wort Geschenk fällt, glaubt er, es sei auch sein Geburtstag.«

Enttäuscht schlurft Luis zurück zur Mama, die der Joint nicht weiter zu irritieren scheint. Gut, dass ich ihr bereits von unserer Hippie-Vergangenheit erzählt habe. Uns Alt-68ern traut die junge Generation doch jegliche Dummheiten zu.

Irma drückt mir unbefangen die Tüte in die Hand und fragt den kleinen Kerl. »Magst du Enten, Luis?«

Neugierig schaut er zu ihr auf. »Wo?«

»Dort, in meinem Zimmer«, erklärt Irma und zeigt ans Flurende. »Wenn du willst, kannst du mit ihnen spielen.«

Luis sieht seine Mutter unsicher an. Die nickt ihm lächelnd zu. »Geh nur.«

Irma nimmt Luis an der Hand und trottet mit ihm davon. Ich bitte Frau Stein in die Küche. »Möchten Sie etwas essen?«, frage ich und stocke. Der Anblick von Amelie und Gustl verschlägt mir die Sprache.

Sie sitzt auf seinem Schoß und schreckt ertappt hoch, als wir eintreten. »Oh, Besuch! Guten Abend.«

Gustl strahlt, als er Frau Stein und das Baby erblickt. Mit sanftem Nachdruck schiebt er Amelie zur Seite und begrüßt unsere Nachbarin mit festem Händedruck. Er wünscht sich schon lange Enkelkinder, doch bisher wurde ihm sein Wunsch weder von seinem Sohn noch von seiner Tochter erfüllt.

Während Gustl das Baby anschmachtet, nehme ich einen Silberteller für die Brezel aus dem Küchenschrank und deponiere dort bei der Gelegenheit den Joint.

Sophie nimmt Gustls Einladung zu Steak und Gratiné gern

an und erklärt, warum sie die Kinder mitgebracht hat. »Torsten und ich haben … Na ja, er hat das Haus verlassen, ohne zu sagen, wann er zurückkommt. Und die Kinder sind noch zu klein, um sie allein zu lassen.«

Für mich klingt das, als sei er im Streit weggerannt.

»Mama!« Luis stürmt in die Küche. »Irma hat sooo viele Enten.« Er hält eine gelb-schwarz-gestreift Holzente in der Hand.

»Du hast doch schon eine Janosch-Ente«, erwidert Frau Stein, als fürchte sie, ihr Sohn habe das Spielzeug gemopst.

»Ich hab sie ihm geschenkt«, erklärt Irma. »Luis besitzt jetzt Tigerenten-Zwillinge, nicht wahr, kleiner Mann?«

»Zwingelle«, bestätigt Luis.

Für diesen niedlichen Wortverdreher schneidet ihm Gustl ein extra großes Stück Schokokuchen ab.

Bei Luis' Anblick überfällt mich wieder mal das Verlangen nach eigenen Kindern. Eine Sehnsucht, die sich nie erfüllen wird. Erstens kriegen Frauen in der Menopause keine Kinder, und zweitens? Über fünfzig gibt es kein Zweitens! In meiner letzten Beziehung habe ich noch gehofft, dass wir eine Familie gründen würden. Doch es ist nichts weiter als ein Schnellkochtopf übriggeblieben, den mir mein Ex zu Weihnachten geschenkt hat. Nur, weil ich mein Geld nicht sinnlos verprasse, hat dieser Schuft geglaubt, ein Energiespartopf würde mich glücklich machen.

Luis schiebt den leeren Teller zur Seite und reibt sich die Augen. »Mama.«

»Du bist müde, ja?«

Statt zu antworten, legt er seinen Arm auf den Tisch, lässt den Kopf drauf sinken und schließt die Augen. Frau Stein entschuldigt sich und bedauert, nicht länger bleiben zu können.

»Ach was, Sie sind doch eben erst gekommen«, winkt Irma

ab und schlägt vor, den Kleinen einfach in ihr Zimmer zu den Enten zu legen. »Auf *ein* Glas müssen Sie bleiben.«

Wenig später schlafen Luis und das Baby, bewacht von einer Elektronanny. Frau Stein hat ihr geradezu galaktisch modernes Babyphone aus ihrer Wohnung geholt. Mittels Nachtsichtkamera funkt es Überwachungsbilder in die Küche und lässt die Mama ohne schlechtes Gewissen feiern.

Wir stoßen auf gute Nachbarschaft an. Nach einer Weile entspannt sich unsere junge Nachbarin und wir bieten ihr das Du an.

Schließlich beginnt Sophie stockend von ihren Problemen zu berichten. »Torsten verschwindet ständig in die Staatsbibliothek ... um für seinen Magister zu arbeiten ... Nicht mal am Abend oder am Wochenende hat er Zeit für seine Familie.«

»Vielleicht möchte er sein Studium so schnell wie möglich beenden«, versuche ich zu vermitteln.

Sophie hebt die Brauen. »Zehn Jahre Studium?«, fragt sie spöttisch. »Die Chance hat er längst verpasst.«

»Ach, Männer«, schnauft Irma. »Drücken sich einfach gern vor der Verantwortung.«

»Stimmt doch gar nicht«, protestiert Gustl energisch. »Ich stehe lieber für euch am Herd, statt meine Nase in ein Buch zu stecken.«

Amelie streicht ihm liebevoll über die Halbglatze. »Du bist ja auch die berühmte Ausnahme von der Regel, mein Gustilein.«

Mein Gustilein!? Bahnt sich da etwa was an? Erst die Spinne am Morgen, vorhin saß sie auf seinem Schoß, und jetzt gibt sie ihm schon Kosenamen. Oder sind das nur die Auswirkungen des Alkohols?

Irmas Handy unterbricht meine Grübeleien. Sie geht ran

50

und führt ein kurzes Gespräch. »Das war Otto«, erklärt sie danach»Er wollte – «

Die Türklingel erübrigt weitere Erklärungen. Irma eilt zur Tür, und zehn Sekunden später weht Otto im weißen Leinenanzug in die Küche. Er kleidet sich ausschließlich in Weiß und frischt den Saubermannlook mit Farbtupfern auf, heute mit einem rosa Hemd und einem roten Seidenschal. Auf dem imposanten Schädel sitzt ein beigefarbener Panamahut, im Arm hält er eine Magnumflasche Veuve Clicquot.

»Seid gegrüßt, ihr Lieben! Ein Vöglein hat mir gezwitschert, dass hier ein Jubiläum gefeiert wird. Ich bin das Überraschungsei.« Er kommt auf mich zu, küsst mich links und rechts auf die Wangen und überreicht mir die Flasche mit einer theatralischen Geste. »Für dich, Mathilde-Schätzchen, leg die *Witwe* ins Eis. Kinder, ich bin ja sooo aufgeregt!« Keuchend holt Otto Luft, als stünde er auf der Bühne, strafft die Schultern und setzt zum großen Monolog an. »Durch meine Adern sprudelt pures Adrenalin. Ich habe ein phänomenales Filmangebot aus Frankreich, das mein Comeback bedeuten wird.«

»Ist das tatsächlich *der* Otto Goldbach?«, flüstert Sophie neben mir ehrfürchtig. »Ich bin ein Riesenfan von ihm.«

»Er ist es. Höchstpersönlich«, bestätige ich. »Otto ist sozusagen ein Freund des Hauses.«

Irma macht sich am Küchenschrank zu schaffen, um ein Glas für Otto zu holen. Dass sie dabei auch den Joint entdeckt, kann ich an ihrem zufriedenen Grinsen erkennen.

Nachdem alle mit eiskaltem Prosecco versorgt sind, ergreift Otto das Wort.

»Liebe Freunde … « Er hält inne, wohl um der Spannung willen. Betont langsam nimmt er den Hut ab und wirft ihn mit eleganter Geste aufs Fensterbrett. »Für euch beginnt mit eurer WG ein neuer Lebensabschnitt, und ich blicke auf eine lange Karriere zurück. Für einige meiner Arbeiten muss ich mich nicht schämen, und nun endlich …«

Irma vollendet Ottos Satz. »… wird dein Gesamtwerk mit dem ›Shakespeare‹ gekrönt.«

»Ahhh!«, entfährt es ihm, wobei er sich an die Brust fasst und knallrot anläuft, als erleide er eine Herzattacke. »Irma-Schatz, keine Vorschusslorbeeren. Das bringt Unglück!« Er rollt die Augen, fährt sich in gequälter Manier durchs schüttere Haar und streckt dabei die andere Hand weit von sich weg. »Nein, nein, nein! Eine Nominierung ist natürlich eine pikfeine Sache, nur ein saftiger Sexskandal könnte das toppen –«

»Ich wollte auch immer zum Film«, mischt sich Amelie ein. »Gibt es eigentlich die Besetzungscouch noch?«

Otto stutzt. »Selbstverständlich, aber leider nicht für alte Säcke wie mich!«, antwortet er.

»Entspann dich, *alter Sack*«, fordert Irma ihn mit sanfter Stimme auf und zündet den Joint an. »Jetzt wird's gemütlich.«

»Immer her damit«, sagt Otto, als Irma ihm den Joint hinhält. Er nimmt einen tiefen Zug und reicht ihn weiter.

Die Stimmung steigt, als Otto uns mit dem neuesten Tratsch aus der Filmbranche unterhält und von den Macken der Schönen und Reichen berichtet.

Schon bald laufen Amelie Lachtränen übers Gesicht, ich hingegen werde bei den Geschichten über das Leben jenseits von Geldsorgen wehmütig.

»Wenn ich nicht im Lotto gewinne, werde ich in diesem Leben nicht mehr reich«, seufze ich.

Irma hebt ihr Glas und prostet mir zu. »Tröste dich, Mathilde. Ich stamme aus einer mittellosen Arbeiterfamilie, da gibt es nicht einen einzigen Silberlöffel zu erben.«

Otto springt auf, reißt sich den roten Schal vom Hals, wirft ihn vor Irma aufs Parkett und sinkt auf die Knie. »Teuerste! Würdest du mir die Ehre erweisen, mich zu beerben?«

Erstaunt reißt Irma die Augen auf. »Ist das von Goethe? Oder probst du für eine neue Rolle?«

»Nein, meine über alles geschätzte Freundin. Das ist ein stinknormaler Heiratsantrag!«

»Ach, Otto-Schätzchen!« Irma beugt sich etwas vor und küsst ihn auf die Stirn. »Du bist mal wieder in Höchstform.«

»Irma!«, entgegnet Otto in gespielter Entrüstung. »Das war kein Scherz.«

Das »Publikum« klatscht begeistert.

»Und warum sollten ausgerechnet wir zwei heiraten?«, fragt Irma.

Otto erhebt sich ächzend. »Weil du die Einzige bist, die mich ehrlich liebt, ohne es auf mein Vermögen abgesehen zu haben. Denn erst wenn man genug Geld hat, weiß man, dass Liebe nicht käuflich ist!«

»Ach, Otto, das hast du schön gesagt.« Gerührt wischt sich Irma eine Träne weg.

»Das ist ein Zitat von Jack Nicholson!«, erklärt Otto mit Nachdruck.

»Dann hat Jack das eben schön gesagt«, entgegnet Irma. »Aber bei mir kannst du wirklich ganz sicher sein, ich würde dich auch als armen Schlucker nehmen.«

»Sag ich doch, Irma-Schatz. Du liebst den ollen Otto wie er ist.« Liebevoll küsst er sie auf beide Wangen.

Ich erhebe mein Glas. »Auf die Liebe!«

5

Nadelfeine Stiche hinter den Augen, ein Brummschädel und ein seltsam kehliges Geräusch wecken mich am nächsten Morgen.

Orientierungslos blicke ich mich um, lausche angespannt in die Stille. Nichts. Vermutlich habe ich geträumt und selbst gestöhnt. Würde mich nicht wundern. Mein Körper fühlt sich zentnerschwer an wie ein Kartoffelsack, und meine Zunge klebt am Gaumen, als hätte ich drei Flaschen Portwein auf ex geleert. Wieso eigentlich? Ach ja, die Party!

Träge angle ich mir den Wecker. Zehn Uhr? Ich habe verschlafen! Unmöglich, seit ich denken kann, ist mir das noch nie passiert. Doch der Kontrollblick bestätigt mir das Unglaubliche. Tatsächlich!

Ich wollte immer schon mal verschlafen. Manche Menschen träumen von weißen Sandstränden, andere von großen Erbschaften (war da nicht was gestern Abend?) und ich vom Verschlafen. Dank unserer Party und einem dicken Joint ist es mir endlich gelungen. »Da sag noch mal einer, Drogen wären ungesund«, grummle ich halblaut vor mich hin. Scheint, als wäre ich doch noch nicht ganz nüchtern. Könnte aber auch der mörderische Durst sein, der mich so einen Blödsinn reden lässt. Oder der Druck meiner Blase trübt meine Sinne.

Ich sprinte ins Badezimmer. Auf dem Flur höre ich wieder dieses eigenartige Stöhnen. Da hat wohl noch jemand wirre Träume. Oder ist einer krank? Darum kann ich mich jetzt leider nicht kümmern. Ich muss pinkeln.

Ungestüm reiße ich die Badezimmertüre auf – und erstarre.

Amelie und Gustl unter der Dusche. Eng umschlungen. Nackt.

»Was ist denn hier los?«, krächze ich, wobei mir bewusst wird, was das für eine bescheuerte Frage ist.

Ertappt fährt das Pärchen auseinander. Gustl dreht mir beschämt den Rücken zu. Amelie kichert und winkt mir ungeniert zu, als stünde sie vollbekleidet auf einem Balkon.

»Huhuuu, Mathilde«, flötet sie.

Eine Schrecksekunde lang starre ich nur wortlos auf ihre üppigen Brüste, bevor ich rausstolpere und zur anderen Toilette renne.

Was denkt die sich eigentlich? Ich brauche jetzt dringend ein großes Glas Orangensaft und einen starken Kaffee und marschiere in die Küche. Ein kräftiges Frühstück würde ich auch nicht verschmähen. Doch das werde ich mir heute wohl allein zubereiten müssen. Unser Koch ist ja anderweitig *beschäftigt.*

Natürlich bin ich Amelie dankbar, wenn sie Gustl aus seiner Endlostrauer holt, aber bitte hinter verschlossener Tür. Haben die beiden denn überhaupt kein Schamgefühl?

»Hast du das mitgekriegt?« Irmas rauchige Stimme dringt in mein Grübeln. Im hellgrünen Pyjama betritt sie die Küche.

Missmutig stelle ich die Kaffeedose ab. »Was?«

»Das Techtelmechtel im Bad?«, kichert sie.

»Techtelmechtel?«, wiederhole ich gereizt. »Das ist ja wohl die Untertreibung des Jahres.«

»Ach was«, winkt Irma ab. »Ich finde es niedlich. Warum sollen die beiden sich nicht vergnügen?«

»Hmmm«, brumme ich. Wenn ich ehrlich bin, ist mir die ganze Nummer suspekt. Ich habe nichts gegen Sex. Ich bin auch nicht prüde. Und wenn die zwei sich mögen, bitte schön. Nur zu, solange sie die Tür abschließen. Ich freue mich für die bei-

55

den, ehrlich. Wenn da nicht dieses ungute Gefühl in meiner Magengrube wäre. Wie eine Alarmsirene, die großes Unheil ankündigt. Irma guckt auch ganz kariert.

»Hast du was?«, frage ich.

»Nee, alles paletti«, antwortet sie, wobei ihre Stimme merkwürdig klingt. »Na ja, eigentlich ...« Sie grinst schief, zieht die Schultern hoch und vergräbt die Hände in den Jackentaschen.

Ich schalte die Kaffeemaschine ein, die gleich darauf leise zu blubbern beginnt. Doch heute versetzt mich das vertraute Geräusch nicht wie üblich in gelöste Morgenstimmung. Ich fühle mich ganz und gar nicht wie eine Werbefigur, die schlankmachenden Joghurt löffelt. Zudem ziehen draußen Wolken auf. Schlagartig wird es dunkel im Raum. So düster wie meine Stimmung, passt perfekt.

»Ja ... und?«, frage ich.

»Ich muss dir was sagen.«

Ein Unterton in Irmas Stimme lässt mich aufhorchen. Die Worte erinnern mich unangenehm an meine letzte Beziehung, deren Ende genau mit diesem Satz begann.

»Dann gehen wir am besten in mein Zimmer«, antworte ich, so gefasst ich kann. Hiobsbotschaften nehme ich gern in vertrauter Umgebung entgegen.

Irma nimmt zwei Tassen aus dem Schrank und stellt sie mit dem Kaffee auf ein Tablett. Als ich Orangensaft und Milch aus dem Kühlschrank hole, verstärkt sich mein Magengrummeln. Kein Gebiss im Wasserglas! Ich bin zwar überhaupt nicht scharf auf den skurrilen Anblick, doch heute hätte es wenigstens bedeutet, dass alles ganz normal ist.

Als wir mein Zimmer betreten, schnauft Irma. »Puh, herrscht hier Ordnung! Lässt du eigentlich nie was rumliegen?«

Auf meinem Nachtisch steht ein halbleeres Glas Wasser,

daneben liegen eine Packung Kleenex für Schweißausbrüche und zwei Bücher, sowie die Wochenendausgabe der *Süddeutschen*. Mein Bett ist zerwühlt, auf einen der beiden Freischwingersessel habe ich achtlos das Kleid geworfen und daneben die Schuhe ausgezogen. Für meine Verhältnisse ist das reichlich Unordnung.

»Wolltest du mit mir übers Aufräumen reden?«, frage ich und zeige auf mein Bett. »Hier ist es am gemütlichsten. Falls du mir Unerfreuliches mitzuteilen hast, kann ich tot umfallen, ohne mich dabei zu verletzen.«

»Damit scherzt man nicht«, rügt mich Irma und setzt sich ans Fußende. »In unserem Alter ist es gefährlich, das Schicksal herauszufordern.«

»Schon gut«, winke ich ab. »Komm zum Thema.«

»Also, Otto hat doch auf dem Wohnzimmersofa übernachtet«, beginnt Irma, schiebt sich ein Kissen ins Kreuz und verkreuzt die Beine zum Schneidersitz.

»Weiß ich.« Erleichtert lehne ich mich ebenfalls ins Kissen zurück. »Wir haben ja alle ziemlich zugeschlagen. Aber es war saulustig, ich habe mich schon ewig nicht mehr so gut amüsiert. Schläft Otto noch?«

»Nein, er hat eine Menge Termine und musste früh los«, erklärt Irma. »Aber bevor er gegangen ist, hatten wir noch ein wichtiges Gespräch.«

Wichtige Gespräche sind mir grundsätzlich suspekt. Bei dem letzten *wichtigen Gespräch* hat man mich in den Vorruhestand geschickt.

»Otto hat … «, setzt Irma an und stockt wieder.

Ich reiche ihr den Orangensaft. »Geldprobleme?«, tippe ich. »Wie dieser Schauspieler, der durch Fehlinvestitionen sein gesamtes Vermögen verlor. Er tingelt zurzeit durch die Talkshows und bettelt um Spenden.«

Irma lacht amüsiert auf. »Otto und finanzielle Probleme? Nein, nein, ganz im Gegenteil. Sogar du würdest ihn als wohlhabend bezeichnen.«

»Er ist hoffentlich nicht krank?«, frage ich. »Nun red schon, ich sehe doch, dass es sich um etwas Schwerwiegendes handelt. Wir sind Freundinnen«, betone ich. »In guten wie in schlechten Zeiten!«

»Ich habe seinen Heiratsantrag angenommen!«, platzt es nach einem tiefen Seufzen aus ihr heraus.

In Erinnerung an Ottos Kniefall muss ich so heftig lachen, dass die Hälfte meines Kaffees aufs Tablett schwappt. »Was einem Schauspieler in umnebelter Stimmung alles einfällt, einfach unglaublich.«

»Der Antrag war ernst gemeint«, antwortet sie leise und trinkt danach ihren Orangensaft in einem Zug, als müsse sie den Geschmack bitterer Medizin hinunterspülen.

»Wie bitte?« Ich bin damit beschäftigt, den Kaffee mit den Papierservietten aufzuwischen. Und im Alter lässt ja auch das Gehör nach, was mir regelmäßig beim Fernsehen auffällt. Aber da reicht ein Knopfdruck auf die Fernbedienung.

»Na ja, genau genommen wäre es ein Arrangement«, erklärt Irma. »Otto hat schon mehrmals etwas in der Richtung angedeutet. Ich dachte immer, er witzelt nur so rum. Lange Rede kurzer Sinn: Die Gerüchte –«

An dieser Stelle unterbreche ich sie. »Ah, jetzt fällt der Groschen: Es geht um eine Scheinehe!«

»So ähnlich«, sagt sie und zupft verlegen an ihrer Nagelhaut. »Otto ist die Gerüchte um seine Homosexualität einfach leid. Als er noch jünger war, hat er sich schon mal schmusend mit attraktiven Kolleginnen fotografieren lassen, um vom Publikum als Liebhaber akzeptiert zu werden. Mit seinen dreiundsiebzig wäre das jedoch lächerlich. Das allein ist aber nicht der

Grund für seinen Antrag. Er ist auch für eine Rolle im Gespräch, wo er als verheirateter Mann bessere Chancen hätte. Mehr soll ich noch nicht verraten.«

»Dann heirate ihn doch, wenn du damit ihm einen Gefallen tun kannst«, antworte ich schulterzuckend. »Rock Hudson war doch auch mal zum Schein verheiratet, um glaubwürdig den Frauenhelden mimen zu können.«

»War er«, bestätigt sie. »Und da Otto und ich schon so lange befreundet sind, vertraut er mir voll und ganz. Ich würde sein Geheimnis nie an die Presse verraten.«

»Wer weiß schon, wie viele verheiratete Schauspieler eigentlich schwul sind«, entgegne ich. »Davon abgesehen, kann keiner nachweisen, dass ihr euch nicht liebt, was ihr im Grunde ja tut. Nur eben platonisch. Noch Kaffee?«

Irma schüttelt den Kopf, doch ihre Miene bleibt angespannt. Ich verstehe, dass sie mir noch mehr zu sagen hat. »Das war noch nicht alles, oder?«

Sie nickt und senkt den Blick. »Otto möchte ... Also ich soll ...«, stottert sie, sichtlich nervös. »Er will, dass wir zusammenziehen.«

»Wie, zusammenziehen?«

»Na ja, ich soll in seine Villa einziehen, damit es offiziell ist«, antwortet sie beinahe flüsternd. »Außerdem besitzt er doch dieses riesige Anwesen, das ihm allein viel zu groß ist. Und er möchte, dass ich ihn auf seinen Reisen begleite.«

Ihre Stimme ist so leise, dass ich sie kaum verstehen kann. Einen Moment später, begreife ich die Tragweite von Ottos Ansinnen. Das waren wohl die »großen Ereignisse«, die Amelie in den Karten gesehen hat.

»Und was wird aus unserer WG?«, frage ich. »Eben gegründet und sieben Tage später erweist sich das Ganze als Flop?«

59

»Genau darüber will ich ja mit dir sprechen«, erwidert sie kleinlaut.

»Was gibt's denn da noch groß zu besprechen?«, fahre ich sie an. »Möchtest du meine Erlaubnis, um dein schlechtes Gewissen zu beruhigen? Das kannst du vergessen!«

»Bitte, Mathilde«, fleht sie. »Gib mir eine Chance, alles zu erklären. Ich bin sicher, du wirst es verstehen.«

»Na gut, ich höre«, gebe ich nach. Auch weil ich neugierig bin, was es mit diesem *Arrangement* auf sich hat.

Mit Erstaunen vernehme ich, dass Otto ihr sein gesamtes Vermögen hinterlassen möchte und sie nach seinem Tod obendrauf eine nicht unbeträchtliche Privatrente bekäme.

»Du kennst meine Angst, im Alter am Hungertuch nagen zu müssen«, betont sie. »Erst von kurzem hat mir mein letzter Rentenbescheid die Tränen in die Augen getrieben. Auf eine nette Abfindung wie du sie bekommen hast, kann ich nicht hoffen. Alt gewordenen Friseurinnen droht eher die vorzeitige Entlassung, wenn sie über das anstrengende Stehen stöhnen. Als Ottos Frau wäre ich alle Sorgen los. Ich kann aufhören zu arbeiten und die Beine hochlegen, statt sie mir in den Bauch zu stehen. Und ich müsste auch meine Haare nicht mehr färben und was ich sonst noch so unternehme, um über mein Alter hinwegzutäuschen.«

»Tja, wenn alles nach deinen Wünschen läuft, kannst du in Ehren ergraut am *Hummertuch* nagen«, entgegne ich spöttisch. »Für mich klingt das Ganze trotzdem ziemlich seltsam. Überleg doch mal, Otto hat doch Familie. Irgendeiner seiner Verwandten weiß wahrscheinlich um seine Veranlagung und wird Verdacht schöpfen. Sie werden gerichtlich gegen dich vorgehen und dann ade du wunderschöner Traum von Reichtum und Sorglosigkeit. Oder ist Otto vielleicht krank und sucht nur eine billige Pflegerin? Das hört man immer wieder. So was nennt man Honigfalle.«

»Nein, Otto fehlt nichts. Na gut, er raucht, aber das ist sein einziges Laster. Ansonsten ist er kerngesund, achtet auf ausgewogene, gesunde Ernährung und macht regelmäßig Sport«, beruhigt sie mich. »Du hast doch gestern Abend selbst mitgekriegt, wie er mit uns getanzt hat, er ist total fit. Aber er hat Angst, zu vereinsamen und allein zu sterben. Eines Tages einfach umzufallen und keiner merkt's.«

»Oh, das klingt für mich aber eher nach einem Job als Privatsekretärin, die ihm zusätzlich den Haushalt führt«, folgere ich. »Oder anders ausgedrückt: Rundumversorgung zum Nulltarif!«

Irma schüttelt den Kopf. »Nein. Otto hat Personal, das ihm sämtliche Hausarbeit abnimmt. Ich würde bei ihm nie wieder putzen müssen.«

»Soso. Personal. Wie angenehm.« Ich werde zynisch. »Du kannst also bequem auf seinen Tod warten. Laut Statistik sterben Männer sowieso früher als Frauen. Sobald er stirbt, bist du 'ne reiche Witwe!«

»Das stimmt nur teilweise«, widerspricht Irma, hebt den Kopf und blickt mich herausfordernd an. »Otto besteht nämlich darauf, mir eine monatliche Apanage zukommen zu lassen. Er meinte, das sei nur gerecht, wenn ich meinen Job für ihn aufgebe und er mich quasi als Ehefrau *engagiert*. Und Qualität bekäme man eben nicht für lau. Du kennst ja seinen Humor.«

»Na, dann ist ja alles *Gold-bach*«, entgegne ich mürrisch. Diese Unterhaltung macht mich langsam wütend. »Wozu noch lange diskutieren? Du scheinst dich längst entschlossen zu haben, seine Frau zu werden. Falls du eine Brautjungfer suchst, frag Amelie.«

»Entschuldige, Mathilde«, bittet sie kleinlaut. »Es ist mir

schon klar, was ich dir zumute. Aber vorhin hast du selbst gesagt, du wärst meine beste Freundin, in guten wie in schlechten Zeiten. Stell dir vor, Otto hätte mir den Antrag *vor* unserer WG-Gründung gemacht. Dann hättest du mir doch bestimmt geraten, ihn anzunehmen, oder?«

Wie bitte? Jetzt schiebt sie mir die Verantwortung zu! Mir platzt der Kragen. »Hypothetisch werden kann ich auch«, gebe ich wütend zurück. »Ohne Geld würdest du Otto nämlich nicht heiraten.«

Irma schubst verlegen ihr Kissen zurecht. »Doch, würde ich!«, erklärt sie dann trotzig. »Vielleicht erinnerst du dich, dass ich genau das gestern Abend gesagt habe. Logisch ist es angenehm, dass Otto kein armer Schlucker ist. Sieh es doch mal positiv«, versucht sie abzulenken. »Mit mir ziehen auch das Chaos und die Plüschenten aus.«

»*Positiv*?«, wiederhole ich. Nur mit allergrößter Mühe gelingt es mir, mich zu beherrschen. »In diesem Fall bedeutet es wohl eher das Gegenteil. Wenn du ausziehst, nage *ich* nämlich bald am Hungertuch. Wie du dich vielleicht erinnerst, habe ich den Makler und die astronomische Ablöse für die Einbauküche bezahlt, wodurch meine Rücklagen auf fast null geschrumpft sind. Und vielleicht darf ich dich daran erinnern, dass der Mietvertrag auf drei Jahre festgeschrieben ist. Kündigen wir vorher, ist die Kaution futsch, weil der Haubesitzer die Wohnung grundsaniert hat. Du warst am Besichtungstag dabei und hast die endlose Schlange der Interessenten gesehen. Wir mussten uns auf diesen gemeinen und zudem illegalen Halsabschneiderhandel einlassen, um die Wohnung zu bekommen. Und ich bin als Hauptmieterin eingetragen, alle Kosten bleiben an mir hängen.«

Allein der Gedanke an meinen finanziellen Ruin beschert mir einen XXL-Schweißausbruch.

»Meinen Anteil bekommst du doch in drei Jahren zurück, wenn meine Lebensversicherung fällig wird. Das hab ich dir versprochen, und das halte ich«, versichert Irma mir.

»Ja, ja, vielen Dank auch«, antworte ich ungehalten, während ich mir ein Papiertaschentuch aufs schweißnasse Gesicht drücke. »Die Miete ist trotzdem zu hoch für uns drei. Gustl kann nicht mehr bezahlen, seine Rente ist zu niedrig. Und Amelie ist auch alles andere als eine Millionärin.«

»Ich kann Otto anpumpen!«, schlägt sie vor. »Als Sicherheit kann ich ihm die Lebensversicherung anbieten.«

Entrüstet sehe ich sie an. »Ich nehme kein Geld von fremden Männern.«

Irma lacht amüsiert. »Otto ist doch kein Fremder. Er ist ein Freund der Familie, hast du gestern selbst zu Sophie gesagt. Ich hab's genau gehört.«

»Jaaa«, gebe ich zu. »Aber ich war betüddelt und stoned noch dazu! Jetzt bin ich wieder nüchtern. Und nüchtern betrachtet, hieße das, dass ich mir von Otto Geld leihe. Auf Schulden ist schlecht schlafen, hat mein Vater immer gesagt. Aber egal. Du willst also definitiv ausziehen und mich mit diesen beiden Turteltäubchen allein lassen?«

Schweigend blickt sie mich an. Ich kann förmlich sehen, wie ihr das schlechte Gewissen zu schaffen macht, doch damit muss sie allein klarkommen.

Plötzlich hellt sich ihre Miene auf. »Wie wär's mit einem neuen Mitbewohner?«

»Wie jetzt?« Ich kann ihr nicht ganz folgen.

»Na, mit einem neuen WG-Mitglied wäre das Problem doch gelöst«, erklärt sie, erleichtert über ihren Geistesblitz.

Mir gefällt Irmas Vorschlag gar nicht. »Glaubst du wirklich, ich nehme einen wildfremden Menschen hier auf? Wie du sicher bemerkt hast, gibt es schon unter Freunden genug Zünd-

63

stoff. Ich mag mir gar nicht vorstellen, welche Schwierigkeiten mit fremden Menschen einziehen würden. Nein, nein, das ist keine Lösung.«

»Verstehe«, sagt sie einsichtig. »Dann eben Bekannte oder Freunde.«

»Gute Bekannte, die Interesse haben könnten, fallen mir auf Anhieb nicht ein. Und mehr echte Freunde als euch drei habe ich nicht.«

6

Die Verlobungsfeier von Irma und Otto findet schon zwei Wochen später statt. Amelies Tarotkarten versprechen dem Brautpaar ein aufregendes, glückliches Leben. Selbstverständlich hat sie auch für unsere WG in die Zukunft geblickt. Alles wird gut!, lautet ihre Prophezeiung. Obwohl ich nicht an den Humbug glaube, hatte ich insgeheim gehofft, diese seltsame Scheinheirat würde sich als einer von Irmas verrückten Scherzen entpuppen. Wie damals, als sie mir glaubhaft versicherte, ein neues Leben beginnen zu wollen. Sie habe ihren Job gekündigt und wolle nun gemütlich im Sitzen ihr Geld bei einem Porno-Callcenter verdienen. Drei Tage später gestand sie mir lachend, sich über ihren Chef geärgert und nur eine unbezahlte Auszeit genommen zu haben. Jetzt, wo ich vor dem Vergrößerungsspiegel sitze und mich für die große Feier schminke, habe ich die letzte Hoffnung aufgegeben. Ich füge mich ins Unvermeidliche und wünsche meiner Freundin alles Gute.

»Hiiilfeee!!!«

Irma! Eindeutig. Ihr Organ ist unverkennbar. Vor Schreck verrutscht mir der Lippenstift. Das Ergebnis ist ein rot verschmiertes Kinn. Als ich das Malheur mit einem Papiertuch wegwische, ist die Make-up-Grundierung ruiniert. Super! Alles auf Anfang. Sofort bin ich schweißgebadet und müsste eigentlich auch noch mal duschen. Ich sollte mir einen entspannten Abend mit Pralinés und Portwein gönnen. Zu dem Verlobungsspektakel habe ich sowieso keine Lust. Nur Irma zuliebe überwinde ich mich. Sie behauptet doch tatsächlich, ich würde unter den Gästen einen neuen Mitbewohner finden, selbst Amelie hofft darauf.

Unschlüssig starre ich mich im Spiegel an, als der nächste Schrei ertönt.

»Mathildeee!«

Ob Amelie in den Karten plötzlich böse Vorzeichen gesehen und die Absage der Verlobungsfeier empfohlen hat? Vielleicht ist mir das Schicksal doch gnädig, und die WG wird in letzter Sekunde gerettet. Eilig erhebe ich mich, um nachzusehen, welche Katastrophe sie so brüllen lässt.

Doch unsere Fachfrau für Esoterik scheint nicht schuld an Irmas Panik zu sein. Ich treffe Amelie im Flur, in einem schwarzen Spitzen-Body, der sichtlich zu eng ist. In der Hand hält sie eine Tüte Gummibärchen, eines liegt auf dem Fußboden.

»Ist dir wohl vor Schreck runtergefallen«, sage ich und deute darauf.

Sie geht in die Hocke, sammelt das Bärchen auf und steckt es in den Mund. »Nein, das ist meine neue Bärchendiät«, erklärt sie kauend und wirft das nächste zu Boden. »Auf diese Weise setzen sie weniger an.«

»Kleiner Tipp«, entgegne ich kopfschüttelnd. »*Nicht* essen setzt überhaupt nicht an.«

Sie ignoriert meinen Kommentar, bückt sich nach dem Bärchen und mustert dann mein Kleid. »Du bist ja fertig angezogen«, bemerkt sie treffend. »Müssen wir schon los?«

»Erst mal will ich nachsehen, warum Irma so rumbrüllt«, antworte ich. »Weißt du vielleicht, warum?«

»Woher denn … Ich war den ganzen Nachmittag bei Gustl.«

»Na, so was«, erwidere ich. »Würfelspielchen?«

Kichernd lässt sie abermals ein Gummibärchen fallen und bückt sich danach. »So ähnlich!«

Deutlicher hätte sie mir ihr Techtelmechtel mit Gustl nicht

unter die Nase reiben können. Das wäre allerdings unnötig gewesen, denn seit dem Badezimmervorfall vergnügen sich die beiden jede Nacht, und zwar ziemlich lautstark.

Die Tür zu Irmas Zimmer steht offen. Die Umzugskisten aus dem Flur sind immer noch nicht ausgepackt. Amelies Vorhersage, dass Irmas Nichtauspacken etwas zu bedeuten hätte, ist tatsächlich eingetroffen. Die Kisten werden inzwischen als Klamottenablage benutzt. Wie das restliche Zimmer. Mitten im Chaos steht Irma im gelben Jogginganzug.

Als sie Amelie und mich sieht, stöhnt sie verzweifelt auf: »Ich hab nichts anzuziehen!«

Kopfschüttelnd deute ich auf die unzähligen Kleider, die an den offenen Schranktüren hängen. »Ach, und das sind wohl Kartoffelsäcke? Außerdem war Otto doch ganz groß mit dir shoppen, oder nicht?«

»Ja, aber Amelie hat gependelt … Und keines der neuen Kleider bringt Glück«, jammert sie.

»Du hast was?«, frage ich die Esoterikerin.

»Ich wollte nur helfen«, antwortet sie augenzwinkernd.

»Helfen?«, wiederhole ich irritiert.

Ungerührt hält Amelie mir die Gummibärchen hin. »Nimm eins, die machen glücklich.«

Mir platzt der Kragen. »Danke, verzichte auf Zwangsbeglückung!«

»Amelie!«, ertönt Gustls Stimme aus seinem Zimmer.

»Tut mir leid, ich muss mich in meinen Fummel werfen«, verkündet sie und rauscht ab.

»Du glaubst diesen Quatsch doch nicht wirklich?«, wende ich mich an Irma, die sich stöhnend aufs Bett fallen lässt.

Ächzend hebt sie den Kopf und schaut mich ratlos an. »Nee, eigentlich nicht. Aber was ist, wenn ihr Pendel doch recht hat? Ich will einfach nichts falsch machen.«

»Blödsinn!«, entgegne ich und verlange ihr Handy.

»Wozu?«

»Frag nicht, gib es mir einfach.«

Irma wühlt zwischen den teuren Kleidern auf dem Bett und findet dann endlich ihr weißes iPhone.

Ich blättere im Verzeichnis nach Ottos Nummer und drücke auf »wählen«.

Nach drei Klingelzeichen meldet sich eine Stimme, verkündet: »Sie sprechen mit der Mailbox von Otto Goldbach«, und fordert mich auf, eine Nachricht zu hinterlassen.

Geistesgegenwärtig drücke ich die Austaste, plappere aber munter weiter. »Hallo Otto, hier ist Mathilde. Irma braucht dringend deine Hilfe. Sie ist unschlüssig, was sie anziehen soll. In welchem der neuen Kleider hat sie dir am besten gefallen?« Ich mache eine Pause, in der ich nur zustimmend »Hmm, ja, okay« murmle und mich dann verabschiede: »Bis später, Otto.«

Irma blickt mich gespannt an. »Was hat er gesagt?«

»Das beerenfarbene«, antworte ich, ohne rot zu werden. »Otto meinte, das sei toll zu deinen roten Haaren ... Ach ja, er schickt dir ein dickes Küsschen.«

»Danke, Mathilde.« Irma seufzt erleichtert auf. »Du bist eine echte Freundin.«

Ich unterdrücke ein Lachen. »Schon gut«, wehre ich ab. »Damit ruht die Verantwortung auf Ottos breiten Schultern. Und nun komm in die Puschen, das Taxi muss jeden Moment anrollen.«

Kaum habe ich es ausgesprochen, schrillt die Türglocke.

»Na, bitte!« Ich treibe Irma mit einer Handbewegung zur Eile an und gehe öffnen.

Ein dicklicher junger Mann in einer goldgeknöpften Uniform, die Mütze unter dem Arm, steht vor der Tür. Unser Taxifahrer kann das nicht sein. »Ja?«, frage ich verwundert.

Verbindlich lächelnd deutet er eine Verbeugung an. »Guten Abend. Herr Goldbach schickt mich. Ich bin Emil, Ihr Chauffeur.«

Nobel, nobel. Ich bitte Emil einzutreten. »Es dauert noch einen Moment.«

»Kein Problem«, antwortet Emil nachsichtig lächelnd. Aber reinkommen möchte er nicht. Er will lieber am Wagen warten.

»Otto lässt uns von einem Chauffeur abholen«, informiere ich Irma.

Die Braut ist inzwischen tatsächlich angezogen. Das schmal geschnittene Etuikleid ist von schlichter Eleganz und lässt ihre zierliche Figur noch schlanker wirken als sonst. Der rote Strubbelkopf, der gekonnt mit Haarwachs gestylt ist, lässt sie jung und frisch aussehen. Als einziger Schmuck funkelt ein unglaublich großer Diamantring an ihrer linken Hand.

»Du siehst einfach umwerfend aus«, stelle ich neidlos fest. »Und der Klunker! Alle Achtung.«

Irma streckt die Hand von sich weg. »Cartier! Otto lässt sich nicht lumpen.« Sie blickt mich mit feuchten Augen an. »Ach, Mathilde, obwohl es doch nur ein Arrangement ist, bin ich so aufgeregt. An Ottos Seite beginnt für mich ein neues Leben.«

»Mach dich locker«, zitiere ich sie. »Du warst doch schon mal verheiratet.«

»Pah!«, winkt sie ab. »Das ist doch schon sooo lange her. Ich war jung und dumm, und eigentlich will ich in diesem wichtigen Moment nicht an eine Jugendtorheit denken.«

Amelie gesellt sich zu uns, und ihre hellblauen Augen verdunkeln sich begehrlich, als sie den haselnussgroßen Stein an Irmas Finger erblickt. »Schau mal, Gustl«, flötet sie ergriffen. »Schööön, gell?«

Gustl scheint den Braten zu riechen, brummt nur ein vages »Hmm« und wechselt das Thema. »Ich glaub, meine Krawatte sitzt irgendwie schief.«

Amelie besteht darauf, dass wir vier einen Kreis bilden, uns an den Händen fassen und versprechen, auf ewig Freunde zu bleiben. Plötzlich muss Irma noch einmal aufs Örtchen, wobei sie sich mit dem Cartierklunker die teuren Stützstrümpfe zerreißt, ich entdecke an Gustls Hemdkragen rosa Lippenstift, und es vergehen zwanzig Minuten, bis wir endlich das Haus verlassen.

Otto hat für das Fest des Jahres das »Lehmanns« gebucht. Sämtliche Boulevardzeitungen der Stadt berichten schon seit Tagen über das Ereignis, und selbstverständlich hat Otto die schreibende Zunft auch zur Schampussause geladen. Im Grunde findet die Verlobungsparty ja nur für die Journalisten statt. Seine überraschende Verheiratung beeinflusst die Nominierung für den »Shakespeare« zwar nicht, aber ein paar wohlwollende Zeitungsartikel, gepaart mit hübschen Fotos, haben noch keinem Schauspieler geschadet.

Als Emil auf das »Lehmanns« zusteuert, erblicke ich eine beachtliche Menschenansammlung.

Irma schubst mich freundschaftlich an. »Paparazzi!«

»Das ist ja sooo aufregend!«, quietscht Amelie und zieht das tiefe Dekolleté ihres rosenbedruckten Kleids zurecht.

Ihrer Laune nach zu schließen, hat sie mindestens ein Kilo Gute-Laune-Bärchen verdrückt. Ich ärgere mich, nicht auch ein Tütchen vertilgt zu haben. Vielleicht hätten die Gummibärchen meine flatternden Nerven beruhigt und die aufkommende Hitzewallung verhindert oder sonst irgendwie gegen das verwirrende Blitzlichtgewitter geholfen, das uns beim Aussteigen empfängt. Zum Glück dauert es nur wenige Sekunden, dann tritt Otto an den Wagen und reicht Irma die Hand. Wie auf Kommando schwenken alle Fotografen ihre Objektive auf das Brautpaar. Wir sind plötzlich uninteressant, auch wenn Amelie noch so sehr an ihrer zerzausten Lockenfrisur nestelt und ihre Brüste rausstreckt. Ich muss lachen, als ich sehe, dass Otto ein beerenfarbenes Hemd unterm weißen Anzug trägt. Scheint, als wäre *ich* die bessere Hellseherin.

Nach einer gefühlten Ewigkeit beendet Otto die Show mit einem freundlichen: »Danke schön! Und jetzt würde ich Sie gern auf einen Drink einladen. Sie können in der Bar noch Fotos schießen.«

Mit Irma am Arm schreitet er über den roten Teppich ins Lokal. Wir dackeln hinterher. Was für ein Tag: Ich, Mathilde Opitz, eine unbedeutende Ex-Chefbuchhalterin, auf dem roten Teppich, verfolgt von Paparazzi!

Am Eingang erwartet uns der Herr des Hauses persönlich. Das Brautpaar begrüßt er mit Handschlag, uns nur mit einem flüchtigen Nicken.

Begleitet von bewunderndem Raunen, das natürlich dem prominenten Star und »der noch ganz passabel aussehenden Rothaarigen« an seiner Seite gilt, betreten wir die Bar.

Es ist mein erster Besuch dieser berühmten Location, und meine Augen gewöhnen sich nur langsam an die schummrige Beleuchtung. Man sieht um Jahre jünger aus, stelle ich beglückt fest, als ich mich in dem großen Spiegel hinter der Theke erblicke. Übermütig lächle ich in die Runde.

»Das wird ein fantastischer Abend«, zischt Amelie mir ins Ohr.

»Wer weiß«, antworte ich und beschließe, mich »locker zu machen«. Ich bin wild entschlossen, mich zu amüsieren.

Amelie, Gustl und ich folgen den Verlobten, die Herr Lehmann zu einem Sechsertisch geleitet. Es ist der größte inmitten einer Reihe von kleinen Zweiertischen. Erstaunt registriere ich das goldglänzende Metallschild, auf dem Ottos Name eingraviert ist. An den Nachbartischen entdecke ich ebenfalls Namensschilder. Die Gerüchte stimmen also: Stammgäste haben hier ihre »eigenen« Tische, die sofort geräumt werden müssen, sobald der »Besitzer« erscheint.

Verstohlen betrachte ich die Gäste. Reichlich graue Schläfen bei den Herren, viel Make-up und teilweise maskenhaft erstarrte Botox-Mienen bei den Damen. Tja, auch in dieser Branche scheint niemand das Geheimnis ewiger Jugend zu kennen. Und selbst die exquisiteste Garderobe kann die Spuren der Zeit nicht kaschieren. Dennoch, selbst wenn wir in puncto Graustufen und Alter in einer Liga spielen, bezweifle ich, hier einen neuen Mitbewohner zu finden. Menschen mit »eigenen Tischen« in angesagten Bars ziehen nicht in eine popelige Wohngemeinschaft. Die leben in Penthouses, Landhäusern oder Villen.

Ein klirrendes Geräusch unterbricht mein Grübeln. Ein attraktiver grauhaariger Mann im hellgrauen Anzug klopft mit einem Messer gegen sein Glas. Mir stockt der Atem. Es ist Karl Milius, Tatort-Kommissar und einer meiner Lieblingsschauspieler.

»Liebe Freunde, liebe Gäste!«, beginnt er. »Als *alter* Freund …« Er stockt und wartet, bis das offensichtlich einkalkulierte Gelächter verstummt, »meines hochgeschätzten Kollegen Otto Goldbach, möchte ich Sie in seinem Namen herzlich begrüßen …«

Milius betont in seiner kurzen Ansprache, wie sehr er sich freue, dass Otto endlich die richtige Frau fürs Leben gefunden habe. »Für die Liebe ist es nie zu spät!« Er endet mit Glückwünschen für die Verlobten und der Ankündigung: »Das Büfet ist eröffnet!«

Kurzer Beifall ertönt. Sofort erheben sich alle von ihren Plätzen und strömen in Richtung Futterstelle.

»Gustilein«, schnurrt Amelie. »Bringst du mir eine Kleinigkeit mit? Im Gedränge krieg ich immer Platzangst.«

Otto hält ihn zurück. »Nicht nötig, Kinder. Ihr müsst euch nicht anstellen. Einer der Kellner wird uns bedienen.«

Für diesen Luxus bekommt Otto von seiner Braut einen dicken Schmatz auf die glatt rasierte Wange. Dabei legt sie die Hand mit dem Verlobungsklunker demonstrativ auf seine andere Wange, was zwei aufmerksame Fotoreporter bemerken und augenblicklich mit ihren Kameras festhalten.

Irma scheint schnell gelernt zu haben, wie man wirkungsvoll posiert und in die Objektive strahlt.

Ich kann förmlich ihre Gedanken lesen. Genau so stellt sie sich das Leben an Ottos Seite vor. Nie wieder auch nur einen diamantbesetzten Finger rühren. All ihre Träume werden Wirklichkeit. Natürlich gönne ich meiner Freundin ein Leben in Saus und Braus – obwohl es für mich nur Probleme bedeutet. Aber vor allem bin ich traurig, dass sie auszieht. Und der Gedanke, einen Fremden in der WG aufzunehmen, behagt mir überhaupt nicht, viel lieber würde ich mich mit Irmas Chaos arrangieren.

Meine Grübeleien enden mit dem zweiten Gläschen Schampus. Die angestiegene Raumtemperatur und der Qualm machen durstig, und der Champagner schmeckt köstlich. Ebenso das Essen: Gambasspießchen, rosa Entenbrust und Datteln im Speckmantel, Blätterteigpasteten mit Trüffelkäse und frittiertem Salbeiblatt, Hühnchen-Saté-Spieße auf Erdnusssauce und Graved-Lachs auf Pumpernickelscheiben mit Himbeer-Meerrettich. Danach doppelter Espresso, Panna Cotta mit Erdbeerschäumchen, Blutorangenmousse mit Mandeleis und Pralinenmousse an Walnusssauce mit Rumkirschen.

Gustl meint anerkennend, lange nicht mehr so köstlich gespeist zu haben.

»Jedenfalls nicht außer Haus«, relativiert Amelie und lächelt ihn zärtlich an.

Irma gibt Otto einen Kuss auf die Wange und bedankt sich für das traumhafte Fest, den Ring, die Kleider und überhaupt …

Harmonie macht sich um mich herum breit, nur ich fühle mich in Gesellschaft von zwei Turtelpärchen wie das fünfte Rad am Wagen.

»Ich lasse euch mal eine Weile allein und mische mich unters Volk«, verkünde ich.

Ein Glas in der Hand, schlängele ich mich durch die Gästeschar, nicke übermütig Stars und Sternchen zu und plaudere mit Irmas Kollegen. Ex-Kollegen, um genau zu sein. Ja, sie hat tatsächlich ihren Job gekündigt, »Chez Schorschi« ist Geschichte.

Gerry, der schwule Visagist, verdreht die dunkel umrandeten Augen. »Ach ja, ein reicher Lover, das wär's. Ich würde meine Maria-Callas-Sammlung dafür geben«, seufzt er.

»Hat da jemand Callas gesagt?«, fragt eine warme Männerstimme.

Sie gehört einem breitschultrigen Mann, der neben uns in einer Gruppe von Schauspielern steht.

Gerry dreht sich auf den Absätzen seiner schwarzen Cowboystiefel zur Seite und blickt ihn an. »Ja, du Dummerchen«, antwortet er. »Möchtest du der großen Diva in meinem Chambre lauschen?«

»Wann?«, fragt der Callas-Fan.

»Wie wär's mit jetzt gleich?«, antwortet Gerry, hakt den Fremden einfach unter und sagt: »Darf ich vorstellen: mein Ehegespons! Dieses Prachtstück hat mich letzten Monat geheiratet. Leider ist er ärmer als eine Feldmaus, dafür besitzt er prächtige *Kronjuwelen*.« Er kichert anzüglich und winkt mir noch mal kurz zu. »Tschaui, Tilda.«

»Tschaui, Gerry«, winke ich verblüfft zurück und wandere zurück zum Tisch meiner Freunde.

Als ich darauf zusteuere, halte ich einen Moment inne. Milius sitzt bei ihnen und unterhält sich angeregt mit Otto. Ob Karl ebenfalls schwul ist? Nein, er hatte doch mal eine Beziehung mit einer Kollegin, fällt mir ein.

Otto stellt uns einander vor.

»Freut mich, Kommiss…, äh, Entschuldigung, Herr Milius«, sage ich unbeholfen.

»Bitte, nennen Sie mich Karl«, sagt er, hält meine Hand länger als nötig.

Flirtet er etwa mit mir? Verwirrt entgegne ich: »Nur, wenn Sie mich Mathilde nennen.«

»Sehr gern.« Er deutet auf den Stuhl neben sich. »Setz dich, Mathilde, und erzähl von eurer WG. Irma hat es gerade erwähnt. Grandiose Idee, Wohngemeinschaft statt Seniorenheim. Könnte von mir sein. Im Prinzip befinde ich mich auch schon im Ruhestand.« Er lacht und sieht mir dabei tief in die Augen.

Karl Milius flirtet tatsächlich mit mir!

Die Erkenntnis jagt mir einen Schauer über den Rücken, der in einem Bauchkribbeln endet. Ich weiß gar nicht, wann mich zuletzt ein Mann auf diese Weise angesehen hat. Und es ist nicht irgendeiner, es ist Karl Milius! Ein charmanter, gutaussehender Mann in meinem Alter, dem ich mich ohne Zögern an den Hals werfen würde.

Verlegen greife ich nach meinem Glas. »Na ja, da gibt es eigentlich … ähm … nicht viel zu erzählen«, stottere ich zwischen zwei Schlucken.

Doch Karl lässt nicht locker. Er will genau wissen, in welchem Stadtteil die Wohnung liegt, interessiert sich für Größe, Zimmer- und Badezimmeranzahl.

Und je mehr er mich ausfragt, umso mehr verstärkt sich mein Eindruck, er wolle bei uns einziehen. Nachdem er sich auch noch erkundigt, ob in der WG geraucht werden darf und wir eine Putzfrau engagiert haben, bin ich sicher, einen neuen Mitbewohner gefunden zu haben. Vor Aufregung bekomme ich eine Hitzewallung, die meine Wangen flammend rot anlaufen lässt.

Irma, die während meiner Unterhaltung mit Amelie tuschelt, nickt mir grinsend zu.

Bedeutet dieses Grinsen etwa, dass sie mehr weiß als ich?

Noch während ich überlege, ob ich Karl einfach direkt darauf ansprechen soll, bringt der Kellner eine frische Flasche und füllt die Gläser. Wir stoßen auf Otto und Irma an, ich nehme einen großen Schluck und wende mich wieder Karl zu.

»Du hast also auch darüber nachgedacht, fürs Alter in eine WG zu ziehen?«, frage ich im Plauderton und freue mich über meine raffinierte Taktik.

»Welches Alter und welche WG?«

Eine sehr junge, sehr schlanke Frau tritt an den Tisch. Sie trägt ein schulterfreies goldenes Kleid, das mehr ent- als verhüllt. Ihr langes weißblondes Haar fällt glatt und glänzend auf die nackten Schultern. Das kindliche Gesicht wirkt ungeschminkt, lediglich der volle Mund glänzt feucht, und die langen Wimpern scheinen getuscht.

Karl erhebt sich und küsst die Schöne links und rechts auf die Wangen. »Darf ich vorstellen: Lola Milius.« Reihum macht er uns bekannt.

Als Karl ihr einen Stuhl an den Tisch zieht, bleibt Lola stehen.

»Ich will nach Hause«, mault sie und dreht dabei gelang-weilt eine Haarsträhne um ihren Finger. »Morgen ist Unter-richt, und ich muss noch was vorbereiten.«

Ah, seine Tochter. Abiturklasse, schätze ich.

Karl nickt verständnisvoll. »Dann wollen wir mal.« Er reicht mir die Hand. »Hat mich sehr gefreut, Mathilde. Ich hoffe, wir sehen uns mal wieder. Dann musst du mir unbe-dingt noch mehr über euer Projekt erzählen.«

Keine Minute später entschwinden Vater und Tochter Rich-tung Ausgang. Als ich den beiden nachschaue, ist mir ganz schwindelig. Ich habe mit Karl Milius geflirtet, und er hat auch noch Interesse an dem freien Zimmer. Können Tarotkarten doch die Zukunft vorhersagen?

»Wie alt ist Karls Tochter?«, wende ich mich an Otto.

»Wieso Tochter?« Otto schüttelt den Kopf. »Das war seine Frau. Die beiden sind frisch verheiratet. Letzte Woche, Las Vegas.«

»Geheiratet?« Ich schnappe nach Luft. »Aber … Aber sie geht doch noch zu Schule«, protestiere ich zaghaft, als könne das etwas ändern.

»Schauspielschule«, erklärt Otto.

Vor meinen Augen beginnt es plötzlich zu flirren. Wie konnte ich mir nur einbilden, ein Mann wie Milius wäre an mir interessiert? Oder an einem Zusammenleben mit Alten wie uns? Was bin ich nur für ein eingebildetes altes Weib, schelte ich mich im Stillen.

»Alles okay?« Irma schaut mich besorgt an.

Ich nicke schweigend, atme tief durch und straffe die Schul-tern. Das einzig Gute am Altwerden ist die Lebenserfahrung, die man dabei zwangsläufig sammelt. Und die einem hilft, im-mer wieder nach vorn zu schauen. Beim nächsten Mann werde ich genauer hinsehen, schwöre ich mir und trinke mein Glas auf ex. Warum sollten sich auch gutaussehende Männer für Durchschnittsfrauen wie mich interessieren, wenn sie Schönheiten wie diese Lola haben können?

Amelie, die ständig mit Gustl getuschelt hat, rutscht auf den Stuhl neben mich. »Mathilde … Ich muss dir was sagen.«

»Willst du auch in Las Vegas heiraten?«, frage ich.

Überrascht blickt sie von Gustl zu mir. »So ähnlich.«

Ich lache lauthals los.

Sie beugt sich zu mir. »Also … Gustl und ich waren gestern an Susannes Grab …«, setzt sie stotternd an, bittet dann aber Gustl, weiterzusprechen.

»Wie soll ich dir das sagen …«, stottert er ebenso unbeholfen. »Du weiß ja … Ich rede immer mit Susanne. Und, na ja, sie hat …«

»Geantwortet?«, unterbreche ich ihn und muss mir große Mühe geben, ernst zu bleiben.

Er nickt fast unmerklich, als sei es ihm peinlich.

Jetzt bin ich neugierig. »Und, wie lautet die frohe Botschaft aus dem Jenseits?«

»Sie hat mir die Erlaubnis gegeben, mit Amelie in eine eigene Wohnung zu ziehen.«

7

Fünf Tage lang bin ich in Schockstarre gelähmt. Nachts liege ich schlaflos im Bett, tagsüber zappe ich mich mit starrem Blick durch schwachsinnige Doku-Soaps.

Ich kann einfach nicht begreifen, was mit Gustl los ist. Susanne habe ihm *erlaubt*, mit Amelie zusammenzuziehen! Dass er mit seiner verstorbenen Frau redet, kann ich gut nachvollziehen, aber zu glauben, sie habe *geantwortet*, muss auf dem Mist einer Esoterikerin gewachsen sein. Amelie hat ihn einer Gehirnwäsche unterzogen. Eine andere Erklärung fällt mir nicht ein. Und durch mein Gehirn schlängeln sich nur noch Wörter in Großbuchstaben: AUS! ENDE! VORBEI!

Ich bin ruiniert. Endgültig. Was soll ich denn jetzt machen? Eine kleinere Wohnung anzumieten ist nicht drin. Mein ganzes Vermögen, wenn man es so nennen will, habe ich in dieses Anti-Vereinsamungs-Projekt gesteckt, um jetzt doch allein dazustehen. Nur drei Wochen und zwei Partys später ist der schöne Traum vom friedlichen Zusammenleben geplatzt.

»Huhuuu, Schlafmütze!«

Amelies fröhliches Organ dringt vom Flur in mein Zimmer. Was will die denn? Schon steht sie in voller Blumenkleidpracht im Türrahmen.

»Du hast nicht angeklopft«, maule ich sie an. Sie ist die Allerletzte, mit der ich reden möchte.

»Hab ich wohl«, entgegnet sie. »Drei Mal sogar. Aber du hast nicht reagiert.«

»Ich denke nach!« Hoffentlich verscheucht sie diese Antwort.

Langsam kommt sie rüber, setzt sich zu mir auf den Bettrand und mustert mich. »Worüber denn?«

So ahnungslos kann sie doch nicht sein. Sie veräppelt mich. Eindeutig. »Wie lange es dauert, bis ich platze«, knurre ich und schiebe mir ein Praliné in den Mund.

Vorsichtig nähert sich ihrer Hand meinen Seelentröstern. »Darf ich auch …«

»Was willst du?«, unterbreche ich sie und bringe die Pralinen vor ihr in Sicherheit. Ich muss mich beherrschen, ihr die Schachtel nicht an den Kopf zu werfen.

»Gustl glaubt, du wärst krank, weil du nicht zum Essen erscheinst.« Sie mustert mich prüfend. »Du siehst tatsächlich etwas angegriffen aus. Soll er dir eine Hühnersuppe kochen?«

Ablehnend verschränke ich die Arme vor der Brust. »Danke! Mit Suppe ist mir nicht geholfen.«

»Vielleicht mit einer Großpackung Gummibärchen?«

»Verschwinde!«

»Schon gut«, lenkt sie ein, bleibt aber sitzen. »Natürlich weiß ich, worüber du dir den Kopf zerbrichst. Ich wollte dich nur aufheitern. Sich schmollend in einer Ecke zu verkriechen, bringt doch nichts. Steh auf, nimm ein heißes Bad und ein kräftiges Frühstück zu dir, dann sieht die Welt gleich wieder freundlicher aus. Aber wenn du dich lieber mit Haschkeksen in Stimmung bringen möchtest, davon wären auch noch reichlich da.«

»Ich verzichte auf deine Ratschläge. Du hast schon genug Schaden angerichtet.«

Schuldbewusst senkt sie den Kopf. »Tut mir leid, Mathilde. Aber gegen die große Liebe ist man machtlos. Du warst doch bestimmt auch schon mal … Du weißt, was ich meine.«

Ihre blödsinnigen Entschuldigungen machen mich nur noch wütender, und ich komme richtig in Fahrt. »Anscheinend hast du vergessen, dass diese WG-Schnapsidee ursprünglich auf deinem Mist gewachsen ist. Aber ich hatte von Anfang an den Verdacht, dass du im Grund nur hinter Gustl her warst. Jetzt, wo du dein Ziel erreicht hast, ist dir alles andere egal. Soll die doofe Mathilde doch sehen, wo sie bleibt.«

»Ach, Mathilde, wenn du es mich doch erklären lassen würdest«, startet sie den x-ten Versuch, seit dem unseligen Abend im »Lehmanns«.

»Erklärungen helfen mir auch nicht, die Miete zu bezahlen«, entgegne ich frustriert. »Und die ist nun mal viel zu hoch für mich. Vorausgesetzt, ich möchte tatsächlich allein in einer Fünf-Zimmer-Wohnung leben, könnte ich notfalls die Kaution abwohnen, aber nach drei Monaten …«

»Zum Donnerwetter!«, wird sie plötzlich laut. »Ich hab dir doch versprochen, dass ich bei meiner Bank nach einem Kredit frage, dann bekommst du meinen Ablöseanteil.«

»Träum schön weiter«, entgegne ich spöttisch. »Ganz offensichtlich ist dir entgangen, dass an Rentner schon lange keine Kredite mehr vergeben werden.«

»Das lass mal meine Sorge sein.« Selbstbewusst sieht sie mir in die Augen. »*Du* solltest dich mittlerweile nach neuen Mitbewohnern umsehen.«

»Wo denn? Im Drogeriemarkt, beim Gebissreiniger oder doch lieber bei den Inkontinenzeinlagen?«, frage ich. »Ja, warum nicht? Ich könnte mir ein Schild um den Hals hängen: Alte Schachteln als Mitbewohner gesucht!«

Amelie kichert. »Lustige Vorstellung … Bei der Wohnungsnot in München würdest du dich vor Angeboten bestimmt kaum retten können. Aber mal im Ernst, ich hab online ein bisschen recherchiert. Inzwischen gibt es sogar eine Website für WGs älterer Leute. Dort kann man Gesuche und Angebote einstellen. Kostenlos.«

Das letzte Wort lässt sie sich auf der Zunge zergehen. Durch unsere jahrelange Zusammenarbeit kennt sie die empfindlichen Stellen meiner Buchhalterseele natürlich nur zu gut. Mit kostenlos kann man mich ködern. Normalerweise.

»Ich möchte aber nicht mit wildfremden Menschen zusammenleben«, erkläre ich. »Allein die Vorstellung … «

»Ameliiie!«

Wie angestochen springt sie vom Bett auf.

»Tut mir leid, Mathilde, ich muss los. Ich habe einen Banktermin, danach besichtigen wir eine Wohnung und besuchen anschließend Susannes Grab.« An der Tür dreht sie sich noch einmal um. »Wir reden später weiter, ja?«

»Zisch ab!«, fauche ich.

Später, als die Wohnungstür ins Schloss fällt, frage ich mich immer noch, was die liebestolle Esoterikerin sich eigentlich einbildet. Erst bearbeitet sie mich so lange, bis ich bei dieser WG-Nummer mitmache und dann lässt *sie* alles platzen. Einen Ersatz für Irma hätte ich vielleicht noch finden können, aber drei neue Mitbewohner? Angenommen, ich finde sympathische Kandidaten in meinem Alter, wäre noch längst nicht garantiert, dass wir uns auch aneinander gewöhnen. Ältere Menschen haben nun einmal ihre festen Gewohnheiten und pflegen ihre Macken. Da nehme ich mich nicht aus. Außerdem bin ich nicht so zutraulich wie Amelie, deren Gemüt mit dem eines Welpen vergleichbar ist. Deswegen fällt auch jeder auf sie herein. Wie Gustl.

Als ich aus dem Bett steige, erfasst mich leichter Schwindel, mir wird schwarz vor Augen und ich muss mich wieder setzen. Auch in meinem Magen rumort es seltsam.

Hoffentlich habe ich mir nichts eingefangen. Habe ich nicht erst vor wenigen Tagen in der Zeitung von einem fatalen Magen-Darm-Virus gelesen? Bei der Vorstellung, allein vor mich dahinzusiechen, überfällt mich Panik. Ich sehe mich leidend in den Kissen liegen. Keiner wäre hier, um mir zu helfen, niemand würde Suppe kochen oder bemerken, wenn ich stürbe. Das war immer mein allerschlimmster Alptraum, und der Hauptgrund, warum mich die Idee des Zusammenlebens letztlich überzeugt hat.

Ich zwinge mich, ruhig durchzuatmen. Das Flimmern verschwindet, und der Schwindel lässt nach. Puh! Noch mal davongekommen. Erleichtert erhebe ich mich. Vermutlich war nur mein Kreislauf abgesackt, und ich habe einfach zu lange im Bett gelegen. Oder ich habe zu viele Pralinen vertilgt und mir einen Zuckerschock angefuttert. Egal, Hauptsache ich bin nicht krank und muss nicht sterben. Jedenfalls nicht heute. Merkwürdig, was für absurde Gedanken einen in der Einsamkeit überkommen. Oder liegt es am Alter? Jedes Augenflimmern durch zu schnelles Aufstehen deutet man als Vorboten eines Infarkts. Ganz von der Hand zu weisen ist so was nicht, schließlich verbringt der Körper rund um die Uhr mit dem Älterwerden.

Nein, ich bin doch erst »dreißig«, sage ich mir mit Galgenhumor und beschließe, mir diese WG-Website, von der Amelie gesprochen hat, einmal anzusehen. Vorher muss ich aber unbedingt etwas Vernünftiges essen.

In der Küche trifft mich der nächste Schock. Auf dem Tisch steht noch das Geschirr vom Frühstück, und der Geschirrspüler ist nicht ausgeräumt. Typisch Amelie. Sie plant ihren Auszug und vergisst alles andere. Nach ihr die Sintflut.

Missmutig beginne ich, die Maschine zu leeren, überlege es mir aber nach der zweiten Tasse anders. Ich bin doch nicht der Depp vom Dienst. Mit einem Glas Saft und einem Stück Salami verlasse ich die Müllhalde und begebe mich an mein Laptop. Das superflache Gerät hab ich mir von der Abfindung geleistet. Ich hätte mein Geld besser für Notzeiten sparen sollen.

Hör auf zu jammern, Mathilde, ermahne ich mich, google »Oldie-WG« und finde eine Seite namens www.pluswgs.de.

Gespannt klicke ich durch die Anzeigen.

Duftstoffallergikerin möchte in verständnisvolle WG einziehen. Ob sie nur Raumdüfte und Räucherstäbchen nicht mag oder auch auf Putzmittel allergisch reagiert, erwähnt sie leider nicht.

Mann mit Hund sucht Zimmer in WG mit Garten. Das wäre vielleicht ein geeigneter Kandidat – wenn unser Vermieter genauso tierfreundlich wäre wie ich. Laut Mietvertrag sind Haustiere nämlich nicht erlaubt.

Junggebliebene Witwe, 60plus, mit Faible für gemütliche Kaminabende möchte Zweier-WG mit alleinstehendem Herrn gründen. Was diese Dame eigentlich sucht, merkt doch der Dümmste.

Die Online-Inserate deprimieren mich mehr, als mir Zuversicht zu vermitteln. Ob ich mir lieber einen Mann suche? Am besten einen sehr reichen, der mich aus meiner finanziellen Bredouille rettet. Ach ja, seufze ich in Erinnerung an den Flirt im »Lehmanns«, sich noch mal so richtig verlieben …

Wagemutig wechsle ich von der Mieter- zur Partnersuche.

Bei den einschlägigen Partnerbörsen kann ich ohne Anmeldung einige Kandidaten in Augenschein nehmen, was allerdings noch frustrierender als die WG-Gesuche ist. Je älter die Herren sind, umso jünger soll die Gesuchte sein. *Gutsituierter Sugardaddy im Ruhestand sucht attraktives junges Zuckermäuschen zum gegenseitigen tabulosen Verwöhnen. Biete geldgefülltes Kissen als Unterlage.*

Höchstens Greise geben sich mit älteren Frauen zufrieden. *Neunzigjähriger sucht beziehungserfahrene Frau für gemeinsamen Lebensabend. Alter unwichtig.*

Halt! Hier sucht jemand eine Frau um die Fünfzig. Ach du Schreck – für Rollenspielchen!

»Hallooo! Jemand zu Hause?«

Irma. Wo kommt die denn plötzlich her? Ich dachte, sie wollte mit Otto verreisen. Hoffentlich ist alles in Ordnung. Ich springe auf und sause in den Flur, ohne mir etwas überzuziehen.

»Hey, Tildchen!« Sie eilt mit ausgebreiteten Armen auf mich zu und registriert erschrocken meinen Aufzug. »Bist du krank?«

»Nein, nein, alles okay. Ich mach mir nur einen faulen Tag«, antworte ich. »Und bei dir?«

Die Frage ist eigentlich unsinnig, denn Irma sieht so toll aus, dass es ihr nur gutgehen kann. Geradezu mondän, als wäre sie eben für die *Vogue* fotografiert worden. Das liegt nicht nur an dem moosgrünen Hosenanzug, zu dem sie silberne Pumps und eine übergroße silberne Handtasche trägt, sie strahlt geradezu von innen heraus.

Während Irma Kaffee kocht (und die Küche aufräumt!), springe ich unter die Dusche und schlüpfe in ein frisches Hemd und Jeans.

»Es gibt tolle Neuigkeiten«, beginnt Irma aufgeregt, als wir am sauberen Küchentisch sitzen. Das Geschirr ist allerdings nur in die Spüle umgezogen.

»Artikel über die Verlobungsfeier?«

Sie kramt eine Schachtel Zigaretten aus der Handtasche. »Nein, viel besser. Ich hab dir doch von dem Rollenangebot erzählt. Es handelt sich um die Neuverfilmung von *Der letzte Tango* in Paris. Charlotte Gainsbourg wird die Rolle spielen, die damals Maria Schneider berühmt gemacht hat. Und Otto hat man den Part des Liebhabers angeboten.«

»Ich erinnere mich an den Film. Marlon Brando war der

Hauptdarsteller«, erwidere ich. »Zwei Fremde treffen sich in einer Pariser Wohnung zum anonymen Sex.«

»Genau. Eine Alter-Mann-begehrt-junge-Frau-Story mit reichlich Skandalpotential.« Irmas Wangen röten sich vor Begeisterung. »Otto möchte die Rolle natürlich unbedingt bekommen. Marlon Brandos Stern war damals bereits am Sinken, aber nach diesem Film ging es wieder aufwärts für ihn.«

»Dann drücke ich ganz fest die Daumen. Aber nachdem Otto gerade für diesen Theaterpreis nominiert wurde, klappt es garantiert. Er hat einen guten Lauf. Du wirst sehen, zuerst bekommt er den Preis und dann die Rolle«, prophezeie ich zuversichtlich.

»Lass das bloß nicht Otto hören. Der ist ja sooo abergläubisch.« Irma trinkt einen Schluck Kaffee. »Wegen der Rollenvorbereitung sind wir auch nicht nach England gereist. Ursprünglich war geplant, dass wir uns vor der Preisverleihung Cornwall anschauen. Otto wollte mir die Drehorte des letzten Films zeigen, in dem er mitgespielt hat. Anschließend wollten wir dann nach London zu den Feierlichkeiten düsen. Aber jetzt muss Otto sich auf die Probeaufnahmen vorbereiten. Er ist total nervös und verträgt keinerlei Unruhe.«

»Habt ihr euch … gestritten?«, frage ich vorsichtig. In mir keimt Hoffnung. »Möchtest du wieder bei uns einziehen?«

»Nein, nein«, winkt sie ab. »Wir verstehen uns prächtig. Ich höre seine Texte ab, kümmere mich ums Haus, also ums Personal …« Sie steht auf, geht zum Fenster, öffnet es und zündet sich eine Zigarette an. »Eigentlich bin ich wegen meiner Sachen hier. Otto ist im Moment überempfindlich gegen jede Art von Störung, deshalb würde ich meinen Kram gern später abholen, wenn wir aus Frankreich zurück sind. Die Probeaufnahmen finden in Cannes statt, während des Filmfestivals.«

Irma macht es sich ganz schön einfach. Aber ich bringe es einfach nicht über mich, Streit mit ihr anzufangen. Sie sieht so glücklich und zufrieden aus, wie sie am Fenster ihren Glimmstängel genießt.

»Ist das okay für dich, Mathilde, oder hast du bereits einen neuen Mieter gefunden?«, fragt sie, als ich nicht antworte.

»*Einen?*«, entfährt es mir. »Einen brauchte ich letzte Woche. Inzwischen sind es *drei*!«

Sie stutzt einen Moment, bevor sie versteht. »Hast du etwa Amelie und Gustl wegen der nächtlichen Stöhnkonzerte rausgeworfen?«

»Stöhnkonzerte!«, wiederhole ich genervt. »Nett gesagt. Aber nein, ich habe ihnen nicht gekündigt. Die zwei möchten lieber alleine turteln. Die freudige Nachricht hat mir Amelie auf deiner Verlobungsparty als ›Betthupferl‹ serviert. Gustl behauptet sogar, Susanne habe mit ihm ›gesprochen‹ und ihm die Erlaubnis erteilt.«

Verdutzt sieht mich Irma an. »Scheiße«, flucht sie ganz undamenhaft. »Das tut mir wirklich leid, Mathilde. Soll ich nicht doch mit Otto reden, wegen des Geldes?«

Die Aussicht, meine Finanzkrise auf leichte Weise zu lösen, ist verlockend, behagt mir dennoch nicht. Die Risiken, ihre Beziehung durch solche Geldangelegenheiten zu belasten, sind einfach zu hoch. Wenn Otto ablehnt, aus was für Gründen auch immer, bekäme das Verhältnis zwischen den beiden schon vor der Hochzeit einen Knacks. »Danke, wirklich lieb von dir. Aber du weißt, dass ich prinzipiell nichts von Schulden halte.«

»Quatsch«, widerspricht sie kopfschüttelnd. »*Ich* würde mir doch das Geld leihen.«

Bevor ich ihr meine, zugegeben verquere, Einstellung erklären kann, klingelt es an der Wohnungstür.

»Erwartest du Besuch?«, fragt Irma.

»Na klar, die große Liebe meines Lebens«, antworte ich schnippisch und erhebe mich.

Vor der Tür steht Sophie mit ihrem kleinen Sohn Luis, an ihrer Seite ein älterer Mann, um die Fünfzig. Ein Künstlertyp in schwarzen Klamotten, mit längerem braunem Haar, grauen Schläfen und Hornbrille. Sophies Vater, schätze ich, da er Baby Nora im Arm hält, die ein rosa Steppjäckchen und dunkelblaue Hosen trägt. Als sich unsere Blicke treffen, schießt mir eine Glutwelle ins Gesicht.

Es ist der Mann aus der Weinhandlung.

8

»Hallo Mathilde, ich hoffe, wir stören nicht«, begrüßt mich
Sophie und deutet auf den Mann neben sich. »Das ist Fred
Keller, ein Kollege, der auch an meiner Schule unterrichtet.
Mathilde Opitz, meine liebe Nachbarin.«

Sophies Kollege lächelt. »Freut mich, liebe Nachbarin.«

Unsicher zupfe ich an meinen Haaren. Warum war ich nur
zu faul, sie zu waschen? Etwas Make-up hätte sicher auch
nicht geschadet. »Angenehm ... Bitte nennen Sie mich Mathilde.«

»Gern, wenn wir das Sie weglassen.« Er streckt mir seine
Hand entgegen. »Ich bin Fred.«

»Ähm ... Ja, schön«, stottere ich und sehe ihn direkt an.
Aber er scheint sich nicht an mich zu erinnern. Enttäuscht
wende ich mich Luis zu. »Hallo Luis, wie war's im Kindergarten?«

Sophie schubst ihren Sohn sanft an der Schulter. »Na, Luis,
du wolltest doch etwas sagen.«

»Schööön«, sagt er, linst unter seiner blauen Kappe hervor
und streckt mir eine kleine rosa Plastikente entgegen.

»Eine Badeente? Für mich?«, frage ich, froh darüber, mich
dem kleinen Mann in Jeans und rotem Pulli widmen zu können.

Er nickt, schüttelt aber gleich darauf den Kopf, als habe er
es sich anders überlegt.

»Für Irma?«

»Jaaa«, antwortet er mit glücklichem Gesichtsausdruck.

»Die trinkt gerade Kaffee. Sie freut sich bestimmt sehr,

wenn du ihr das Geschenk selbst überreichst.« Ich trete zur Seite. »Bitte, kommt doch rein.«

Luis lässt Mamas Hand los und saust den Flur entlang, Richtung Irmas Zimmer.

»Sie ist in der Küche«, rufe ich ihm nach.

Er macht kehrt und rennt mit ausgebreiteten Armen durch die offene Küchentür und ruft laut: »Brumm, brumm, brumm!«

Wir folgen ihm, wobei mein Herz lauter klopft als Sophies Blockabsätze auf dem Eichenparkett. Eigentlich müsste man es hören.

Vermutlich sind Sophie und ihr Kollege nur zu höflich, um etwas zu sagen. Und mir fällt kein harmloses Smalltalk-Thema ein, also lächle ich das niedliche Baby an, das mich neugierig aus großen blauen Augen anstarrt. Beim letzten Besuch hat die Kleine ja nur geschlafen.

Als wir die Küche betreten, rettet mich Irma aus der Verlegenheit. »Hey, sind das die neuen Mieter?«, lacht sie, als Luis ihr die Plastikente überreicht.

»Ziehst du aus?«, fragt mich Sophie sichtlich erschrocken.

»Nein, nein«, beruhige ich sie. »Aber bitte, setzt euch doch. Etwas zu trinken?« Geschäftig räume ich unser Kaffeegeschirr in die Spüle. Die auf der Arbeitsplatte rumliegenden Haschischkekse verstecke ich eilig im Schrank. »Luis, einen Saft?«

»Ich will Uija-Saft«, antwortet Luis.

»Kann ich bitte Saft haben, heißt das«, verbessert Sophie ihn und erklärt mir: »Ich glaube, du hattest ihm Maracuja-Saft gegeben.«

Kaum haben alle Platz genommen, beginnt das Baby zu quengeln. Auf Freds Schoß sitzend, greift es mit den kleinen Patschhändchen nach der rosa Ente.

Irma gibt sie ihr. »Hier, meine Süße.«

Die Kleine gluckst zufrieden, was Luis überhaupt nicht gefällt. Ohne Vorwarnung reißt er seiner Schwester das begehrte Spielzeug aus der Hand, worauf Klein Nora jammervoll zu schreien anfängt.

Sophie holt ihren Schlüsselbund aus der Handtasche und versucht, ihre Tochter damit abzulenken. Doch die rosa Ente scheint viel interessanter, und sie schreit beharrlich weiter.

»Luis, wolltest du nicht einen Saft?« Fred bemüht sich zu schlichten. »Komm, wir helfen Mathilde. Die schafft das alleine nicht.« Er steht auf und streckt Luis die Hand hin, der sich tatsächlich ablenken lässt. »Wo sind denn eure Gläser?« Fred sucht meinen Blick und lächelt mir dabei verschwörerisch zu.

Es ist ein unwiderstehliches Lächeln, das ein heftiges Ziehen in meiner Magengegend auslöst, unmittelbar gefolgt von einer Hitzewallung. Was für ein Mann: fürsorglich und er kann gut mit Kindern umgehen. Und wenn ich an die Begegnung in der Weinhandlung denke, so scheint er auch meine Vorliebe für Portwein zu teilen. Es gibt ihn also tatsächlich, meinen Traummann – mit einem winzigen Fehler. Er ist viel, viel, viel zu jung.

»Oben, im mittleren Schrank«, antworte ich und begebe mich eilig zum Kühlschrank, damit er mein knallrotes Gesicht nicht bemerkt.

Aus den Augenwinkeln beobachte ich Fred, wie er Luis jedes Glas einzeln zum Tisch tragen lässt.

Ich stelle Saft und eine Flasche Wasser dazu. Luis darf für alle einschenken, was nicht ohne Pfützen abläuft. Als er ein Glas beinahe umkippt, versucht Irma, mit einem schnellen Griff das Schlimmste zu verhindern, wobei sie es endgültig umstößt.

»Scheiße«, entfährt es ihr.

»Das ist ein Bähwort«, rügt Luis sie. »Das darfst du nicht sagen.«

»'tschuldigung«, antwortet Irma.

Sophie kramt in ihrer Handtasche. Ich eile zur Anrichte. Doch als ich mit der Küchenkrepprolle an den Tisch komme, war Fred schneller. Mit einem Stofftaschentuch hat er die größte Pfütze aufgewischt, bevor sie auf den Fußboden getropft ist.

Ich erledige den Rest und strecke Fred die Hand hin: »Gib mir das Taschentuch. Ich lege es in die Wäsche. So tropfnass kannst du es ja nicht einstecken.«

»Stimmt!« Schmunzelnd legt er mir das nasse Tuch in die Hand und blickt mir in die Augen. »Ich mag praktische Frauen.«

Erneut überläuft mich eine Hitzewelle, und weil mir nichts Besseres einfällt, grinse ich nur hilflos.

Die nächsten drei Minuten verstreichen ohne Katastrophe und ohne Geschrei. Luis schlürft vergnügt seinen Saft mit einem Strohhalm, den ich im Küchenschrank gefunden habe. Nora umklammert die Ente, während sie von Sophie ein Fläschchen mit Tee bekommt. Irma hat sich zum Rauchen auf die Terrasse verzogen.

Ich habe mich einigermaßen beruhigt und würde gern mehr über Fred erfahren. »Und ihr unterrichtet an derselben Schule?«, frage ich im Plauderton.

»Ja, an den privaten Nymphenburger Schulen, staatlich anerkanntes, neusprachliches, mathematisch-naturwissenschaftliches und humanistisches Gymnasium und Realschule«, spult Sophie hastig herunter, als wäre sie bei einem Vorstellungsgespräch. »Und wie ich dir ja schon erzählte, unterrichte ich Kunst an der Realschule.«

Fred nickt wortlos, mit freundlicher Miene.

Ob sie tatsächlich nur Kollegen sind?

»Weshalb dachte Irma eigentlich, dass wir die neuen Mieter wären?«, wechselt Sophie das Thema.

Seltsam. Warum interessiert sie das? Aber ich will nicht unhöflich sein. So unaufgeregt wie möglich berichte ich von der veränderten Situation. Die Wahrheit über den Halsabschneider-Mietvertrag und meine ausweglose Finanzlage verschweige ich lieber. Um so diffizile Details preiszugeben, kenne ich Sophie nicht gut genug, und vor Fred wäre es mir peinlich.

»Aber ihr seid doch erst vor einem Monat eingezogen. Schade, dass ihr euch so schnell wieder trennt«, bedauert Sophie, während sie ihrer Tochter den Mund abwischt. »Ich würde im Alter auch viel lieber in einer WG leben, als in einem Heim zu versauern.«

Luis' lautstarkes Schlürfen verstummt, und er blickt mich an. »Matinde, ich muss Pipi.«

Fred erhebt sich unaufgefordert. »Na, dann los, Kumpel.«

»Nach rechts, die zweite Tür«, erkläre ich und wende mich wieder Sophie zu. »Es ist nicht das Aus für die WG. Sobald ich drei sympathische Mitbewohner gefunden habe, starte ich den nächsten Versuch.«

»Huhuuu! Jemand zu Hause?«

Amelie. Unverkennbar. »In der Küche«, rufe ich.

Sekunden später wirbelt sie im Blümchenkleid herein. Gustl folgt ihr, feingemacht im dunkelblauen Zwirn mit weißem Hemd und blau-weiß-getupfter Krawatte.

»Besuch, wie schön!« Amelie strahlt begeistert. »Sollen wir ein Fläschchen öffnen?«

In dem Moment betritt Irma die Küche. »Ah, das Verräter-Pärchen!«

Amelie dreht sich auf dem Absatz herum. »Bitte?«

Gustl verabschiedet sich mit gesenktem Kopf. »Ihr entschuldigt mich, will mir was Bequemeres anziehen.«

»Wie könnt ihr Mathilde das bloß antun?«, poltert Irma los und rückt Amelie auf die Blumen-Pelle. »Erst bekniest du uns alle, mit dir in eine WG zu ziehen, und dann … «

»Das sagt die Richtige«, unterbricht Amelie sie nicht weniger lautstark, stemmt kampfeslustig die Fäuste in die Taille und schnauft wütend: »Täusche ich mich, oder bist *du* zuerst ausgezogen? Du, du … Ratte!«

Irma schluckt ob dieser schnöden Beschimpfung sichtlich schwer. Dann funkelt sie Amelie zornig an. »Selber Ratte!«

»Hört sofort auf«, rufe ich die beiden Kampfhennen zur Ordnung. »Wir haben Gäste. Und die kleine Nora guckt auch schon ganz irritiert.«

Das stimmt zwar nicht – das Baby sitzt ganz ruhig auf Sophies Schoß und klopft vergnügt mit der Ente auf den Tisch, als wolle sie den Takt vorgeben –, aber irgendwie muss ich die beiden zum Schweigen bringen. Doch erst die Rückkehr von Fred und Luis stoppt Amelies Wutausbruch. Sie fixiert ihn von Kopf bis Fuß, und ihre Augen beginnen begehrlich zu glitzern. »Ja, wen haben wir denn da?«

»Fred Keller, ich bin ein Kollege von Sophie.« Er reicht ihr die Hand.

Sie ergreift sie mit verzücktem Lächeln. »Amelie Specht, ich wohne hier. Sehr erfreut, Fred«, haucht sie verführerisch. »Ich finde, Lehrer ist einer der wichtigsten Berufe. Wenn nicht sogar der wichtigste überhaupt. Ich sage immer: Unwissenheit ist eine Plage.«

Ich bin platt. Was sind das denn für durchsichtige Komplimente?

Fred entzieht ihr die Hand. »Das haben Sie sehr nett gesagt.«

»Und ich sage immer: Man wird alt wie 'ne Kuh und lernt immer noch was dazu«, mischt Irma sich feixend ein.

Gustl gesellt sich wieder zu uns, jetzt in Schlabberjeans und grauem Polohemd, und begibt sich direkt zum Kühlschrank. Nach einem Kontrollblick fragt er in die Runde: »Wer bleibt zum Abendessen?«

Ich atme auf. Mit diesem Thema lassen sich die zwei Furien hoffentlich ablenken. Vorerst zumindest.

»Ja, bitte, bleibt doch«, fordere ich unsere Gäste auf. »Es ist sicher genug für alle da, oder Gustl?«

Er grummelt irgendwas, das sich wie »Sonst würde ich niemanden einladen« anhört.

»Vielen Dank, aber wir müssen leider ablehnen«, antwortet Sophie.

Misstrauisch nehme ich das vertrauliche WIR zur Kenntnis. Da ist also doch mehr zwischen Fred und ihr.

»Ich muss bedauerlicherweise ebenfalls los«, erklärt Fred dann jedoch und sucht meinen Blick. »Ein andermal sehr gern.«

»Unbedingt«, prescht Amelie vor, ehe ich eine Einladung aussprechen kann. »Vielleicht reicht die Zeit noch für ein winziges Schlückchen?« Sie neigt den Kopf und fasst sich dabei in ihre glänzenden Locken.

Fred und Sophie bedauern nochmals und verabschieden sich. Ich bringe sie zur Tür. »Kommt bald wieder vorbei«, sage ich zu Sophie und Luis und zu Fred: »Hat mich gefreut.«

Fred drückt meine zitternde Hand. Bei seiner Berührung stelle ich mir unweigerlich vor, wie es wäre, in seinen Armen zu liegen.

»Sag mal, Mathilde ...«

Seine warme Stimme holt mich aus dem verwegenen Tagtraum zurück.

»Ich überlege die ganze Zeit. Sind wir uns nicht schon einmal begegnet?«

Er hat unsere Begegnung doch nicht vergessen! Ein süßer Schauer läuft mir über den Rücken, oder ist es eine Hitzewallung? »Magst du Portwein?«, entgegne ich.

Er mustert mich kurz, dann lächelt er, als sähe er die Begegnung vor sich. »Die Weinhandlung! Darauf trinken wir beim nächsten Mal. Bis dann!«

Stumm blicke ich ihnen nach, wie sie die Stufen hinauflaufen, Fred mit Luis an der Hand und Sophie mit dem Baby auf dem Arm. Auf halber Treppe dreht sich Fred noch einmal um. »Ich bringe eine Flasche von unserem Lieblingsportwein mit.«

Von unserem Portwein! Ich nicke selig und schmelze dahin.

9

Auf Wolke sieben schwebe ich zurück in die Küche zu meinen Freunden. Noch vor einer Minute hätte ich die untreuen Tomaten am liebsten alle rausgeworfen. Doch das interessiert mich im Moment gar nicht mehr. Ich sehe nur Fred vor mir.

»Wie finden wir das denn, Mathilde?«, flötet Amelie mir entgegen. »Diese Sophie scheint nicht die kleine brave Kunstlehrerin zu sein, als die sie sich ausgibt.«

»Fred und sie unterrichten an derselben Schule. Sie sind also Kollegen«, widerspreche ich Amelies Anspielung eine Spur zu laut.

Abfällig zuckt Amelie mit den Schultern. »Das vielleicht auch. Aber ich fresse einen Besen, wenn die zwei nichts miteinander haben. Allein, wie er mit dem kleinen Luis umgeht – als wäre es sein eigenes Kind. Und Sophie hat uns doch erzählt, dass sie und Torsten Probleme haben. Das Problem könnte Fred heißen! So, und jetzt mache ich uns ein Fläschchen auf.«

»Klingt logisch«, bestätigt Irma.

Amelies Vermutungen und Irmas Zustimmung lassen meine romantischen Träume platzen wie einen Luftballon. Wie konnte ich mir nur einbilden, ein jüngerer Mann könnte sich für mich interessieren? Ich muss völlig durchgeknallt sein. Dabei hatte ich mir nach dem Erlebnis mit dem Kommissar doch fest vorgenommen, solch hoffnungslosen Schwärmereien zu entsagen. Hoffentlich hat niemand etwas gemerkt. Ein Grund zum Feiern ist das jedenfalls nicht.

»Für mich keinen Alkohol«, lehne ich ab.

Irma möchte auch nicht, sie muss nach Hause. »Otto wird sicher schon auf mich warten.«

Gustl schmollt. »Ach, das ist aber schade. Dann sind wir ja zum Essen nur zu dritt.«

»Tut mir leid, Gustl.« Irma gibt mir einen Kuss und winkt den anderen zu. »Ciao!«

»Tschüsschen, du rothaarige Ratte«, erwidert Amelie, die an der Arbeitsplatte mit einer Flasche Prosecco hantiert.

Wie eine professionelle Barfrau entkorkt sie die Flasche, ohne auch nur einen Tropfen zu verschütten. Sie gießt ein und stellt die Flasche zurück in den Kühlschrank. Ein Glas gibt sie Gustl.

»Für dich, mein Sternekoch.« Sie küsst ihn flüchtig auf die Wange, greift dann nach den anderen beiden Gläsern und stolziert zu mir an den Tisch.

»Nein, danke«, wiederhole ich.

Ungerührt stellt sie ein Glas vor mich. »Nun sei doch keine Spielverderberin, Mathilde. Wir haben was zu feiern. Genauer gesagt: Es gibt gute Neuigkeiten.«

»Tatsächlich?«, entgegne ich und starre missmutig ins Glas, rühre es aber nicht an.

Amelie lässt sich nicht irritieren. »Auf unser Wohl!«, prostet sie mir zu und nimmt einen großen Schluck. »Also ...«, beginnt sie dann. »Wir waren doch heute auf der Bank.«

»Das weiß ich bereits.«

Mich trifft ein nachsichtiger Blick aus ihren sanften blauen Augen. »Du solltest einen Schluck trinken, das hebt die Laune.«

»Bei dir vielleicht«, gebe ich zurück.

»Wie du meinst.« Sie zuckt die Achseln. »Dann heitert dich aber garantiert diese Nachricht auf: Ich bekomme den Kredit!«

Ich bin platt. Als über sechzigjährige Frührentnerin mit

kleiner Rente ist sie für Banken nun einmal keine optimale Kreditkandidatin. Es sei denn, sie hätte Aktien oder Immobilien oder Ähnliches als Sicherheiten anzubieten. Aber die hat keiner von uns. Mein Gefühl sagt mir, dass da etwas nicht stimmt. Irgendwas stinkt stärker als frisch gepresster Knoblauch.

»Was hast du angestellt?«, frage ich.

»Also, ich muss doch bitten«, wehrt sie ab. »Mein Bankberater hat eben ein Herz für mittellose Rentnerinnen. Außerdem kennt mich Herr Brettschneider seit Jahrzehnten und kann mich gut leiden.«

Ihre ausweichende Antwort macht mich hellhörig. »Soso, Banker mit Herz«, grummle ich. »Und wie viel hat dir der Herzige genehmigt? Hundert Euro Überziehungskredit?«

»Pah!« Sie wirft den Kopf in den Nacken. »Der Kreditrahmen ist so groß wie nötig. Du bekommst, was ich dir schulde, und es reicht auch noch für einen Makler und die Kaution unserer neuen Wohnung.«

Langsam wird mir der esoterische Glückskeks unheimlich. »Donnerwetter. Das wäre tatsächlich ein Grund zum Feiern. Hast du auch gut aufgepasst, dass sich im Kleingedruckten keine bösen Überraschungen verstecken? Rentenpfändung, beispielsweise?«

»Ich habe noch nicht unterschrieben«, verkündet sie, ganz nebenbei, während sie ihr Glas auffüllt.

Entgeistert starre ich sie an. Doch sie wird weder rot, noch erkenne ich das geringste Anzeichen, dass ihr diese Prahlerei vielleicht peinlich wäre. »Tja, dann träum schön weiter. Soweit mir bekannt ist, unterschreibt man den Antrag, und erst wenn der genehmigt wird, fließt Kohle. Andernfalls schaut man in die Röhre.«

Amelie hebt die feingestrichelten Brauen und schaut mich

herausfordernd an. »Ich bekomme eben eine Sonderbehandlung.«

»Sonderbehandlung?«, wiederhole ich und muss mir ein Lachen verkneifen. »Und wie muss ich mir das vorstellen? Darfst du eine Nacht im Tresorraum verbringen und wie Dagobert Duck in Geld baden?«

»Oh!« Sie blickt verträumt ins Leere. »Das würde mir gefallen. Bei Kerzenlicht, dazu ein Fläschchen Schampus ...« Sie wendet sich zu Gustl. »Was meinst du, Gustilein, wäre das nicht lustig?«

»Hmm«, brummt Gustl, ohne das Karottenschnippeln zu unterbrechen.

»Wäre das nicht eine originelle Geschäftsidee?« Sie sieht mich mit weit aufgerissenen Augen an.

»Wie jetzt?« Ich habe keinen blassen Schimmer, was sie meint.

»Na, in Geld baden.« Nachdenklich nippt sie an ihrem Prosecco. »Vielleicht sollte ich das Herrn Brettschneider vorschlagen. Das ist bestimmt gut gegen Depressionen. Man mietet sich für eine Nacht im Tresor ein und darf mit Münzen und Scheinen spielen.«

»Es tut mir ja leid, dass ich deine verwegenen Träume nicht teilen kann«, widerspreche ich. »Aber mich würde es eher noch depressiver machen, wenn ich nach so einem Geldbad die arme Kirchenmaus bliebe.«

»Ach so«, sagt sie. »Daran habe ich gar nicht gedacht. Na egal, dann eben nicht.« Sie schaut auf ihre Armbanduhr. »Er müsste eigentlich schon längst da sein.«

»Wer?«, frage ich.

»Herr ...« Sie wird von der Türklingel unterbrochen. »Ah. Endlich!«

Eilig huscht sie davon, als erwarte sie einen Geldboten.

»Gustl, hast du Amelie eigentlich zu ihrem Gespräch bei der Bank begleitet?«, frage ich, um vielleicht von ihm eine brauchbare Auskunft zu bekommen.

»Nein, ich habe im Auto gewartet …«, antwortet er, als es in seiner Hosentasche klingelt. »Entschuldige.« Er angelt nach seinem Handy, das er sich extra angeschafft hat, um für seine Tochter ständig erreichbar zu sein. »Dana«, erklärt er nach einem Blick aufs Display. »Bin gleich wieder da.« Damit verschwindet er.

Gustl ist kaum draußen, da kommt Amelie zurück, begleitet von einem verschwitzten, korpulenten Mann mit weit zurückgewichenem Haaransatz und randloser Brille auf der Knubbelnase. Zu grauen Hosen trägt er ein braun-grün gemustertes Sakko mit Lederflecken am Ärmel. Dazu ein kleinkariertes Hemd und eine wappengeschmückte dunkelgrüne Krawatte. Unter seinem Arm klemmt eine braune Ledermappe.

Ich habe keinen Schimmer, wer der Brillenheini ist, tippe aber auf verarmten Landadeligen, der Hausratsversicherungen verkaufen muss, um sich die tägliche Leberkäsesemmel leisten zu können.

»Karl-Heinrich Brettschneider«, stellt Amelie mir den Unbekannten vor. »Meine Freundin, Mathilde Opitz.«

Brettschneider streckt mir die Hand entgegen. »Tut mir leid, ich bin geflogen, habe es aber dennoch nicht ohne Verspätung geschafft.«

»Unfassbar!«, entfährt es mir beim Händeschütteln.

Brettschneider guckt konsterniert. »Wie bitte?«

»Ähm … ich meine … Unfassbar, dass Sie Ihre Kunden zu Hause besuchen«, stottere ich.

»Nun ja«, näselt Brettschneider vornehm. »In diesem besonderen Fall, und weil es Amelie so eilig …«

»Aber bitte«, unterbricht Amelie ihn. »Nimm doch erst

einmal Platz, Karl-Heinrich. Ein Schlückchen Prosecco? Ist gut für den Kreislauf.«

Mir klappt der Mund auf. Du, Amelie, du, Karl-Heinrich? Hat sie den Bankenmops mit einer Stripeinlage becirct? Musste Gustl deshalb im Auto warten?

Karl-Heinrich räuspert sich. »Eine Frage vorweg: Wie oft desinfiziert ihr euer Geschirr?«

Haben wir es hier mit einem Hypochonder oder einem Kavalier alter Baumschule zu tun?

Amelie lacht nur und antwortet: »Wöchentlich, Karl-Heinrich, wöchentlich.«

Worauf Karl-Heinrich die Einladung mit einem schiefen Grinsen annimmt. »Ein Schlückchen in Ehren kann niemand verwehren.« Er setzt sich und platziert die Ledermappe vor sich auf dem Tisch.

»Meine Rede«, kichert Amelie, wuselt zum Küchenschrank und entnimmt ein frisches Glas. »Vielen Dank noch mal, Karl-Heinrich, dass du dich persönlich herbemüht hast«, säuselt sie beim Einschenken. »Mathilde, möchtest du vielleicht jetzt doch?«

»Nein, danke.« Mir schwant nichts Gutes, da ist es schlauer, nüchtern und auf der Hut zu bleiben.

Karl-Heinrich läuft rot an und greift sich mit dem Zeigefinger in den Kragen, als bekäme er kaum Luft. »Nun, dein Bericht über eure WG hat meine Neugier geweckt. Zufällig habe ich erst unlängst einen Artikel über diese alternative Form des Wohnens gelesen. Wirklich sehr interessant.«

Amelie neigt ihren Kopf, während sie ihm zuprostet. »Auf dein Wohl, Karl-Heinrich!«

»Unsere Wohngemeinschaft ist also ein besonderer Fall für Sie, Herr Brettschneider?«, nehme ich das Thema wieder auf.

»Wie soll ich sagen?«, windet sich Brettschneider. »Es

wäre eine Alternative, ja, durchaus. Aber bevor ich mir nicht einen Eindruck verschafft habe, kann ich keine Zusagen abgeben. Sie werden das verstehen, Frau Opitz.«

Zusagen – im Plural? Wie viele Kredite hat Amelie denn beantragt? Und was bitte schön hat die WG damit zu tun? Langsam finde ich Brettschneiders Besuch höchst mysteriös. Und sein umständliches Geschwafel nervt.

»Dann würde ich vorschlagen, Herr Brettschneider, Sie legen die Karten offen auf den Tisch«, gehe ich in die Offensive.

»Mathilde hält nichts von Smalltalk.« Amelie scheint sich genötigt zu fühlen, meine Aufforderung abzumildern.

Gelassen zucke ich die Schultern. »Das spart eine Menge Zeit. Und die hat doch keiner, oder? Nicht in unserem Alter.«

Brettschneider nickt und erhebt sich. »Dann lassen Sie uns doch gleich mit der Schlossführung anfangen.«

»Schlossführung?«, wiederhole ich überrascht.

Amelie zwinkert verschwörerisch hinter Brettschneiders Rücken und zischt mir etwas zu, das ich jedoch nicht verstehe. Scheint, als würde ich demnächst mit einem Knopf im Ohr herumlaufen müssen, damit ich alles mitbekomme. Im Moment kann ich nur eine Grimasse schneiden und hoffen, dass sie mir nichts Lebenswichtiges mitteilen wollte. Auch wenn ich stinksauer auf sie bin, möchte ich ihr nicht die Tour vermasseln. Wohin auch immer diese führt.

»Vielleicht zuerst unseren Gemeinschaftsraum?«, schlägt Amelie vor.

Ah, anscheinend hat sie ihm von der Wohnung vorgeschwärmt und eine Führung versprochen. Warum nicht, wenn's die Kreditvergabe fördert. Ich folge den beiden durch den Flur in unsere Fernsehlounge, wie Irma das Zimmer gern nennt. Klingt ungeheuer modern, ändert aber leider auch nichts am miserablen Fernsehprogramm.

Als Karl-Heinrich unser altes Röhrengerät erblickt, stutzt er kurz, dann bekommen wir einen Crashkurs zum Thema Fernsehtechnik.

»Habe mir zur letzten Fußball-EM ein Flachbildschirm-Gerät gegönnt. Man muss sich doch auch mal verwöhnen. Hahaha. Panasonic TX-P42GW20, neueste Plasmatechnik. Phänomenal. Mattscheibe reflektiert kaum noch. Selbstredend für alle TV-Empfangsarten gerüstet. Digitalübertragung, Satellit, Kabelanschluss und was die Zukunft sonst noch bringt. Da sehe ich die Fouls, noch ehe der Schiri pfeift.«

»Interessant«, grummle ich, obwohl ich seinen Vortrag so aufregend finde wie abgestandenen Kaffee.

Amelie zeigt sich begeistert: »Ich liebe Fußball!«, und verpasst den fünf Sofakissen mit gezieltem Handkantenschlag ordentliche Hasenohren.

Karl-Heinrich starrt ihr dabei wohlgefällig grinsend aufs geblümte Hinterteil. Als sie ihr Werk vollendet hat, erkundigt er sich nach den Bädern.

»Ein Badezimmer, ein Duschbad, jeweils mit Toilette«, antworte ich.

»Aha. Und vier Bewohner. Mmm.« Nachdenklich kratzt er sich am Hinterkopf. »Und wie gestaltet sich die Aufteilung?«

»Wie's grad kommt, Karl-Heinrich«, antwortet Amelie. »Wir stehen ja nicht alle gleichzeitig auf. Und bisher gab es keine Komplikationen.«

Keine Komplikationen? Von wegen! Aber mir ist immer noch nicht klar, worum es hier eigentlich geht. Vielleicht könnte ich Brettschneider mit einigen schlüpfrigen Duschorgiendetails in die richtige Stimmung zur Kreditvergabe versetzen? Überhaupt könnte ich den Bankenmops mit kleinen Anekdoten aus unserem WG-Leben erheitern – über lustige Abende mit Joints und Haschkeksen oder Nacktgrillen. Das

Gebiss im Kühlschrank nicht zu vergessen. Aber das lasse ich lieber bleiben, nicht dass noch Zweifel an unserer Zurechnungsfähigkeit aufkommen.

Stattdessen antworte ich: »Mir sind auch keine Probleme bekannt, Herr Brettschneider«, und setze noch eine fette Lüge obendrauf: »Alles in allem überwiegen die Vorteile.«

In Wahrheit fallen mir zurzeit nur Nachteile ein, aber wozu sollte ich ihm alles verraten?

Karl-Heinrich scheint dennoch zu zweifeln. »Nun, ein eigenes Bad ist ein eigenes Bad.«

Das wäre mir nie im Leben eingefallen, hustend unterdrücke ich einen Lachanfall.

Die Führung endet in der Küche, wo sie begonnen hat.

Amelie bittet Karl-Heinrich Platz zu nehmen, und bietet vor dem lästigen »Schreibkram« noch Erfrischungen an.

»Danke nein, liebste Amelie«, lehnt Brettschneider ab und möchte zur Sache kommen. Demonstrativ pflanzt er die Hände auf seine Ledermappe und holt Luft. »Punkt eins: Ein Zusammenleben kommt für mich nicht in Frage. Ich habe da so meine Bedenken in Sachen Badezimmer. Schließlich sind wir einander ja völlig fremd.«

»Schade«, säuselt Amelie. »Wirklich zu schade. Wenn dir die Wohnung nicht zusagt ... «

Ich brauche einen Moment, um zu kapieren, was hier läuft. Ich blicke Amelie fragend an. »Herr Brettschneider zog in Erwägung, hier unter Umständen einzuziehen?«

Unschuldig klimpert sie mit den getuschten Wimpern und hebt abwehrend die Hände. »Na ja, Karl-Heinrich sucht zurzeit eine neue Wohnung, und da Irmas Zimmer frei wird, dachte ich ... «

Ich schnappe nach Luft. Sie wollte mir allen Ernstes diesen langweiligen Bankenmops ins Nest setzen? Nicht mit mir! Ich

105

setze zu einer Standpauke an, doch dann wird mir bewusst, was ich für ein Glück habe. Ein Badezimmer mehr, und der Mops hätte hier einziehen wollen.

»Tja, wirklich schade«, täusche ich mit krauser Stirn Enttäuschung vor.

Brettschneider lässt mein »Bedauern« unkommentiert und schlägt die Ledermappe auf. »Kommen wir zu Punkt zwei.«

»Dem Kredit!«, souffliere ich, um die Angelegenheit zu beschleunigen. Mein Magen rumort unruhig und verlangt nach dem Abendessen.

Gustl betritt die Küche, als habe er meinen Hunger erhört.

»Oh, störe ich?«, fragt er mit Blick auf Brettschneider.

»Mich nicht«, verkündet der Mops, wobei er nicht von seinen Papieren aufblickt.

Seufzend sinkt Gustl neben Amelie auf einen Stuhl.

»Geht's dir nicht gut?«, erkundigt sich Amelie fürsorglich.

Gustl starrt eine Weile ins Leere, bevor er reagiert. »Ähm … Nein, nein … Bei mir alles bestens. Aber ich mache mir Sorgen um Dana. Sie hatte schon wieder Streit mit ihrem Freund.«

Amelie streichelt ihm zärtlich über den Rücken. »Ach, die Arme.«

Brettschneider räuspert sich und raschelt lautstark mit seinen Formularen.

»Entschuldige, Gustl«, flüstert Amelie ihm zu. »Ich muss mich kurz auf diese Kreditsache konzentrieren. Können wir vielleicht später darüber reden?«

Gustl nickt, erhebt sich und schlurft mit hängenden Schultern davon.

»So, Karl-Heinrich«, verkündet Amelie. »Jetzt können wir fortfahren.«

»Nun, da wären zunächst drei Fragen zu klären …« Brettschneider nimmt seinen Kugelschreiber zur Hand und sieht zu mir. »Wie hoch ist der momentane Kurswert der Immobilie? Die Höhe der noch zu tilgenden Hypothek? Sowie die Höhe der monatlichen Tilgung?«

Meine Geduld ist erschöpft. »Ich verstehe nur Bahnhof«, knurre ich.

Erstaunt blickt Brettschneider von mir zu Amelie, die mir zublinzelt.

»Raus damit«, fauche ich sie an, denn mit Höflichkeiten komme ich nicht weiter. »Was wird hier gespielt?«

Brettschneider klickt nervös auf seinem Kuli herum. »Frau Specht hat der Bank die Wohnung als Sicherheit angeboten.«

Ich muss mich verhört haben. Amelie ist zwar eine überspannte Nudel, aber das traue ich ihr nicht zu. »Tut mir leid, Herr Brettschneider, da müssen Sie etwas durcheinanderbringen.«

»Wieso durcheinander?« Er trommelt mit den Fingern. »Frau Specht hat von ›unserer Wohnung‹ gesprochen und selbige zur Kreditabsicherung angeboten.«

Das verschlägt mir die Sprache. Damit habe ich nun wirklich nicht gerechnet. Doch dann muss ich lachen. So heftig, dass mir die Tränen über die Wangen laufen.

»Das Objekt befindet sich also *nicht* in Ihrer beider Besitz?«, fragt Brettschneider vorsichtig, als ich mich einigermaßen beruhigt habe.

»Nein«, sage ich und muss wieder lachen.

Brettschneider steckt den Kuli in die Brusttasche, klappt seine Mappe zu und steht abrupt auf. »Mir fehlen die Worte, Frau Specht«, zischt er Amelie an.

»'tschuldigung«, murmelt sie geknickt. »Ich dachte … «

Den Bankenmops interessiert schon nicht mehr, was sie dachte, er verlässt uns im Stechschritt. Amelie eilt ihm hinterher.

107

»Guten Heimflug, Karl-Heinrich«, rufe ich vergnügt.

Ich kichere immer noch, als Amelie in die Küche zurückkommt.

»Warum, zum Kuckuck, hast du denn nicht mitgespielt?«, fährt sie mich an.

Ich kann nicht anders, ich muss sie einfach provozieren. »Wobei denn mitgespielt?«

»Stell dich doch nicht dümmer als du bist!«

»Bin *ich* Hellseherin?«, kontere ich. »Woher soll ich denn wissen, dass du solche Behauptungen aufstellst.«

»Genau deshalb habe ich dir doch zugezwinkert.«

»Ach so. Ich dachte, du hast was im Auge. Davon abgesehen, würde ich niemals bei einer solchen Täuschung mitspielen. Das ist kriminell.«

»Ah! Madame Redlichkeit. Und wie war das damals mit diesem Auslandsauftrag, den du als Chefbuchhalterin auf ein anderes Jahr hast umdatieren lassen?«

»Du vergleichst Äpfel mit Birnen. Der Vorgang existierte ja tatsächlich, das Umdatieren hatte lediglich steuerliche Gründe. Außerdem ist so etwas durchaus üblich und nicht nachzuweisen. Es sei denn, du zeigst mich an – zehn Jahre danach.«

Schmollend füllt sie den Rest Prosecco in ihr Glas.

»Selbst wenn ich bei deiner Geschichte mitgespielt hätte, wäre der Schwindel rausgekommen, sobald Brettschneider Unterlagen über den Wohnungskauf verlangt hätte.«

Amelie leert ihr Glas auf ex. »Warum hätte er die sehen wollen?«, fragt sie.

»Bist du so naiv oder veräppelst du mich?«, frage ich sie. »Als seriöser Banker muss er deine Angaben überprüfen.«

»Was ist denn das für ein Krawall?« Gustl stürmt in die Küche, als müsse er einen Zweikampf verhindern.

»Mathilde hat alles kaputtgemacht!«, beklagt sich Amelie.

»Was kaputtgemacht?«, will er wissen.

»Wir kriegen keinen Kredit«, antwortet sie seufzend.

Gustl reagiert nicht, geht zur Anrichte und fängt an, Gemüse zu schnippeln. Er scheint mit seinen Gedanken weit weg zu sein.

Amelies Augen glitzern tränenumflort. »Ohne Kredit«, schnieft sie, »können ... wir ... nicht ... umziehen.«

Gustl lässt das Messer sinken, reißt ein Stück von der Küchenkrepprolle ab und nimmt sie in den Arm. »Jetzt essen wir erst mal zu Abend, dazu trinken wir ein Schlückchen, und dann fällt uns bestimmt eine Lösung ein«, tröstet er sie, während er ihr die Tränen abtupft.

Sie putzt sich geräuschvoll die Nase und blickt ihn verliebt an. »Ach, Gustilein, du hast immer die besten Ideen.«

Dazu kann ich nur den Kopf schütteln.

10

Auf der Radeltour zu *Bacchus*, der Weinhandlung meines Vertrauens, trete ich kräftig in die Pedale. Als echten Sport kann man den Miniausflug zwar nicht bezeichnen, aber ich verbrenne garantiert mehr Kalorien als Amelie bei ihrer Bärchendiät. Außerdem hilft die klare Mailuft gegen meine Kopfschmerzen. Den Brummschädel verdanke ich unserer sich auflösenden Wohngemeinschaft, die mich seit Tagen nicht zur Ruhe kommen lässt.

Amelie lässt einfach nicht von der Idee des Ausziehens ab, trotz leerem Bankkonto. Gustl dagegen äußert sich kaum, verschanzt sich hinter seine Kochtöpfe und Pfannen und überlässt alle Antworten Amelie. Zum Haare raufen!

Als ich den Weinladen betrete, begrüßt mich der Inhaber persönlich. »Einen wunderschönen guten Tag, Verehrteste.«

Namentlich kennt er mich zwar noch nicht, aber nachdem ich hier regelmäßig jeden Donnerstag eine Flasche Portwein erwerbe, gelte ich wohl als liebe Stammkundin.

Ich grüße freundlich zurück und schlendere an den Regalen vorbei, als sei ich heute unschlüssig. In Wahrheit hoffe ich, Fred zu treffen. Ich kann einfach nicht aufhören, an ihn zu denken. Verrückt. Er ist doch viel zu jung für mich. Zweitens hat er vielleicht was mit Sophie. Und drittens? Möchte ich es eigentlich nicht so genau wissen.

Dennoch schaffe ich es nicht, mich gegen dieses Gefühl zu wehren. Seit Fred in unserer Küche saß, wandern meine Gedanken ständig zu ihm. Hier, wo wir uns zum ersten Mal begegnet sind, ist das Verlangen, ihn wiedersehen zu wollen, besonders stark. Ich muss wohl nicht erwähnen, dass ich leicht geschminkt bin, mein Haar frisch gewaschen ist und ich ein weißes Sommerkleid mit schwarzem Blumenmuster trage, dazu schwarze Pumps und die gestern erstandene rote Strickjacke. Irgendwo habe ich nämlich gelesen, dass man Männer am besten mit Signalfarben wie Rot auf sich aufmerksam macht. Insgesamt bin ich also ziemlich aufgebrezelt für eine Frau, die ihre rosarote Brille längst abgelegt haben wollte.

»Darf ich Ihnen behilflich sein?«

Der Weinhändler reißt mich mit seiner Frage aus meinen Gedanken. »Ähm … Ja … Gern«, antworte ich und überlege, wie ich Zeit schinden könnte.

Er sieht mich fragend an. »Wieder einen Vala da Clara Tinto?«

Ich werfe einen verstohlenen Blick auf meine Armbanduhr. Siebzehn Minuten nach vier, exakt der Zeitpunkt, an dem vor drei Wochen Fred und meine Hand … Hör auf, zu träumen, du närrisches altes Weib, ermahne ich mich. »Vielleicht probiere ich mal einen anderen Port.«

»Sehr gern. Ich hätte da einen Quinta Do Castelinho. Heute eingetroffen.« Der Händler geht zu einem noch verschlossenen Karton. Mit wenigen Handgriffen öffnet er ihn, entnimmt eine Flasche und erklärt: »Es ist ein Late Bottled Vintage Port, ein Verschnitt aus Trauben eines Jahrgangs. Hat sechs Jahre im Fass gelagert, bevor er in Flaschen abgefüllt wurde.«

»Aha.« Ich wiege unschlüssig den Kopf.

Beflissen empfiehlt er mir weitere Sorten, gibt mir Informationen zum Traubenanbau, zu den Weingütern und der Lagerung.

Ich höre aufmerksam zu, stelle Fragen und ziehe das Ganze in die Länge. Nach einer halben Stunde wird es langsam peinlich, und ich erstehe eine Flasche Castelinho.

»Herzlichen Dank für das kostenlose Weinseminar«, sage ich beim Bezahlen.

»Es war mir ein Vergnügen, schöne Frau«, entgegnet er galant. »Jederzeit wieder.«

Natürlich ist diese liebenswürdige Höflichkeit nichts weiter als Kundenpflege, doch in meinem Alter sind Komplimente so selten wie Verehrer, und meine Laune steigt, als hätte ich drei Gläschen Port und zehn Pralinés zu mir genommen.

Vergnügt radele ich auf meinem Drahtesel nach Hause, lasse mir das Haar vom lauen Frühlingswind zersausen und summe vor mich hin.

Am Rotkreuzplatz beschließe ich, mir irgendwo einen Cappuccino zu genehmigen. Es ist nicht zu heiß, rentnerwarm könnte man auch sagen, die Sonne strahlt zwischen harmlosen weißen Wattewölkchen vom blauen Himmel, und die flirrende Frühlingsluft ist voller Verheißungen. Einfach der perfekte Tag, um unter einem Sonnenschirm zu faulenzen und die lästigen Sorgen für eine Weile zu vergessen.

Ich drehe einige Runden durch die kleineren Straßen, bis ich das Café Ruffini entdecke, wo es besonders leckeres Eis geben soll.

Als ich mein Fahrrad anschließen will, höre ich eine helle Stimme »Matinde« rufen.

Luis, in Jeans und blauem Hemd, saust auf einem knallgrünen Roller den Bürgersteig entlang. Und wenige Meter hinter ihm – ich kann mein Glück kaum fassen –, Fred. Schwarz gekleidet, mit Sonnenbrille auf der Nase, zum Niederknien attraktiv. Und wie er in großen Schritten versucht, den Kleinen einzuholen, wirkt er auch noch unglaublich dynamisch.

»Erster!«, lacht Luis, als er vor mir anhält.

»Na, du Rennfahrer«, begrüße ich ihn. »Wo willst du denn hin?«

Mit leuchtenden Augen schaut der Kleine hoch zu mir. »Bio-Eis essen!«

»Gute Idee«, antworte ich und fühle eine Hitzewallung in mir aufsteigen, als Fred bei uns ankommt.

Mist. Ausgerechnet jetzt. Hoffentlich entwickelt sich die Wallung nicht zum Schweißausbruch, der mein Make-up auflöst. Oder lässt Freds Nähe mein Herz derart rasen?

»Hallo Mathilde. Was für ein schöner Zufall.« Er nimmt seine Brille ab und lächelt mich an.

Unsere Blicke treffen sich. Ich bin froh, dass er mir nicht die Hand reicht, denn meine Hände sind plötzlich vor Aufregung ganz feucht, und ich halte mich krampfhaft am Fahrradschloss fest.

»Hm« ist alles, was ich von mir gebe, weil mir mal wieder die Worte fehlen.

Fred guckt auf mein Fahrradschloss. »Kommst du gerade oder gehst du schon?«

»Ähm … Ich wollte … einen Cappuccino trinken.«

Luis kann anscheinend nicht länger auf sein Eis warten, steigt auf den Roller und düst zum Eingang des Cafés.

»Den Roller lassen wir draußen«, ruft Fred und flüstert mir leise zu: »Sonst fährt er wieder allen Gästen an die Beine.«

Luis reagiert nicht. Stattdessen versucht er, die schwere Eingangstür aufzuziehen. Was mit zwei Händen vielleicht möglich wäre. Doch er muss ja mit einer Hand den Roller festhalten.

Mit drei großen Schritten ist Fred bei ihm und versucht, ihn davon zu überzeugen, den Roller abzustellen. Doch Luis schüttelt hartnäckig den Kopf, und als Fred ihm den Roller mit sanfter Gewalt entwenden will, brüllt er: »Stiehlt! Stiehlt! Stiehlt!«

»Er befürchtet, dass sein heißgeliebter Roller geklaut wird«, erklärt Fred mir.

»Ich habe auch immer Angst, dass jemand mein Fahrrad mitnimmt, Luis«, sage ich und schlage vor, seinen Roller an mein Rad zu ketten.

Luis überlegt einen Moment, blickt mit kritischer Miene auf die schwere, kunststoffumhüllte Kette und nickt dann zustimmend. Mit Freds Unterstützung wird aus Rad und Roller ein unförmiges Packet, das sich nur mit einem LKW entwenden ließe.

Zufrieden betrachtet Luis das Werk, ruckelt noch einmal prüfend am Roller, der sich nicht mehr bewegt.

»Gut so?«, fragt Fred.

»Jaaa!«

»Dafür bekommt Mathilde aber ein großes Eis zu ihrem Cappuccino, oder?«, fragt Fred augenzwinkernd.

»Bio-Eis!«, verbessert Luis.

»Logo, Bio-Eis«, versichert Fred und an mich gewandt: »Wenn du magst?«

»Danke, gern«, nehme ich die Einladung an. Amelie würde garantiert behaupten, dass es Vorsehung sei. Wer oder was auch immer dafür verantwortlich ist – ich könnte jubeln. Im Moment habe ich zwar keine Ahnung, worüber wir uns unterhalten sollen. Aber Luis ist ja dabei und wird uns ablenken. Vielleicht finde ich heraus, wie eng Freds Beziehung zu Sophie ist.

Ein Schmunzeln umspielt seinen Mund, als er mir die Papiertüte vom Weinhändler abnimmt. »Ich benötige auch dringend Nachschub.« Dann hält er mir die Tür auf. Luis drängelt sich vorbei, saust quer durchs Lokal zu einer schmalen Treppe.

»Wo will er hin?«, frage ich.

»Da geht's zur Dachterrasse«, antwortet Fred und legt seine Hand auf meinen Rücken, als wolle er mich ganz sanft in die Richtung schieben.

Ein Schauer erfasst mich. »Das ist heute mein erster Besuch im Ruffini.«

»Ich treffe mich hier manchmal mit Freunden«, erklärt Fred auf dem Weg nach oben. »Ich wohne nämlich ein Stück weiter oben in der Orffstraße. Und wenn Luis mich besucht, drehen wir immer eine Runde mit dem Roller, und je nach Witterung bekommt er ein Eis oder eine heiße Schokolade.«

Der letzte Satz versetzt mir einen schmerzhaften Stich. Luis besucht ihn also regelmäßig. Er scheint doch mehr als nur ein Arbeitskollege für Sophie zu sein. Aus welchem Grund würde er sonst das Kleinkind einer Kollegin hüten?

Die Dachterrasse entpuppt sich als sonniges, ruhiges Plätzchen mit wenigen Besuchern und einem schönen Blick auf die umliegenden Häuser.

»Nimm schon mal Platz, Mathilde.« Er stellt die Tüte an einem der langen Biertische ab und berührt meinen Arm, als wären wir alte Bekannte. »Ich besorge uns die Getränke. Hier oben ist nämlich Selbstbedienung. Cappuccino und Eis, ja? Welche Sorte?«

Ich bringe gerade mal ein schwaches »Egal, aber ohne Sahne, bitte« zustande.

»Schokoeis, Schokoeis, Schokoeis«, kräht Luis, der mit ausgebreiteten Armen im Zickzack um die Tische läuft und lautstark brummend Flugzeug spielt.

»Einmal Egal ohne Sahne, einmal Schokolade, kommt sofort«, lacht Fred und verschwindet Richtung Treppe.

Nach einer gefühlten Ewigkeit kehrt er mit einem vollbeladenen Tablett mit Eis, Kaffee und Mineralwasser zurück. Vorsichtig stellt er es ab und verteilt alles. »Vanille und Schokolade, meine Lieblingssorten«, erklärt er, als er mir den Eisbecher hinstellt und sich mir gegenüber auf die Bank setzt.

»Los, Kumpel, Eis essen«, ruft Fred Luis zu, der »angeflogen« kommt und sich auf seinen Becher stürzt.

»Du servierst, als wärst du Profikellner. Fehlt nur noch die Serviette überm Arm. Wenn du mal keine Lust mehr auf Unterricht hast, kannst du die Branche wechseln«, scherze ich, um meine Rührung zu verbergen. Zu beobachten, wie liebevoll er mit dem Kind umgeht, macht mir wieder einmal bewusst, was in meinem Leben fehlt. Und für immer fehlen wird.

»Danke, zu freundlich«, erwidert Fred lächelnd, schiebt den Aschenbecher ans Tischende und wischt einige Ascheflocken weg. »Aber ich habe während meiner Studienzeit gekellnert, bin also kein totaler Anfänger. Heute wäre mir das Herumrennen …« Ein Handyklingeln unterbricht ihn. »Entschuldige, Mathilde, dauert nicht lange.« Er angelt eines dieser neuen Tausendsassa-Telefone aus der Brusttasche seines schwarzen Hemds.

Fred führt ein kurzes Gespräch, das aus wenigen Ja- und Nein-Antworten und der abschließenden Information besteht, er säße im Ruffini auf der Terrasse.

»Mein Sohn«, erklärt er. »Er wird gleich herkommen. Ich hoffe, es stört dich nicht.«

»Ähm … Ich meine, nein … Natürlich nicht«, stottere ich verwirrt und hoffe, nicht allzu dämlich auszusehen.

Fred ist also verheiratet und hat Kinder oder zumindest einen Sohn. Nachdenklich rühre ich in meiner Tasse. Keine Ahnung, warum ich mir Fred nicht mit Frau und eigenem Nachwuchs vorgestellt habe. Dann fällt mir auf, warum. Er trägt keinen Ehering. Das habe ich schon bei unserer ersten Begegnung bemerkt. Hände verraten oft mehr als Worte.

Tja, so kann man sich irren. Eigentlich habe ich keinen Grund, enttäuscht zu sein. Schließlich ist er nur ein flüchtiger Bekannter, der Kollege einer Nachbarin. Ein Mann, der mir in keiner Weise Avancen gemacht hat. Warum sollte er auch? In seinen Augen muss ich eine alte Frau sein, die er aus reiner Nettigkeit in ein Café einlädt. Bevor ich frustriert aufseufze, löffle ich schnell mein Eis, das bereits anfängt zu schmelzen. Vanille und Schokolade. Auch meine Lieblingssorten.

»Sehr lecker«, lobe ich den kalten Genuss, um ein möglichst harmloses Gespräch anzufangen.

Luis verkündet schmatzend: »Schokoleckerschmecker!«

Fred wuschelt ihm liebevoll durch die blonden Locken. »Du wirst mal Werbetexter.«

»Mindestens!«, stimme ich zu.

»Nein«, widerspricht er. »Ich werde schwul!«

Fred und ich sehen uns irritiert an.

»Ach ja, wer sagt das?«, fragt Fred dann, sichtlich bemüht, nicht zu lachen.

Ungerührt löffelt Luis weiter sein Schokoeis. »Die Franzi, im Kindergarten.«

»So, so.« Fred nimmt einen Schluck Kaffee. »Und wie kommt die Franzi auf so eine Idee?«

»Weil ich am aller-aller-allerliebsten mit den Barbies spiele.«

Fred und ich können das Lachen nicht mehr zurückhalten.

»Lasst mich mitlachen!«

Eine männliche Stimme lässt uns aufblicken.

Fred dreht sich um. »Hallo Moritz«, sagt er und winkt dem schlaksigen jungen Mann, der mit einer Cola in der Hand auf uns zusteuert.

Moritz stellt sein Getränk ab und klopft Fred vertraut auf die Schulter. »Servus Papa.«

»Darf ich vorstellen«, sagt Fred. »Mathilde, das ist mein Sohn, Moritz. Moritz, das ist Frau Opitz, eine Nachbarin von Sophie.«

Tja. Da haben wir's. Ich bin eben nur Sophies Nachbarin.

»Moritz Keller.« Er streckt mir die Hand entgegen. »Freut mich, Frau Opitz.«

»Gleichfalls«, entgegne ich und sehe ihn mir möglichst unauffällig genauer an.

Er macht einen sympathischen Eindruck und ist schwarz gekleidet wie sein Vater. Auf seinen halblangen, dunklen Haaren sitzt ein kleiner, heller Strohhut mit schwarzem Band, leicht nach hinten gerutscht, wie ihn viele junge Männer heute tragen. Unter dichten Brauen strahlen dunkle Augen hervor, die rundlichen Wangen sind unrasiert und von Lachgrübchen geziert.

»Setz dich und erzähl«, fordert Fred seinen Sohn auf. »Wie war das Zimmer?«

Moritz wendet sich zu mir. »Ich suche seit einiger Zeit eine Studentenbude. Eigentlich wollte ich mit meiner Freundin eine WG gründen. Daraus wurde leider eine Trennung, wegen unterschiedlicher Auffassungen von einer Beziehung.«

»Aha!«, murmle ich, würde aber zu gern nachfragen.

»Im Moment haust er noch bei mir«, ergänzt Fred. »Kein Zustand auf Dauer. *Unsere* Auffassungen von Zusammenleben lassen sich ebenfalls schwer vereinbaren.«

Wenn sein Sohn bei ihm wohnt, muss Fred unverheiratet oder geschieden und momentan solo sein, denn wenn er eine Lebensgefährtin hätte, hätte er dann nicht »Moritz wohnt bei uns« gesagt? Oder spricht das erst recht für ein Verhältnis mit Sophie? Braucht Fred eine sturmfreie Bude? Die Antwort lautet: Ja! Er kann sich ja wohl kaum mit Sophie in der Dachwohnung vergnügen, wo sie mit Torsten lebt.

Moritz leert seine Cola in einem Zug, wischt sich mit der

Hand über den Mund und seufzt: »Semesterbeginn ist definitiv die schlechteste Zeit, um sich auf Zimmersuche zu begeben. Du kannst dir nicht vorstellen, was da vorhin für ein Andrang geherrscht hat, Papa. Und alle wollten einziehen. Dabei war es ein Loch, nicht größer als ein Schließfach. Und die restliche Wohnung endvergammelt. An jeder Ecke stolperte man über Bierflaschen, in der Küche müffelte es nach Müll, die Dusche war versifft und das Waschbecken voller Bartstoppeln. Als würde da nur gefeiert. Ich hab ja nichts gegen Alk. Meinetwegen auch mal ein Bier zu viel. Aber nicht jeden Tag. Ich bin zum Studieren hier und nicht zum Feiern. Auf meinem Plan steht Karriere nicht Party.«

Stolz blickt Fred zu seinem Sohn. »Und da wird immer behauptet, die Jugend wäre ambitionslos.«

Ich bin ebenfalls begeistert von Moritz. Sein kleiner Vortrag lässt auf einen ehrgeizigen jungen Mann schließen, der es gern ordentlich hat. So einen Sohn habe ich mir immer gewünscht. Am liebsten würde ich ihm ... Moment – warum eigentlich nicht?

»Vermutlich suchen Sie etwas in Uni-Nähe?«, wage ich mich vorsichtig vor.

»In München muss man nehmen, was man bekommt«, entgegnet Moritz, sichtlich frustriert. »*Wenn* man es bekommt. Die Auswahlkriterien sind bei manchen WGs geradezu verrückt. Gestern habe ich mir ein Zimmer in Waldtrudering angeschaut, das wär's gewesen, hell, groß genug und nicht zu teuer. Die Entfernung zur Uni hätte ich in Kauf genommen, doch die Bedingungen waren irrwitzig: gemeinsames Joggen, täglich!« Er schüttelt den Kopf. »Drei Typen, die sich die Marathon-WG nennen. Halloo, geht's noch?«

»Es ist zum Mäusemelken«, stöhnt auch Fred. »Moritz sucht schon seit Wochen.«

»Waruuum?«, meldet sich nun Luis zu Wort, der sein Eis zu Ende gelöffelt hat.

»Warum, was?«, fragt Fred.

»Warum willst du Mäuse melken?« Luis sieht ihn neugierig an. »Krieg ich dann Mäusemilchkakao?«

Amüsiert beiße ich mir auf die Lippen, um nicht laut loszulachen. Auch Moritz verkneift sich das Grinsen.

Fred schmunzelt, scheint zu überlegen und antwortet dann: »Du weißt doch, wie klein Mäuse sind?«

»Hmmm.« Luis hebt die Hände vor sein Gesicht und legt sie mit kaum sichtbarem Abstand fast aufeinander. »Sooo klein. Winzig, winzig, winzig.«

»Genau!«, antwortet Fred. »Und wenn ich sooo ein winziges Tier melken könnte, dann wäre ich ein Zauberer und würde für Moritz ein Zimmer herzaubern. Aber leider kann ich nicht zaubern.«

Das ist mein Stichwort. »Ich kann zwar auch nicht zaubern«, sage ich. »Aber ich kenne jemand, der dringend einen netten Mitbewohner sucht.«

Fred und Moritz mustern mich überrascht. »Wo?«

»Vorher noch eine Frage«, vertröste ich sie und wende mich an Moritz. »Könnten Sie sich vorstellen, zu einer alten Frau zu ziehen?«

Moritz zögert einen Augenblick und schiebt nachdenklich seinen Hut zurecht. »Käme auf die Frau an«, lacht er, als wolle ich ihn veräppeln und er würde darauf einsteigen. »Und natürlich darauf, wie die *Bedingungen* aussehen.«

»Keine Bedingungen!«

»Jetzt wird's spannend.« Interessiert beugt sich Moritz über den Tisch. »Erzählen Sie. Wer ist die Frau, wo ist die Bude und vor allem, wie teuer ist dieser Glückstreffer?«

Auch Fred hebt gespannt die Brauen.

»Also, die alte Frau bin ich«, antworte ich. In wenigen Sätzen schildere ich dann die Situation unserer WG. »Fred, du kennst zwar nicht das Zimmer, aber die Wohnung, mit je einem Badezimmer für Damen und einem für Herren«, füge ich zum Schluss noch an.

Fred nickt begeistert. »Die Wohnung ist super, Moritz, und noch dazu in meiner Nähe. Das wäre ideal.« Er blickt mir tief in die Augen. »Aber *du* bist nun wirklich keine alte Frau, Mathilde, sondern die attraktivste Frührentnerin der Stadt – wenn nicht sogar des gesamten Freistaats.«

Vor Verlegenheit laufe ich natürlich wieder rot an, was ich zu überspielen versuche, indem ich hastig mein Wasser austrinke.

»Genau!«, bestätigt Moritz. »Das hört sich echt klasse an. Wenn die Miete stimmt, stehe ich morgen mit meinen Sachen vor der Tür.«

Die Aussicht, in dem sympathischen Moritz einen neuen Mitbewohner gefunden zu haben, lässt mich aufatmen. Doch als ich ihm die Miete nenne, verschwinden die Lachgrübchen aus seinem Gesicht.

»Oh!« Er blickt mich bedauernd an. »Das übersteigt leider mein Budget.«

Ich bringe ein leises »Schade« zustande und schlucke meine Enttäuschung runter.

Wäre auch zu schön gewesen.

11

Samstagvormittag plätschere ich in einem verboten teuren Schaumbad von Coco Chanel, das ich mir als Trostpflaster gegönnt habe. Wer weiß, wie lange ich mir dergleichen Luxus noch leisten kann. Wenn nicht bald ein neuer Mitbewohner auftaucht, reicht's demnächst nur noch für Kernseife.

Ich lehne mich genüsslich zurück und atme den zitronenfrischen Duft ein, als es an der Tür klopft.

»Mathilde! Ich bin's, Amelie. Ein Mann für dich, am Telefon! Er sagt, er müsse dich dringend sprechen.«

»Scherzkeks, mich rufen keine Männer an. Aber komm rein«, fordere ich sie auf, in der Annahme, dass sie wieder Unsinn ausgebrütet hat und den »Mann am Telefon« nur als Vorwand benutzt.

Die Tür geht auf und Amelie, in unvorteilhaft engen Leggings mit einem Herrenhemd von Gustl, betritt das Bad. Sie hat tatsächlich das schnurlose Telefon in der Hand, dessen Mikro sie mit der Hand abdeckt. »Die Stimme klingt ziemlich jung«, zischt sie mir aufgeregt zu. »Hast du etwa einen neuen Lover?«

»Natürlich! Hab mir im Internet einen Callboy bestellt. Und wie du siehst, mache ich mich gerade schön für ihn. Was soll man als Frührentnerin auch sonst mit den elend langen Tagen anfangen?«, antworte ich genervt und wedle mit der Hand, als Zeichen, mir schleunigst den Apparat zu reichen.

Augenzwinkernd übergibt sie mir den Apparat und lässt mich allein.

»Opitz«, melde ich mich.

»Hier ist Moritz Keller. Erinnern Sie sich an mich?«

»Aber ... Ja ... Sie sind Freds Sohn«, antworte ich überrascht. Mit seinem Anruf habe ich nun wirklich nicht gerechnet.

»Ganz genau. Und Sie wissen sicher noch, dass ich ein
Zimmer suche und Sie einen Mieter. Also, es ist so«, beginnt
er zögerlich. »Ich habe noch einmal alles durchgerechnet ...
und mit ein paar kleinen Einschränkungen könnte ich ... die
Miete aufbringen ... Wenn das Zimmer noch nicht vermietet
ist, würde ich es mir gern anschauen.«

»Was für eine wundervolle Nachricht!«, platze ich heraus.
»Ich meine, ja, das Zimmer ist noch frei. Wann haben Sie
denn Zeit, es zu besichtigen?«

»Im Prinzip den ganzen Tag«, antwortet Moritz. »Ich
richte mich ganz nach Ihnen.«

Offensichtlich ist Moritz kein Zauderer, und das gefällt mir.
Wir vereinbaren eine Zeit und verabschieden uns. Nachdem
ich die Auflegetaste gedrückt habe, springe ich aus der Wanne.
Der Tag fängt gut an.

Eilig trockne ich mich ab, creme mich sorgfältig ein und
schlüpfe in frische Wäsche. Als ich überlege, ob ich in Jeans
und Bluse eine respektable Mitbewohnerin abgebe, verfalle
ich auf die absurde Idee, Fred könnte Moritz begleiten, was natürlich kompletter Unsinn ist. Doch es kann nicht schaden,
vorbereitet zu sein. Zu dumm, dass ich nur die eine rote Strickjacke besitze. Ich muss mir unbedingt neue Klamotten in Signalfarben anschaffen. Für heute bleibt mir nur die vorhandene
Auswahl, was bedeutet: Schwarz-Weiß so weit das Auge reicht.
Ich entscheide mich für eine weiße Bluse, dazu einen schmalen
schwarzen Rock und die Pumps. Noch die Wimpern getuscht
und einen dezenten Lippenstift aufgetragen, und ich bin gerüstet. Auf ein komplettes Make-up verzichte ich, das würde am
Morgen übertrieben wirken.

123

In der Küche treffe ich auf Amelie und Gustl, die einen opulenten Samstagsbrunch vorbereiten.

Amelie taxiert mich grinsend von Kopf bis Fuß. »Hui! Du hast dich aber rausgeputzt! Schneit etwa ein neuer Galan ins Haus?«

»Möglich«, antworte ich wortkarg, als erwarte ich tatsächlich meinen Liebhaber.

»Wunderbar!«, findet Gustl, der eine übervolle Platte mit Wurstvariationen und eine mit Käse zum Tisch schleppt. »Er kann gleich mitessen, wir haben reichlich. Oder ist er Vegetarier?«

Obwohl Irma ausgezogen ist, kocht Gustl immer noch für mindestens vier Personen und plant Überraschungsgäste ein.

Während ich bei den restlichen Vorbereitungen helfe, löchert mich Amelie mit Fragen nach Alter und Beruf meines angeblichen Geliebten, wo wir uns kennengelernt haben und so weiter.

Ich gebe weiter die Geheimnisvolle. »Es ist alles noch viel zu neu, um daraus schon eine feste Beziehung zu stricken. Außerdem bringt so was Unglück.«

»Stimmt!«, bestätigt Amelie und bettelt mit vor Aufregung glänzenden Augen: »Aber seinen Namen kannst du uns verraten.«

»Keller«, antworte ich.

»Und der Vorname?«

Die Türklingel schrillt. Ich stürze nach draußen und bleibe ihr die Antwort schuldig.

Bevor ich öffne, versuche ich, durch den Türspion zu erkennen, ob Fred dabei ist. Doch ich sehe nur Moritz, Fred könnte allerdings außerhalb des Blickwinkels stehen. Nervös streiche ich meinen Rock glatt, schiebe eilig die Blusenärmel ein Stück weiter hoch, falls mir die nächste Hitzewelle bevor-

124

steht – was mir bei Freds Anblick so sicher blüht wie Rosen im Juni.

Moritz ist allein. Auch heute trägt er wieder den frechen Hut und ist schwarz gekleidet, was mich erst recht an Fred erinnert.

»Hallo Frau Opitz.«

»Guten Morgen Herr Keller. Bitte, treten Sie ein.« Mühsam verberge ich meine Enttäuschung hinter einem Lächeln.

»Schönen Gruß von meinem Vater, soll ich ausrichten«, sagt Moritz. »Er ist hochgegangen, zu Sophie und den Kindern.«

Tja, diese Mitteilung war mehr als deutlich. Mir bleibt wohl nichts anderes übrig, als der Realität ins hässliche Auge zu sehen – Fred interessiert sich nicht für mich.

Ich bitte Moritz, mir in die Küche zu folgen, um ihn Amelie und Gustl vorzustellen.

»Was für ein beeindruckender Flur«, bemerkt Moritz anerkennend, während er sich umschaut. »Kassettentüren … wunderschön.«

»Der Rest kann sich ebenfalls sehen lassen«, verspreche ich und hoffe im Stillen, dass er hier einzieht. Ein junger Mensch würde Leben in die ergraute Bude bringen.

Ja, gut. Ich gestehe. Moritz' Einzug würde natürlich auch die Wahrscheinlichkeit von Freds Besuchen erhöhen.

Ach ja, seufze ich in mich hinein. Wenn alte Scheunen brennen!

In der Küche verdränge ich Fred aus meinen Gedanken, stelle den anderen Moritz vor und lüfte das Geheimnis seines Besuchs.

Amelies Augen glänzen vor Freude. Auch Gustl scheint angetan von dem Gedanken, einen jungen Menschen in die WG aufzunehmen, und lädt Moritz zum Brunch ein.

»Bevor sich Herr Keller mit uns an einen Tisch setzt, möchte er sicher erst mal das Zimmer sehen«, stoppe ich die allgemeine Euphorie. »Vielleicht gefällt es ihm ja auch nicht«, füge ich noch an, um mich selbst für eine Absage zu wappnen.

»Das glaube ich eigentlich nicht«, lacht Moritz. »Was ich bisher gesehen habe, schlägt einfach alle Wohngemeinschaften der Stadt. Allein die Küche ist supergemütlich, und ich bin schon sehr gespannt auf das Zimmer.«

»Na, dann los!«, sage ich und setze die Besichtigungstour fort. Um ihn zu beeindrucken, zeige ich ihm zuerst noch die Badezimmer und führe ihn in den Wohnraum. »Unsere Fernsehlounge! Und wie Sie sehen, geht es von hier aus auf die Terrasse und in den Garten, der ebenfalls zur Wohnung gehört.«

Siedend heiß fällt mir Amelies Nacktsonnen-Wunsch ein. Na, das kann sie vergessen, wenn Moritz hier einzieht. Hüllenlose, schrumplige alte Damen könnten ihn in die Flucht schlagen.

Aber erst einmal ist er begeistert. »Mir fehlen die Worte«, sagt er, nachdem er sich umgesehen hat. »Das ist ja der pure Luxus.«

Ich nicke lächelnd. »Und der Hausmeister kümmert sich um Hecke und Rasen.«

»Ach, mir würde ein bisschen Gartenarbeit Spaß machen«, entgegnet er. »Wäre der ideale Ausgleich zu meiner Schreibtischhockerei.«

Ich ergreife die Gelegenheit, um ihn nach seinem Studium zu fragen.

»Architektur«, antwortet er. »Schwerpunkt energieeffizientes Bauen. Das Null-Energie-Haus ist ja keine Utopie mehr. Wärmerückgewinnung macht's möglich. Auch Wärmeerzeugung durch Bewegung ist eine hochspannende Thematik. Ein Rotterdamer Unternehmen hat vor kurzem eine Straßenplatte

mit eingelassenen Mikrosensoren entwickelt, die Strom pro-
duzieren, wenn die Passanten darüberlaufen. Auch in Tou-
louse gibt es eine Versuchsstrecke mit diesem ›intelligenten
Trottoir‹. Die Fußgänger merken nichts davon. Niemand
muss wie ein Känguru auf und ab hüpfen. Es gibt so viele fas-
zinierende Entwicklungen in diesem Bereich, ich habe selbst
an einem Versuch teilgenommen, wo es um die körpereigene
Wärme der Menschen ging. Wenn wir die in den Energiebe-
darf mit einbeziehen, kommt es zu erstaunlichen Ergebnissen.
Simpel ausgedrückt: Zu zweit wird einem schneller warm!«

Bei der Floskel sehe ich nur Fred vor mir, in dessen Nähe ich
sofort zu glühen beginne wie ein Tausend-Watt-Scheinwerfer.
Der Gedanke an ihn beschert mir eine Hitzewallung, die ich
mit der Ankündigung überspiele, Moritz nun das Zimmer zu
zeigen.

»Hier lang«, weise ich auf die gegenüberliegende Tür und
erkläre: »Der Raum ist genauso groß wie die anderen Schlafzimmer und liegt strategisch günstig am Flurende. Sie wären
also ziemlich ungestört.« Ich öffne die Tür zu Irmas verwais-
tem Zimmer. »Bitte schön.«

Moritz hebt die Augenbrauen, stutzt einen Moment, dann
entfährt ihm ein erstauntes: »Oh!«

Beim Anblick des Chaos' und der Plüschenten schäme ich
mich in Grund und Boden. Und wenn mir nicht sowieso schon
heiß wäre, würde es mich jetzt überkommen. Warum habe ich
gutmütiges Schaf mich von Irma überreden lassen, ihren Mist
noch länger zu beherbergen?

»O weh«, entfährt es mir. »Das tut mir unendlich leid. Ich
dachte, Irma hätte das Zimmer wenigstens aufgeräumt.«

Moritz nimmt es mit Humor. »Cool!«, lacht er. »Enten-
hausen! Ich habe übrigens auch noch meine gelbe Schwimm-
ente aus Kindertagen.«

Erleichtert lache ich mit und verspreche: »Der Kram fliegt natürlich sofort raus, falls Sie sich für das Zimmer entscheiden.« Erwartungsvoll sehe ich ihn an.

»Ja, es gefällt mir sehr, wie die ganze Wohnung und ihre Bewohner. Und wenn Sie mich als Mieter aufnehmen …«

»Willkommen in unser WG«, unterbreche ich ihn begeistert und strecke ihm die Rechte entgegen. »Abgemacht und Hand drauf!«

Lächelnd schütteln wir uns die Hände.

»Was den *Kram* angeht«, sagt Moritz dann mit Blick auf Irmas antikes Mahagonibett. »Eventuell würde ich das ein oder andere übernehmen. Vorausgesetzt, ich kann es mir leisten. Es ist nämlich so, dass ich ohne eigene Möbel in die Wohnung meiner Freundin gezogen war. Ich selbst besitze im Moment nichts. Abgesehen von den alten Sachen aus meinem Jugendzimmer, die mein sentimentaler Vater nie entsorgt hat und inzwischen für Luis verwendet, der ja häufig zu Besuch ist.«

Seine letzten Worte lassen mich innerlich aufstöhnen. Luis übernachtet also auch bei Fred. Ein weiterer Beweis für eine Beziehung zur Mutter.

»Ob ich Irma einmal anrufen und fragen könnte?«

Moritz' Frage lenkt mich von meiner Frustbetrachtung ab.

»Das erledige ich gern für Sie. Möglicherweise ist sie froh, einen Abnehmer zu finden. Sie heiratet nämlich einen Mann mit Villa und komplettem Hausstand«, erkläre ich. »Wäre doch schade, wenn die schönen Sachen in irgendeinem Keller verstauben.«

»Ich weiß gar nicht, wie ich Ihnen danken soll, Frau Opitz«, meint Moritz.

»Nicht doch«, wehre ich ab und dirigiere meinen neuen Mitbewohner in Richtung Küche, wo ich die freudige Nachricht überbringe.

Amelie ist »über die Maßen erfreut« und würde Moritz am liebsten an ihre Brust drücken. »Junge Leute halten jung. Gustl wird sich bestimmt auch freuen.«

»Wo ist er eigentlich?«, frage ich Amelie.

»Telefoniert mit seiner Tochter«, antwortet sie. »Die arme Dana hat anscheinend große Probleme mit ihrem Freund. Jedenfalls war sie vorhin am Telefon in Tränen … «

In dem Moment betritt Gustl die Küche. Seiner Miene ist anzusehen, dass er sich Sorgen macht.

»Konntest du sie beruhigen?«, fragt Amelie.

Gustl nickt. »Für den Moment schon. Und, wie finden Sie unsere Oldie-WG?«, wendet er sich dann an Moritz.

»Einfach klasse.« Moritz schiebt schmunzelnd seinen Hut in den Nacken. »Überhaupt nicht *oldie*.«

»Kurz gesagt«, mische ich mich ein. »Herr Keller wird bei uns einziehen.«

»Hervorragend, dann kriege ich männliche Unterstützung«, sagt Gustl augenzwinkernd und wiederholt die Einladung zum Brunch.

»Danke, sehr gern«, erwidert Moritz.

Amelie klopft neben sich auf die Eckbank. Ich hole noch ein Gedeck aus dem Schrank.

Kaum sitzen wir gemütlich beisammen, schrillt die Türglocke.

»Das ist bestimmt Cengiz, der irgendetwas im Garten erledigen will«, vermute ich und berichte unserem neuen Mieter, dass der Hausmeister auch ohne Anlass gern mal bei uns reinplatzt.

Amelie geht zur Tür und kommt keine Minute später zurück. »Wir haben noch einen Gast.«

Ich blicke von meinem Mohnbrötchen auf, und mein Herz macht einen Freudenhopser.

»Guten Morgen, zusammen.« Fred lächelt in die Runde. »Na, Sohn, wie schaut's aus?«

»Morgen bist du mich los«, verkündet Moritz.

Fred atmet auf, als wäre er ein großes Problem los. »Die beste Nachricht der Woche.«

Seine Erleichterung macht mich traurig. Er scheint es tatsächlich kaum erwarten zu können, in seiner Wohnung wieder ungestört zu sein. Obwohl ich mich natürlich freue, mit dem sympathischen Moritz mein Mieterproblem gelöst zu haben.

Andererseits! Wenn ich ehrlich zu mir bin, ist es doch ziemlich vermessen, zu glauben, ein jüngerer Mann könne sich ernsthaft für mich interessieren – egal, in wie viele rote Klamotten ich mich hülle.

12

Nachmittags hole ich Irmas Kleiderkartons aus dem Keller, da sie mit Otto auf dem Weg zur Preisverleihung nach London ist. Als ich sie anrief, um ihr von Moritz' Einzug zu berichten, war sie hocherfreut, einen Teil ihrer Möbel auf diese Weise loszuwerden. Schließlich sieht sie einer Zukunft in einer Villa voll exquisiter Antiquitäten entgegen.

Gustl und Amelie helfen beim Ausräumen des Zimmers. Er macht sich im Blaumann und kurzärmligen Hemd ans Werk, Amelie in zerrissenen Jeans, die extrem knapp sitzen. Ein knallenges Trägertop spannt sich über ihren Busen, und die Füße stecken in Flipflops. Die blonden Locken hat sie nachlässig hochgebunden. Ich bin für die anstrengende, schweißtreibende Beschäftigung in eine bequeme Jogginghose und ein ärmelloses T-Shirt geschlüpft.

»Wo soll das Zeug eigentlich hin?« Gustl hat die erste Kiste bereits gefüllt. »Unser Keller ist doch so voll, da hat nicht mal mehr eine Plastiktüte Platz.«

»Fürs Erste in den Flur. Aber keine Panik«, beruhige ich ihn. »Cengiz hat mir angeboten, die Kartons vorübergehend in seinem Arbeitsraum zu lagern. Ich habe nur leider keinen Schlüssel dazu. Er schaut heute oder morgen vorbei und wollte beim Tragen helfen.«

»Cengiz ist süüüß. Dafür sollten wir ihn zum Essen einladen«, flötet Amelie und dreht die abgenudelte Rolling-Stones-Kassette um, bevor sie sich stöhnend nach ein paar Hausschuhen bückt und sie in den Karton wirft.

»Ist das Höschen zu eng?«, frage ich grinsend.

»Die muss so sitzen!«

Das war ein trotziges Kümmer-dich-um-deine-eigenen-Pfunde, denn ganz offensichtlich hat sie ein paar Kilo zugenommen. Ich verkneife mir jeden Kommentar. Gustl könnte es als Kritik an seiner Küche auffassen.

Seine Nerven liegen im Moment sowieso blank. Gestern Abend hat er wieder lange mit Dana telefoniert, anschließend aber kein Wort über ihre Schwierigkeiten von sich gegeben. Geht mich im Grunde zwar nichts an, aber wir sind doch jetzt eine Familie, und da macht man sich eben Gedanken. Vielleicht ist Dana ja schwanger? Dann wäre mir allerdings schleierhaft, wo das Problem ist, denn Gustl wäre vor Glück aus dem Häuschen.

Er klebt gerade Paketband um einen Karton, als sein Handy klingelt. Umständlich fischt er das Gerät aus der Hosentasche, legt besorgt die Stirn in Falten und verzieht sich nach draußen.

Amelie blickt ihm mitfühlend nach. Dann tänzelt sie im Takt zu »Paint it black« zum Regal an der Wand. Sie greift nach einem Stofftier auf dem oberen Brett, will es über mich hinweg in den Karton werfen – und trifft meinen Kopf. Im Zielen ist sie kein Ass.

»Ups!«

»Was soll das werden?«, pflaume ich sie an.

»Die Entendiät. Ich muss dringend abnehmen.« Sie betrachtet mich eingehend. »Verletzt bist du aber nicht, ich sehe zumindest kein Blut … «

»Wie wär's, wenn du die Gummibärchen weglässt und auch sonst weniger futterst? FdH!«, schlage ich vor. »Schon mal gehört?«

»Niemals!«, entrüstet sie sich, bückt sich wieder nach einem Plüschtier und richtet sich dann keuchend auf. »Wenn die Pfunde durch Sport nicht schwinden, dann opfere ich meine mädchenhafte Figur eben auf dem Altar der Liebe.«

Entgeistert unterbreche ich meine Arbeit. »Was redest du für einen Schmarrn?«

»Kein Schmarrn!«, widerspricht sie energisch. »Ich esse, weil ich Gustl liebe. Wenn es mir schmeckt und ich doppelt zulange, freut er sich immer so.«

»Verstehe«, antworte ich grinsend, weil mir nämlich soeben klar wird, dass mein »Liebesaltar« aus einer Batterie Portweinflaschen besteht.

»Moritz ist der perfekte Mieter«, wechselt Amelie das Thema.

Ich nicke zustimmend. »Könnte man sagen. Durch seinen Einzug sinkt das Durchschnittsalter um etliche Jahre.«

»Wieso Alter?« Sie kichert. »Ich rede von Fred, der seinen Sohn doch bestimmt besuchen wird. Das ist mal ein toller Mann, tolle Ausstrahlung. Und er wirkt wie ein Künstler ... «

Ich knurre nur. »Mmm. Er unterrichtet ja auch Kunst.«

Amelie schwärmt weiter. »Ich finde, er sieht eher aus wie ein Popstar. Als würde er gleich eine Gitarre schultern und seinen größten Hit aus vergangenen Zeiten anstimmen – oder dir — einen Lovesong singen.« Sie funkelt mich herausfordernd an.

Mist. Ich habe so sehr gehofft, dass niemand meine romantischen Sehnsüchte bemerken würde.

»Keine Ahnung, was du meinst«, stelle ich mich dumm. Meine Gefühle offenbare ich niemanden, Amelie schon gar nicht, die ist imstande und verplappert sich.

Sie stemmt die Hände in die Hüften. »Du glaubst wohl, ich wäre blind?«

Stumm zucke ich die Schultern.

»Die Karten bestätigen, was ich vermute«, beharrt sie.

»Ach so, die Karten«, winke ich erleichtert ab. »Lag da

wieder mal ein Prinz für mich auf dem Tisch? Oder vielleicht der nächste für dich?«

Sie vollführt eine neue Übung, indem sie sich am Regal festhält, ein Bein nach hinten streckt und einen Stapel Bücher herunterangelt. »Mach dich nur lustig über mich«, schnauft sie angestrengt, als transportiere sie Blei.

»Das liegt mir fern«, entgegne ich und mache mich eilig an einem Karton zu schaffen, um mein Kichern zu kaschieren.

Gustl kehrt mit sorgenvoller Miene zurück.

»Wie geht es Dana?«, erkundige ich mich.

»Nicht gut. Gar nicht gut«, grummelt er leise. »Deshalb werde ich jetzt persönlich eingreifen. Die Züge fahren ja beinahe jede Stunde.«

»Nach Berlin?« Amelie reagiert so entsetzt, als habe Gustl angekündigt, ihre Affäre beenden zu wollen.

»Jawohl!«, bestätigt Gustl ungerührt. »Ihr müsst also leider ohne mich zurechtkommen«, sagt er und verkündet im Rausgehen: »Ich muss ein paar Sachen zusammenpacken.«

»Gustilein, warte …« Amelie stürzt ihm hinterher. »Ich helfe dir und suche im Internet die Abfahrtszeiten …«

Dass sie mich im Stich lässt, scheint sie überhaupt nicht zu kümmern. Allerdings, sooo eine große Hilfe war sie nun auch wieder nicht. Vermutlich würde sogar der kleine Luis schneller aufräumen. Ein Blick auf die Uhr sagt mir, dass ich mich sputen muss. In einer Stunde möchte ich das Zimmer übergeben.

Dreißig Minuten später schrillt die Türklingel. Ist Moritz etwa überpünktlich? Grundsätzlich schätze ich diesen Charakterzug, nur heute bringt er mich ins Schwitzen. Ich wollte mich doch noch duschen, umziehen und ein wenig zurechtmachen. Ich kann den jungen Mann doch nicht verschwitzt empfangen.

Glücklicherweise ist es nur das Taxi für Gustl. Der Fahrer kündigt an, draußen zu warten, und verzieht sich gleich wieder.

»Taxiii«, brülle ich durch den Flur

Amelies blonder Kopf erscheint in der Küchentür. »Ach Gottchen, ich schmier Gustl gerad noch ein Brot.« Sie verschwindet wieder.

»Kaffee ... Thermoskanne«, ertönt Gustls Bass aus seinem Zimmer.

»Für mich bitte auch Kaffee«, rufe ich ihr zu.

Hoffentlich hat sie es gehört, denn das erneute Schrillen der Klingel hat meine Worte übertönt.

Diesmal ist es tatsächlich Moritz – in Begleitung seines Vaters.

Mist. Mit Fred habe ich nun wirklich nicht gerechnet. Und ich war immer noch nicht im Bad. Überhaupt sehe ich in den ollen Klamotten garantiert aus, wie man sich eine Rentnerin vorstellt: ungeduscht, ungeschminkt, unattraktiv.

Vater und Sohn sind wieder schwarz gekleidet. Moritz trägt heute keinen Hut, dafür eine Hornbrille und sieht so richtig nach einem schlauen Studenten aus. Über Freds Schulter hängt ein prall gefüllter Rucksack, und in den Händen balanciert er einen Bücherkarton.

Fred strahlt mich an. »Morgen, schöne Frau.« Schmunzelnd betrachtet er mein Haar, das ich nachlässig hochgebunden hatte, eine Frisur, die sich inzwischen halb aufgelöst hat. »Steht dir gut.«

»Guten Morgen, Frau Opitz. Sorry, wir sind etwas zu früh«, entschuldigt sich Moritz und stellt die Koffer ab.

Während ich mich frage, ob Freds Bemerkung ein Kompliment oder ein Scherz war, trete ich nervös zur Seite. »Morgen. Bitte, kommt rein.«

135

Moritz greift nach den beiden Koffern.

»Wohin damit?« Fred hebt den Karton leicht an. »Dass Bücher immer so viel wiegen müssen.«

»Wir müssen Irmas Sachen vorerst in den Flur stellen«, wende ich mich an Moritz. »Es stehen noch einige Kartons im Zimmer, die in den Keller sollen. Aber vielleicht habt ihr Appetit auf eine Tasse Kaffee? Amelie kocht gerade frischen.«

»Gern.« Moritz nickt erfreut. »Papa hatte es heute Morgen so eilig, da war keine Zeit dafür.«

Fred stellt die Bücherkiste ab und lässt den Rucksack von der Schulter rutschen. »Ich finde, wir sollten Mathilde beim Schleppen helfen.«

»Danke, Fred, der Hausmeister erledigt das«, wehre ich ab.

Als wir die Küche betreten, drischt Amelie gerade fluchend auf die Kaffeemaschine ein. »Blödes Steinzeitmonster ... « Sie dreht sich zu uns. »Es ist doch wie verhext. Im falschesten Moment gibt das dumme Ding den Geist auf. Ausgerechnet jetzt, wo Gustl Kaffee mitnehmen möchte.«

»Ich könnte einen zum Aufgießen anbieten«, meldet sich Moritz zu Wort.

Amelie verzieht leicht pikiert den rosa-glänzenden Mund. »Gefriergetrockneten?«

»Hmm«, antwortet Moritz. »Bio und Fairtrade. Schmeckt lecker, ehrlich, und ist eins, zwei, drei fertig.« Er geht ihn in seinen Sachen suchen.

»Na gut«, schnauft sie und durchbohrt mich mit Blicken. »Besser, als gar kein Kaffee.«

»Okay«, reagiere ich schuldbewusst. »Dann schaffen wir uns eben eine neue Maschine an. Ist zwar nicht gerade der günstigste Zeitpunkt, aber es muss wohl sein.«

»Moritz besitzt eine nagelneue Kaffeemaschine«, mischt Fred sich in die unerfreuliche Diskussion ein.

In dem Moment kommt Moritz mit dem Fairtrade-Kaffee zurück. »Was besitze ich?« Er übergibt Amelie ein schwarzes Schraubglas.

»Einen dieser tollen Kaffeeautomaten«, antwortet Fred. »Ich hab dich noch gefragt, ob du das Gerät mitnehmen möchtest, aber du meintest, die WG sei bestens versorgt.«

Moritz schüttelt irritiert den Kopf. »Nicht, dass ich wüsste.«

»Doch, doch, weißt du denn nicht mehr? Er steht originalverpackt im Keller.« Fred vergräbt seine Hände in den Jeanstaschen. »Hast du nur vergessen …«

»Im Keller?« Moritz überlegt einen Moment, sieht seinem Vater in die Augen und fängt an zu grinsen. »Stimmt. Ein Energiesparmodell, wo der Kaffee direkt in eine Thermokanne tropft. Original verpackt!«

Irre ich mich, oder haben die beiden sich gerade zugeblinzelt? Wahrscheinlich ist das »Energiesparmodell« nichts weiter als eine alte Krücke wie meine, und Fred sieht eine günstige Gelegenheit, sie loszuwerden. Egal. Hauptsache, sie funktioniert noch.

»Das wäre klasse«, nehme ich das Angebot an.

»Ich bringe das gute Stück gleich morgen vorbei«, erbietet sich Fred.

Amelie unterbricht das Füllen des Wasserkochers und strahlt Fred auf eine Weise an, als ginge es nicht um so etwas Profanes wie eine Küchenmaschine. »Lieben Dank, Fred«, haucht sie. »Dafür bekommst du auch gleich die erste Tasse.«

Dumme Pute! Ich könnte sie würgen. Ihr Benehmen ist einfach peinlich. Was soll Fred denn von uns denken? Fehlt nur noch, dass sie ihren Hemdchenträger über die Schulter rutschen lässt und ihm ein Luftküsschen zuwirft.

Ungeduldiges Hupen unterbricht mein Grübeln.

»Alles fertig?« Gustl stürmt in die Küche. »Der Taxifahrer wird nervös. Ah, unser neuer Mieter!« Er begrüßt Moritz und Fred mit Händedruck. »Herzlich willkommen.«

»Ist gleich so weit, Bärchen«, verkündet Amelie, während sie das Wasser wieder aufdreht. »Aber mach dir bitte nicht so viel Stress. Das ist ungesund.«

Gustl wirft ihr einen vorwurfsvollen Blick zu. »Du hast ja noch gar nicht angefangen?«

Sie zieht eine Schnute und deutet auf die Maschine. »Das verdammte Ding streikt.«

Mit einem Lächeln bedeute ich Moritz und Fred, sich zu setzen.

»Ich schlage vor, wir kümmern uns inzwischen um die Kisten«, entgegnet Fred.

Moritz stimmt ihm zu, und die beiden ziehen davon.

Es klingelt an der Tür.

»Bitte, Mathilde«, schnauft Gustl. »Sag dem Taxifahrer, er bekommt auch ein extra großes Trinkgeld.«

Langsam fühle ich mich tatsächlich wie die Hauswartsfrau. Mein Aussehen würde jedenfalls dazu passen.

Als ich den Taxifahrer unten an der Haustür beruhigt habe und zurück in die Wohnung laufe, spüre ich, wie mir der Schweiß den Rücken entlangrinnt. Na super, jetzt fange ich gleich noch an zu müffeln.

Im Hausflur begegnet mir Sophie mit den Kindern. Luis tapst neben ihr die Treppe runter, das Baby liegt in der Trage.

»Matinde«, kräht Luis, als er mich sieht und läuft auf mich zu.

Lachend breite ich meine Arme aus, fange ihn auf und wirble ihn einmal herum. »Hallo Rennfahrer! Wohin so schnell?«

»Ist Fred noch bei euch?«, fragt Sophie, stellt mit einem

leisen Stöhnen das Baby ab und streicht sich eine Haarsträhne aus der Stirn. »Ich hab gehört, dass Moritz heute einzieht.«

Fred hält sie also über alles auf dem Laufenden. Eifersucht schnürt mir die Luft ab, doch es wäre lächerlich, mich wie ein Teenager zu benehmen.

»Ja«, antworte ich knapp und betrachte Sophie so unauffällig wie möglich. Ihr Haar ist mindestens so strähnig wie meins und ebenso eilig zusammengebunden, und am Hals erkenne ich hektische Flecken. Die rosa-weiß-gestreifte Bluse ist zerknittert und die Jeans fleckig. Vielleicht irre ich mich, aber sie wirkt verheult, als habe sie einen heftigen Streit hinter sich und sich nur schnell irgendetwas übergeworfen.

»Ah«, schnauft sie. »Ich muss …« Sie stockt, als suche sie nach einem plausiblen Grund, warum sie ihn sprechen müsse.

»Wollt ihr zum Spielplatz?«, überspiele ich die entstandene Pause. »Das Wetter ist ja wirklich traumhaft. Nicht zu heiß und laut Wetterbericht bleibt es beständig.«

Luis antwortet begeistert: »Jaaa! Spielplatz! Rutsche!«, und läuft einmal rund um meine Beine.

»Später vielleicht«, vertröstet ihn Sophie. »Jetzt besuchen wir Moritz in seinem neuen Zimmer. Wenn wir nicht stören«, wendet sie sich an mich.

»Nein, nein«, versichere ich und schließe die Tür auf.

Luis rennt direkt in die Küche.

»Bleib hier«, ruft Sophie.

»Ist schon in Ordnung«, entgegne ich. »Er kennt sich doch aus, und Amelie ist da. Sie wird ihn im Blick behalten.«

Sophie atmet erleichtert aus. »Gut. Ich lasse Luis nämlich nie allein in der Küche. Es kann so schnell etwas passieren, und Luis ist ein extrem lebhaftes Kind.«

»Und ein süßes Kind«, ergänze ich auf dem Weg durch den

Flur und betrachte das Baby, das mich mit großen blauen Augen anschaut. »Wie auch die kleine Nora.«

Das lässt ein Lächeln über Sophies Gesicht huschen. »Ja, sie sind süß, und ich bin auch glücklich, sie zu haben. Aber manchmal ist es einfach nur anstrengend, mit zwei Kleinkindern ganz allein … Ähm, ich hab dir ja schon erzählt, dass Torsten wenig Zeit hat.«

»Du weißt, wenn du einen Babysitter brauchst – jederzeit«, wiederhole ich mein Angebot.

»Danke, Mathilde, das ist wirklich sehr hilfsbereit von dir«, erwidert sie.

Fred hat uns offensichtlich gehört, denn er taucht mit einer Flasche Portwein in der Hand im Türrahmen auf. »Mathilde ist überhaupt die netteste Person, die ich kenne. Hallo Sophie«, sagt er und überreicht mir die Flasche. »Von Moritz. Zum Einstand!«

Als ich auf das Etikett blicke, stehe ich innerlich sofort in Flammen. Es ist dieselbe Sorte, die ich bei unserer ersten Begegnung erstanden habe.

»Vielen Dank … Aber das wäre … ähm … nicht nötig gewesen«, stottere ich verlegen.

»Doch, doch«, entgegnet Fred. »Du ahnst ja nicht, wie froh ich bin, meinen Sohn bei dir untergebracht zu wissen.«

Ich lächle schief, nach einer lässigen Antwort suchend, aber mir fällt kein lockerer Spruch ein.

»Und wenn er dich zu sehr mit seinem Umweltfimmel nervt, rufst du mich sofort an, ja?«, fährt er fort.

»Umweltfimmel?«, wiederhole ich.

»Sein Energiespar-Feldzug!« Fred schmunzelt, als ginge es um ein lustiges Gesellschaftsspiel. »Wundert mich, dass er dir noch nicht das Ohr abgekaut hat … Er kann nämlich ziemlich penetrant sein. Einiges ist ja durchaus vernünftig. Etwa das

Auto zu verkaufen und stattdessen mit dem Fahrrad oder den Öffentlichen zu fahren, meinetwegen auch Carsharing zu nutzen. An die etwas eingeschränkte Mobilität habe ich mich inzwischen gewöhnt. In einer Großstadt braucht man wirklich kein eigenes Auto. Nur im Winter kalt duschen …«

»Brrr!« Sophie schüttelt sich und stellt die Babytrage ab. »Energiesparen ist schon wichtig, aber das ginge mir entschieden zu weit.«

»Ich hasse kaltes Wasser«, stimme ich Sophie zu und denke insgeheim, dass ich für Fred trotzdem sofort unter die kalte Dusche springen würde.

»Kaltes Wasser ist gesund.« Moritz Stimme ertönt gutgelaunt aus dem Hintergrund.

Plötzlich fängt das Baby an zu weinen, als wolle es mitreden.

Sophie beugt sich zu Nora hinab, spricht beruhigend auf sie ein und schaut dann zu uns auf. »Fred, hast du Zeit, mich zum Arzt zu fahren?«

Fred zuckt zusammen. »Geht es dir nicht gut?«

»Ich bin okay«, antwortet sie. »Aber Nora hatte heute Nacht wieder Fieber, wie schon in den letzten Tagen. Sonst ist die Temperatur am Morgen wieder gesunken, und ich dachte, sie bekommt einfach den nächsten Zahn. Doch heute hat sie über achtunddreißig, und deshalb wollte ich mit ihr zum Kinderarzt.«

»Selbstverständlich fahre ich dich«, versichert Fred und angelt sein Handy aus der Hosentasche. »Ich rufe sofort bei Stattauto an und erkundige mich nach einem Wagen.«

»Danke.« Sie atmet auf.

Fred führt ein kurzes Gespräch. »Ich kann einen Fiat Punto bekommen«, sagt er. »Der steht allerdings am Dom-Pedro-Platz. Ich schwing mich aufs Rad, schnappe mir den Wagen

141

und hole dich hier ab. Oder dauert das zu lange? Dann spendiere ich ein Taxi.«

»Nein, nein«, wehrt Sophie ab. »Noras Fieber ist ja nicht gefährlich hoch. Ich warte hier, bis du kommst. Ist das in Ordnung, Mathilde?«

»Selbstverständlich«, versichere ich und bitte sie in die Küche.

Fred verabschiedet sich und rauscht so eilig davon, als ginge es um Leben und Tod. Für Sophie scheint er keine Mühen und Kosten zu scheuen. Und sein väterliches Benehmen sowie seine Sorge um das Baby lassen in mir einen schrecklichen Verdacht aufkommen: Fred ist Noras Vater, und Sophie hat deshalb Stress mit ihrem Freund! Denn sonst wäre es doch eigentlich Torstens Job, seine Familie zum Arzt zu fahren.

13

Köstlicher Kaffeeduft steigt mir in die Nase. Gleich werde ich die erste Tasse aus der neuen Maschine genießen. Einen Atemzug später wird aus dem belebenden Aroma ein Geruch, der nichts Gutes verheißt. Ist das nagelneue Gerät etwa defekt? Flammen steigen auf, ein Knall, sie explodiert und – ich wache auf.

Ich brauche ein paar Sekunden, um mich zu orientieren und bis mir bewusst wird, dass ich geträumt habe. Verwirrt greife ich nach dem Wecker. Fünf Uhr. Offensichtlich leide ich unter einem Kaffeemaschinen-Trauma.

Fred hat sein Versprechen nämlich nicht gehalten. Natürlich kann es dafür zig Erklärungen geben. Er musste mehr Schulstunden geben und hatte deshalb einfach keine Zeit. Er könnte auch mit hohem Fieber im Bett liegen, einen Kollegen vertreten oder plötzlich verreisen müssen. Letzteres ist wohl eher unwahrscheinlich, mitten im Schuljahr. Wie auch immer. Fred hat den Kaffeeautomaten nicht wie versprochen am Montag vorbeigebracht. Deutlicher lässt sich Desinteresse kaum demonstrieren.

Da ich wirklich alt genug bin, mich wie eine besonnene, klar denkende Frau zu verhalten, entschließe ich mich, Fred nun endgültig aus meinen Träumen zu vertreiben. Erstens existiert unsere »Romanze« sowieso nur in meinem Kopf. Und zweitens sollte ich erwachsen genug sein, um zu begreifen, dass er offensichtlich zu der Sorte Männer gehört, die einfach mit allen Frauen flirten, sozusagen eine männliche Amelie. Bei dieser Assoziation muss ich sofort ans Frühstücken

143

denken. Bis zu Gustls Rückkehr wollte sie nicht nur Susannes Grab pflegen, sondern auch kochen und alle Küchenarbeiten übernehmen. »Du kannst dich auf mich verlassen wie auf gutes Karma, mein Gustilein«, hat sie ihm zum Abschied ins Ohr gesäuselt. Ich habe mich selbst für die restliche Hausarbeit eingeteilt. Moritz ist für das »Männerbad« zuständig und hat versprochen, sich auch sonst vor nichts zu drücken. Einen echten Putzplan wollten wir nach Gustls Rückkehr ausarbeiten.

Es ist zwar noch keine Frühstückszeit, aber ich bin wach und habe Hunger. Wie war das noch gleich? Kochen ist der Sex des Alters! Da ich nicht besonders gut kochen kann, geht es bei mir eben ums Essen. Der Mensch lebt nun mal nicht allein von Luft und Liebe. Erst recht nicht, wenn das Objekt der Begierde die Gefühle nicht erwidert. Aber Altersunterschiede in der Größenordnung wie zwischen Fred und mir sind nun einmal eine monumentale Hürde. Wie schwierig solche Beziehungen sind und dass sie niemals wirklich funktionieren, bestätigt mir die Schlagzeile, die ich auf unserer Tageszeitung lese: *Siebzigjährige Millionärin ersticht jungen Geliebten!*
Wie ich beim Überfliegen des Artikels erfahre, hat der junge Mann die sehr verliebte Frau erst nach allen Regeln der Kunst verwöhnt, dann ausgenommen und ihr Geld mit jüngeren Damen verjubelt. Das könnte mir nicht passieren. Ich besitze ja kaum mehr als einen Notgroschen, und der ist für echte Katastrophen reserviert. Ein junger, geldgieriger Liebhaber steht definitiv nicht auf meiner Tragödienliste.

Meine skurrilen Betrachtungen vergesse ich, als ich die Küche betrete.

Laut einer Studie, über die ich gelesen habe, gewöhnt man sich angeblich in drei Wochen an alles, was das tägliche Leben betrifft. Einundzwanzig Tage ohne Praliné und Portwein, und meine Gelüste wären überwunden. An ein solches Chaos würde ich mich jedoch nicht mal in drei Jahren gewöhnen.

Berge von schmutzigem Geschirr stapeln sich auf jeder freien Fläche, als hätten alle Nachbarn ihre leergefutterten Teller bei uns abgestellt. Und das seit drei Tagen. Seitdem unsere Kaffeemaschine streikt, hat Amelie ihr Versprechen, sich um Küche und Kochen zu kümmern, nicht eingelöst. Wir haben uns von Aufschnitt, Käse und Spiegeleiern ernährt. Ohne richtigen Kaffee sei sie zu nichts fähig. Ich glaube, sie ist einfach zu faul. Seit Gustl verreist ist, war Madame jeden Tag »alte Freundinnen« besuchen. Und morgens schläft sie extra lange. Im Moment ist das ihr Glück, sonst würde sie jetzt meinen geballten Zorn abkriegen. Also lasse ich meinen Unmut am Geschirr aus.

Ich kremple die Ärmel meines Bademantels hoch und nehme mir ein Paar Gummihandschuhe. Laut fluchend wie ein Bauarbeiter schleppe ich Tassen, Teller und Besteck zur Spüle. »Verdammte Hippieschlamperei!«

Schon nach wenigen Minuten betritt Amelie verschlafen, mit halb geschlossenen Lidern und wirren Haaren die Küche.

»Uhaaa«, gähnt sie und schließt ihren offenen Morgenmantel. »Was ist hier los?«, fragt sie mit vorwurfsvollem Blick, als wäre ich die tollpatschige Hausangestellte, die ihre Herrschaft nicht schlafen lässt.

»Ich erledige *deine* Arbeit!«, schimpfe ich nicht weniger vorwurfsvoll und wackle mit den Tellern in meinen Gummihandschuh-Händen.

»Ach so … Ähm … «, stottert sie schuldbewusst. »Entschuldige, ich bin auf Entzug.«

»Entzug?« Meine Stimme kippt in unangenehm hohe Oktaven.

»Koffeinentzug!«, präzisiert sie. »Mein Organismus braucht

nun einmal seine tägliche Dosis Koffein, sonst macht er schlapp. Ich bin dann zu nichts zu gebrauchen. Außerdem bin ich sowieso kein Morgenmensch wie … Ähm, ich meine, ich bin eben eher ein Nachtmensch.«

Eine Tasse entgleitet mir und zerbricht klirrend auf dem Steinfußboden. »Du meinst wohl, kein Morgenmensch wie ich? Und wieso kann der Nachtmensch die Küche nicht in der Nacht aufräumen?«

»Ich … mache es … nachher«, verspricht sie laut gähnend. »Ehrlich.«

»Hmm«, knurre ich schon etwas weniger ungehalten. Denn ohne meine tägliche Dosis Pralinés bin ich ebenso ungenießbar. Und wenn ich ganz ehrlich bin, ist Amelie nicht der Hauptgrund für meine schlechte Laune.

Die lässt sich stöhnend am Küchentisch nieder. »Ich vermute, dass dem Biogesöff der letzte Rest Koffein abgezüchtet wurde.«

Erstaunt unterbreche ich das Einräumen der Spülmaschine, und nehme Moritz' Fairtrade-Instantkaffee aus dem Schrank. »Nein, hier steht nichts von entkoffeiniert.«

Sie steckt sich abermals ausgiebig und gähnt ziemlich undamenhaft mit offenem Mund. »Dann weiß ich auch nicht, was los ist«, sagt sie. »Jedenfalls bin ich seit Tagen einfach nur müde. Sobald ich einigermaßen wach bin, werde ich eine neue Kaffeemaschine besorgen. Mit oder ohne deine Einwilligung.«

Das war deutlich.

»In Anbetracht unserer finanziellen Lage ist eine neue Maschine eigentlich nicht drin«, argumentiere ich.

Kaum habe ich es ausgesprochen, wird mir bewusst, welche Möglichkeit Amelies Wunsch nach einer neuen Kaffeemaschine mit sich bringt. Sollte Fred nämlich doch noch mit seinem »Geschenk« hier auftauchen, kann er sich das Teil von mir aus in seine Künstlerfrisur schmieren. Im Stillen klopfe ich mir auf die Schulter und bekomme sofort bessere Laune. Ja, zugegeben, es ist kindisch, auf Rache zu sinnen. Aber irgendwie muss ich mich mit der Tatsache anfreunden, dass Fred sich niemals auf meine Bettkante setzen wird. Er bleibt ein Traummann im wahrsten Sinne des Wortes, nichts weiter als eine romantische Spinnerei einer alten leicht entflammbaren Schachtel. Die Weltfrieden-Statistik bestätigt sich mal wieder. Da erscheint mir eine kleine Retourkutsche ein angemessener Trost, wenn auch einer mit schalem Beigeschmack.

»Falls du eine saubere Tasse suchst«, sage ich zu Amelie, die vergeblich die Schränke absucht, und deute auf die offen stehende Spülmaschine. »Hier.«

Sie taxiert das schmutzige Geschirr. »Die sind aber nicht sauber!«

»Treffer.« Grinsend drücke ich ihr zwei der schmutzigen Tassen in die Hände und verkünde: »Du spülst, und ich geh duschen.«

Hoheitsvoll verlasse ich die verschlafene Amelie und ihre Geschirrbaustelle.

Eine Viertelstunde später sitzen wir bei Instantkaffee am Tisch. Ich frisch geduscht und nach Bodylotion duftend in schwarzen Jeans und weißer Bluse, Amelie unverändert müde im Bademantel-Look.

Angewidert kippt sie zwei Löffel Zucker in die Tasse. »Also ich kriege das Zeug nur mit einer Überdosis Zucker runter«, meckert sie und rührt extra lange um, als könne sie dadurch das Aroma verändern.

»Er schmeckt eben nach ganz normalem Kaffee und nicht nach irgendwelchen Zusatzstoffen«, entgegne ich. »In diese

Kaffeepads, die jetzt alle Welt konsumiert, soll Gelatine beigemischt werden, damit die Milch ordentlich schäumt.«

Amelie starrt mich an, als wäre ich übergeschnappt. »Du hast 'ne Meise!«

»Nein, ich habe online recherchiert, als du von so einer Padmaschine gesprochen hast. Normaler Kaffee schäumt nämlich nicht«, erkläre ich. »Wie sollte er auch? Ist ja schließlich kein Badezusatz. Davon abgesehen, würden wir mit Fairtradekaffee die Kleinbauern fördern, helfen, Schulen zu bauen und Kinderarbeit zu unterbinden.«

»Schon gut, schon gut«, stoppt sie mein Plädoyer. »Ich bin ja auch für gerechten Lohn und alles andere. Dafür sind wir schon in den Siebzigern auf die Straße gegangen. Aber bei Kaffeeentzug versagt mein politisches Bewusstsein. Und wie ich vorhin schon sagte, werde ich noch heute losziehen und eine neue Maschine besorgen, die ordentlichen Kaffee macht. Denn dieses Gebräu hier ist echt nur was für Umweltfanatiker.«

Ich will Amelie gerade sagen, dass sie eine Maschine kaufen soll, als ich Schritte höre.

»Bei diesem Thema kann man gar nicht fanatisch genug sein. Morgen Mädels.«

Unser neuer Mitbewohner betritt die Küche mit fröhlichem Gesicht.

Gleich am ersten Abend sind wir zum Du übergegangen. Amelie hat Moritz' Einzug natürlich genutzt, um die Korken knallen zu lassen. Seitdem sind wir für Moritz die »Mädels«. In Prosecco-Laune habe ich ihm gestanden, dass ich mir immer einen Sohn wie ihn gewünscht habe, und gehofft, dabei etwas über seine Mutter zu erfahren. Doch er meinte nur, ich könne ihn gern als Sohn ausgeben, wann immer ich einen benötige.

»Im Übrigen bin ich jederzeit bereit, über alle ökologischen Probleme zu diskutieren«, bietet er uns an, während er den Wasserkocher füllt. »Das sind für mich hochspannende Themen.«

»Finde ich auch«, stimme ich Moritz zu, um Amelie ein bisschen zu ärgern.

Die rümpft genervt die Nase. »Eine neue Kaffeemaschine ist *nicht* verhandelbar.«

Moritz schaltet den Wasserkocher an und schlägt sich dann mit der flachen Hand auf die Stirn. »Shit! Die versprochene Maschine. Die habe ich ja vollkommen vergessen. Tut mir leid, Mädels. *Ich* sollte sie abholen. Mein Vater hat sich am Montag im Sportunterricht eine Sehne gezerrt und ist im Moment schlecht zu Fuß.«

Amelie stöhnt theatralisch: »Och, der Arme!«

Ich lächle zufrieden. Nicht wegen Freds Verletzung, so weit gehen meine Rachegelüste dann doch nicht. Nein, ich freue mich, dass er mich nicht vergessen hat. Er ist krank! Allerdings hätte er anrufen können. Seine Hände werden ja wohl unverletzt sein. Aber gut, ich lasse gelten, dass er sich bei Moritz und damit indirekt gemeldet hat.

Moritz setzt sich mit einer Tasse frisch aufgegossenem Kaffee zu uns an den Tisch. »Ich verspreche hoch und heilig, das Gerät am Nachmittag abzuholen. Jetzt gehe ich eine Runde joggen, und danach habe ich eine wichtige Vorlesung in Haustechnik.«

»Gibt es auch unwichtige Vorlesungen?«, fragt Amelie.

Irgendwo klingelt ein Telefon, und ich habe Mühe, mich richtig auf die Unterhaltung zu konzentrieren. Ich beschließe, mich doch mal nach einem Hörgerät zu erkundigen, als Moritz fragt, ob er ans Telefon gehen soll.

»Oh, das klingelt bei uns?«, entgegnet Amelie. »Ich dachte, das käme von draußen. Irgendwie höre ich in letzter Zeit nicht mehr so gut. Wir sollten uns eine zweite Station für die Küche anschaffen. Ist bestimmt Gustl.« Sie erhebt sich und zwinkert mir im Rausgehen zu. »Oder es ist für Mathilde …«

Ich stehe ebenfalls auf und begebe mich zum Kühlschrank, um von Amelies Andeutungen abzulenken. Sie hat zwar keinen Namen genannt, aber Moritz ist ja ein schlaues Kerlchen, und es wäre mir unangenehm, wenn er etwas von meinen Schwärmereien mitbekommt. Außerdem habe ich immer noch Hunger, ich stehe quasi am Rande der Unterzuckerung.

Im Kühlschrank entdecke ich Pellkartoffeln. Eier sind auch noch da.

»Appetit auf ein Kartoffelomelett?«, frage ich Moritz.

»Mittags immer«, antwortet er. »Morgens um acht ist mir das ehrlich gesagt zu üppig.«

Ich nicke verständnisvoll. »In deinem Alter bekam ich morgens auch gerade mal einen Marmeladentoast runter, heute muss es was Herzhaftes sein. Eine Riesenportion Spaghetti mit Gorgonzolasauce, zum Beispiel.«

Moritz rollt mit den Augen. »Zum Frühstück?«

»Hmm. Mein Essverhalten hat sich mit den Jahren genauso verändert wie meine Figur. Aber früher hatte ich ja auch Kleidergröße sechsunddreißig«, seufze ich wehmütig.

»Aber jetzt ist es höchsten eine halbe Nummer größer«, bemerkt Moritz galant.

Obwohl es nur eine liebenswürdige Schmeichelei ist, könnte ich ihn abknutschen. Ich bedanke mich und verkünde, dass ich ihm für dieses Kompliment alles zubereite, wonach ihn gelüstet.

»Nach dem Joggen esse ich gern einen Marmeladentoast«, antwortet er und verabschiedet sich.

Gerührt blicke ich ihm nach. Jammerschade, dass ich keinen Sohn wie ihn hatte. Da stürmt Amelie in die Küche.

»Irma ist am Apparat«, ruft sie aufgeregt. »Sie ist völlig aufgelöst und redet wirres Zeug von irgendwelchen Dramen. Sprich du mit ihr. Ich bin einfach nicht wach genug für therapeutische Ratschläge.«

Ich stürze ins Wohnzimmer zum Telefon. »Irma, was ist los?«

»Ottooo«, stöhnt sie zum Steinerweichen.

Sofort fällt mir Freds Sportunfall ein und ich erkundige mich besorgt: »Ist er krank?«

»Nein, aber … « Dann versagt ihr die Stimme.

»Was ist passiert? Nun lass dir doch nicht jedes Wort einzeln aus der Nase ziehen.«

»Der ›Shakespeare‹«, schnieft sie. »Otto hat ihn nicht bekommen.«

»Das tut mir leid«, sage ich. »Aber heißt es nicht immer, die Nominierung sei bereits die eigentliche Ehrung?«

»Ach, Mathilde«, stöhnt sie einmal mehr. »Otto ist total am Boden und will die Reise nach Frankreich abblasen. Nur, weil er diese blöde Trophäe nicht bekommen hat, glaubt er jetzt, er wäre ein miserabler Schauspieler und es hätte alles keinen Sinn.«

»Hmm«, murmle ich mitfühlend. »Aber, wieso Schauspieler, ich dachte, er war als Regisseur für den Preis nominiert?«

»Jaaa, aber Otto ist eben superempfindlich. Wenn eine Sache nicht klappt, stellt er sofort alles in Frage. Er glaubt, die Franzosen werden ihm deshalb die Rolle nicht geben«, erklärt Irma. »Aber jetzt muss ich weiter, Otto wartet schon auf mich. Danke, dass du mir zugehört hast. Ich melde mich, wenn wir wieder in München sind. Bis bald, Mathilde«, verabschiedet sie sich.

»Warte«, kann ich gerade noch sagen, bevor sie auflegt. »Mir fällt gerade etwas ein.«

»Ja?«

»Richte Otto einen schönen Gruß von mir aus und sag ihm, dass ich nicht glaube, dass man in Frankreich überhaupt Notiz von der englischen Theaterwelt nimmt. Wer in England mit einem Preis gekrönt wird, juckt die Franzosen so viel wie deutsches Vollkornbrot.«

Nach meinem kleinen Aufmunterungsvortrag ist es am anderen Ende mucksmäuschenstill.

»Mensch, Mathilde«, höre ich Irma dann. »Du hast den Nagel auf den Kopf getroffen. Genial! Das wird Otto bestimmt aufrichten. Ich danke dir. Du bist eine echte Freundin.«

»Gern geschehen«, antworte ich geschmeichelt.

Wenig später schickt Irma mir eine SMS: *Wir fahren nach Cannes! Kuss + Umarmung!*

Inzwischen ist mir auch eingefallen, wie ich Amelie dazu bringe, endlich die versprochene Arbeit zu erledigen.

»Gerade hat Gustl angerufen«, verkünde ich, als sie immer noch schlapp am Küchentisch rumhängt wie ein nasser Lappen.

»Wieso hast du mich nicht gerufen? Ich hätte gern selbst mit ihm gesprochen«, beschwert sie sich träge.

»Er war in Eile«, lüge ich unverfroren. Der Zweck heiligt schließlich die Mittel. »Wollte nur hören, ob alles in Ordnung ist, und sagen, dass er morgen zurückkommt.«

»Scheibenkleister!« Sie schreckt hoch, wie erwartet, und schaut sich panisch um. »Dann sollte ich wohl langsam in die Puschen kommen und hier klar Schiff machen. Der Kühlschrank ist leergefuttert, ein Großeinkauf fällig, die Blumen an Susannes Grab müssen gegossen werden. Und … Ach, irgendwie habe ich mir unser Zusammenleben anders vorgestellt.«

»Wie denn?« Gespannt blicke ich sie an.

Ächzend erhebt sie sich. »Anders halt. Weniger stressig. Ich dachte nicht, dass ein großer Haushalt sooo viel Arbeit macht.«

Ich kann es mir nicht verkneifen, noch einen draufzusetzen. »Es türmt sich nur so, weil du tagelang alles hast liegen lassen. Hättest du …«

»Danke, Chefin«, unterbricht sie mich verschnupft, krempelt die Ärmel ihres Bademantels hoch und macht sich mit Leidensmiene ans Werk.

Eine Weile sehe ich dem stöhnenden Aschenputtel zu. Dann erbarmt sich die böse Stiefmutter und hilft ihr.

»Zu zweit geht's schneller«, grummle ich milde.

»Du bist eine echte Freundin«, sagt sie dankbar.

14

Den Nachmittag verbringe ich am Bügelbrett. Diese öde, zeitraubende Tätigkeit gehört absolut nicht zu meinen Lieblingsbeschäftigungen, lenkt aber immerhin ab.

Seit mir Moritz nämlich von Freds Verletzung erzählt hat, grüble ich darüber nach, ob ein Krankenbesuch übertrieben wirken würde. Ich könnte ihm das frisch gewaschene Taschentuch zurückbringen. Oder würde ich mich damit lächerlich machen? In Gedanken säubere ich das fünfte schwarze Shirt mit der Fusselbürste. In meiner emotionalen Verwirrung hab ich nämlich ein Papiertaschentuch in meiner Hosentasche vergessen.

»Huhuuu!«, höre ich Amelie rufen. Amelie, die wieder bei einer Freundin war. Mir kommen diese plötzlichen Freundinnenbesuche irgendwie verdächtig vor. Ich hoffe nur, dass sie Gustl nicht betrügt. Es würde ihm das Herz brechen, was ich ihr niemals verzeihen könnte.

»Fernsehzimmer«, antworte ich.

Eine Sekunde später rauscht sie herein.

Ich starre sie an wie eine Erscheinung und drücke vor Schreck auf den Wassersprenger, so dass das Shirt wieder tropfnass ist.

Sie trägt ein bodenlanges kunterbuntes Wallekleid, das eindeutig bessere Tage gesehen hat, und eine mit kleinen Spiegeln bestickte Weste. Um den Hals hat sie diverse Flatterschals geschlungen, an den Armgelenken klimpern Silberreifen, und die Taille ist mit einem breiten Gürtel geschnürt. Ihre Augen sind dunkel umrandet, die lockere Hochsteckfrisur gleicht einem toupierten Staubwedel. Insgesamt wirkt sie in dieser Aufmachung wie eine schrille Hobbyhexe mit Vampir-Make-up.

»Auf was für einem Trip bist du denn?«, entfährt es mir.

»Super, oder?« Sie klatscht in die Hände und dreht sich einmal um die eigene Achse, als wolle sie Flamenco tanzen.

Ich schlucke. »Willst du dich bei der ›Rocky Horror Picture Show‹ bewerben?«

Kichernd lässt sie sich aufs Sofa plumpsen und kramt in einem bunten Flickenbeutel. »Stell das Eisen ab … Setz dich zu mir, Tildchen. Ich muss dir was erzählen.« Sie klopft auf den Platz neben sich.

Oh, oh! Wenn mich meine Freundinnen Tildchen nennen, wollen sie meist etwas von mir oder sie haben ein massives Problem.

»Schlimme Nachrichten?«, frage ich bange und bleibe lieber stehen.

»Nur gute. Nur gute.« Sie hat das Gesuchte gefunden: eine Tüte Gummibärchen, die sie auf den Tisch knallt.

»Glücksbärchen?«

Aufgeregt wedelt sie mit der Hand. »Los, los, sieh rein.«

»Ich weiß, wie die Dinger aussehen«, erwidere ich genervt. »Und ich bevorzuge immer noch Pralinen.«

Sie zuckt die Schultern, greift selbst in die Tüte, angelt etwas Papierähnliches heraus und legt es auf den Tisch.

Es sind fünf Einhundert-Euro-Scheine!

Einen Moment starre ich stumm auf den unerwarteten Geldregen. »Hast du Brettschneider überfallen?«, frage ich.

Vergnügt schüttelt sie den Kopf, breitet die Scheine zu einem Fächer aus wie Spielkarten und murmelt beschwörend: »Ihr süßen, süßen Scheinchen!«

»Wenn gerade Oktoberfestzeit wäre, könntest du dich in diesem seltsamen Gewand als Wahrsagerin verdingen«, sage ich. »Aber bis Oktober ist es noch lange hin. Also, woher stammt das Geld?«

»Der Lohn harter Arbeit!«

Ich ziehe den Stecker des Bügeleisens, nehme auf dem Sessel ihr gegenüber Platz und fixiere sie streng. »Nettes Märchen. Du bist doch genauso ohne Job wie ich.«

»Hab ich dir eigentlich mal von meinem großen Traum erzählt?«, fragt sie.

»Kann mich nicht erinnern. Aber was hat das mit den fünfhundert Euro zu tun?«

»Sehr viel«, antwortet sie, strafft die Schultern und verkündet feierlich: »Ich wollte früher nämlich tatsächlich Wahrsagerin werden!«

»Nein!«

»Doch! Übrigens ein höchst ehrenwerter Beruf, den auch Prinzessin Märtha Louise von Norwegen ausübt. Sie hat dafür sogar ihre Prinzessinnenkrone abgelegt. Ich habe dir nie davon erzählt, aber ich habe mich schon in den Siebzigern dafür begeistert. Damals habe ich mir das erste Päckchen Tarotkarten zugelegt, und eine Weile konnte ich sogar vom Kartenlegen leben. Nicht in Saus und Braus, aber fürs Notwendigste hat's gereicht. Doch in den Achtzigern ebbte die Esoterikwelle wieder ab, und ich wurde schwanger. Die Beziehung zu dem Vater meiner Tochter hielt jedoch leider nur knapp ein Jahr, ich stand plötzlich als Alleinerziehende da – und war quasi dazu gezwungen, mir einen solideren Beruf zu suchen.«

Ich bin baff. Zwar wusste ich, dass sie eine erwachsene Tochter hat, die in Amerika verheiratet ist, aber von dem Vater habe ich sie nie reden hören.

»Und ich dachte immer, Buchhalterin wäre dein Traumjob, weil du mit Leib und Seele dabei warst«, wundere ich mich.

»Von wegen Traumjob. Aber wenn ich etwas mache, dann

mit vollem Einsatz. Als wir in die Frührente entlassen wurden, habe ich mich an meinen alten Traum erinnert und den größten Teil meiner Abfindung in Seminare gesteckt. Astrologiekurse und Tarotseminare in Kombination mit Mondphasenstudien, alles was man braucht, um das Schicksal der Menschen zu deuten. Und jetzt habe ich mich entschlossen, uns aus der Finanzmisere zu helfen, indem ich Horoskope erstelle, Karten lege und Menschen in Lebenskrisen berate. Alles, was mir noch fehlt, ist ein blumiger Künstlername, vielleicht irgendetwas mit Madame, Anzeigen in Zeitungen schalten oder eine eigene Homepage basteln. Und dann scheffle ich ein Vermögen! Das hier«, sie nimmt die Scheine vom Tisch und wedelt damit vor meiner Nase rum, »ist erst der Anfang. Genauer gesagt: Der Erlös aus den letzten drei Tagen. Meine erste Kundin war meine Fußpflegerin, und einige Freundinnen von ihr hatten ebenfalls Interesse.«

»Und du hast tatsächlich Geld dafür bekommen?«, frage ich verwundert.

»Da staunst du, was?« Zufrieden lehnt sie sich in die Polster und spielt mit ihren Schals. »Du glaubst ja gar nicht, wie viele Frauen in unserem Alter Probleme haben. Mit Männern, mit der Menopause und dem Leben an sich. Überall Krise, so weit das trübe Auge reicht. Wo man hinhört, Beratungsnotstand. Ich habe bereits zwei weitere Termine – nur durch Empfehlungen. Schätzungsweise verdiene ich in drei, vier Wochen genügend Geld, um meine Schulden bei dir zu begleichen und für einen Neustart mit Gustl.«

»Beratungsnotstand«, wiederhole ich verwundert.

»Genau!«, grinst sie. »Los, hol den Portwein raus, und spendier uns ein Schlückchen. Prosecco ist leider aus.«

»Es ist noch hell draußen«, wende ich ein. »Ich finde, wir sollten nicht vor der Dämmerung trinken.«

Kopfschüttelnd erhebt sie sich, schreitet zum Fenster und zieht die Vorhänge zu. »Gut so?«

Wortlos nickend schlurfe ich in mein Zimmer. Vielleicht hilft ein Gläschen, diese *tollen* Neuigkeiten zu verdauen. Irgendetwas an diesem wundersamen Geldregen kommt mir nämlich ziemlich undurchsichtig vor.

Beim Einschenken stelle ich die hauseigene Wahrsagerin einfach mal auf die Beratungsprobe. »Welchen Rat würdest du einer Frau geben, die sich in einen wesentlich jüngeren Mann verliebt hat, der sich aber nicht für sie interessiert und obendrein auch noch ein ziemlicher Frauenheld ist?«

Während ich ihr das Portweinglas zuschiebe, mustert sie mich eingehend. »Redest du von dir und Fred?«, fragt sie. »Ist ja nicht zu übersehen, dass du heiß auf ihn bist. Der Mann ist aber auch ein Jackpot.«

»Blödsinn!«, entrüste ich mich. Dennoch fühle ich mich ertappt, was eine heftige Hitzewelle auslöst, die mein Gesicht rot anlaufen lässt. »Mir ist lediglich heiß, was aber an den Wechseljahren liegt. Es war eine reine Testfrage, um deine Fähigkeiten als Lebensberaterin zu prüfen.«

»Eine Testfrage«, wiederholt sie. »Ohne die genauen Hintergründe und Umstände zu kennen, ist es schwierig, einen guten Rat zu erteilen. Aber wie heißt es: Man kann jeden Mann kriegen, es sei denn, er ist tot.« Sie greift nach dem Glas und prostet mir zu. »Auf unsere Träume! Mögen sie in Erfüllung gehen.«

»Hmm«, grummle ich unentschlossen und nehme nur einen kleinen Schluck. Meine Träume eignen sich eher zum Verdrängen als zum Begießen.

Amelie dagegen leert ihr Glas in einem Zug. »Also, wie findest du meine Pläne?«, fragt sie.

»Wenn es was einbringt …«, antworte ich pragmatisch.

»Genau. Mein Traum wird wahr, und ganz nebenbei werde ich noch reich. Cash macht fesch!« Sie freut sich, als habe sie soeben eine neue mathematische Wunderformel entdeckt.

Typisch Amelie. Bloß nichts ernst nehmen, könnte ja auf die Stimmung schlagen. Manchmal wünsche ich mir, so unbeschwert wie sie durchs Leben zu tänzeln. Wenn ihr danach ist, fängt sie einfach ein neues Leben an.

Nachdenklich schlürfe ich meinen Portwein. Mein Wunschtraum war immer eine eigene Familie. Mehr oder weniger hat sich dieser Traum ja mit unserer WG erfüllt, vor allem, seit Moritz eingezogen ist, ähnelt die Zusammensetzung einer Familie sehr. Die allerdings droht auseinanderzubrechen, wenn Amelie ihre Auszugspläne nicht aufgibt.

»Worüber grübelst du nach?«, unterbricht Amelie meine Gedanken.

»Och … Nichts weiter«, behaupte ich. »Ich hab mich nur gefragt, ob ich jetzt weiterbügeln soll oder lieber heute Abend vor dem Fernseher.« Ich greife nach dem Programmheft auf dem Beistelltisch. »Mal sehen, ob es eine nette Komödie gibt. Dabei bügelt es sich besonders gut.«

»Vergiss den Haushalt, Mathilde, begleite mich lieber zum Shoppen«, fordert sie mich auf und wedelt einmal mehr mit den Geldscheinen. »Getreu der alten Weisheit: Das Geld muss in Umlauf gebracht werden, dann kommt es auch bald wieder zurück.«

»Aber Moritz bringt die Kaffeemaschine doch heute Nachmittag«, erinnere ich sie.

»Weiß ich«, entgegnet sie. »Ich rede ja auch von Klamotten. Für meinen Traumjob benötige ich natürlich die entsprechende Ausstattung. Etwas richtig Ausgeflipptes. Das hier … «, sie zupft an ihrem Kleid, »ist noch ein Relikt aus der guten alten Hippiezeit und passt nicht mehr richtig.«

Ich kann mir das Lachen nicht verkneifen. »Ach, und wo bekommt man flippige Wahrsager-Outfits?«

»Na, in Secondhandläden«, klärt sie mich auf, während sie ihre Barschaft zusammenrollt, in die Bärchentüte steckt und dann in den Beutel packt. »Glockenbachviertel, Haidhausen oder Schwabing. Also, kommst du mit?«

»Na ja«, antworte ich ausweichend. Eigentlich habe ich wenig Lust, mit der überdrehten Amelie durch muffige Secondhandshops zu ziehen. Während ich noch überlege, wie ich mich elegant aus der Affäre ziehen kann, klingelt es an der Tür.

Amelie springt auf. »Gustl? Vielleicht hat er seinen Schlüssel verloren«, mutmaßt sie und saust mit wehenden Röcken nach draußen. »Der wird staunen.«

Aus dem Flur höre ich sie dann kichern. »Hallooo.« Und nach einer kleinen Pause: »Sooo eine Überraschung! Komm doch rein.«

Sekunden später ist sie zurück – in Begleitung von Fred. Er trägt eine übergroße Papiertüte und wirkt auf den ersten Blick ziemlich unverletzt, aber wieder einmal unverschämt attraktiv in seinem schwarzen Outfit.

»Einen wunderschönen guten Tag, Mathilde«, begrüßt er mich lächelnd. »Die versprochene Kaffeemaschine.«

»Aber ich dachte … du …«, stammle ich, weil er mich schon wieder ungeschminkt im nachlässigen Sommerhosen-T-Shirt-Hausfrauenlook antrifft und seine Gegenwart mich völlig durcheinanderbringt. »Ich meine, Moritz wollte …«

»Ach, Kinder!«, erwidert er und verdreht die Augen. »Vorhin hat er sich bei mir gemeldet und gejammert, dass er total im Stress wäre. Na ja, ich kenne meinen Sohn gut genug, um zu wissen, dass er wirklich hart arbeitet. Aber bevor ihr mich als Sprücheklopfer abstempelt …«

Fred geht zum Couchtisch und stellt die Tüte ab. Er humpelt unverkennbar.

»Wie geht es deinem Fuß?«, frage ich, erleichtert, ein unverfängliches Gesprächsthema gefunden zu haben.

»Alles halb so wild«, winkt er ab. »Und wie geht es dir?« Er vergräbt die Hände in den Taschen seiner weitgeschnittenen schwarzen Freizeithose und wendet sich gleich darauf mit verwundertem Blick Amelie zu. »Habe ich irgendetwas verpasst?«, fragt er.

»Sie wechselt ins Hellseherfach«, erkläre ich und sehe ihn herausfordernd an. »Vielleicht interessiert es dich, welch glorreiche Zukunft dir beschieden ist? Amelie führt dir ihre Künste sicher gern vor.«

»Au ja«, steigt er begeistert darauf ein. »Wir weihen die Maschine ein, und du liest mir aus dem Kaffeesatz.«

Das lässt sich Amelie natürlich nicht zweimal sagen. Kichernd schnappt sie sich ihre Flickentasche, hakt Fred unter und schleift ihn in die Küche. Mich und sein Geschenk lassen die beiden einfach stehen.

Genervt nehme ich die Tüte, folgen ihnen missmutig und knalle die Maschine auf die Anrichte.

»Ihr entschuldigt mich einen Moment«, sage ich barsch, verlasse den Raum und verziehe mich ins Badezimmer.

Dort atme ich erst einmal tief durch. Wenigstens muss ich jetzt nicht mit Amelie shoppen gehen. Aber ich ärgere mich tierisch, wie Fred sich von ihr vereinnahmen lässt. Als wären sie die dicksten Freunde. Ich wünsche mir Gustl zurück! Amelie wirft sich Fred nur deshalb an den Hals, weil Gustl verreist ist. Er wird sicher bald zurück sein, beruhige ich mich und greife zur Wimperntusche. Als ich einen Wimpernkranz fertig getuscht habe, wird mir bewusst, wie kindisch ich mich benehme. Mich für einen Mann schön zu machen, der mit jeder

Frau flirtet, nur nicht mit mir. Mich wieder abzuschminken, habe ich aber auch keine Lust. Also tusche ich auch das zweite Auge und lege noch etwas Lippenstift auf. Wenn schon, denn schon. Den Impuls, mich auch noch umzuziehen, unterdrücke ich. Sonst bildet sich Fred vielleicht noch ein, ich rüsche mich extra für ihn auf. Damit läge er natürlich komplett falsch. Ich mache mich grundsätzlich zurecht, wenn ich eine neue Kaffeemaschine einweihe. Man hat schließlich Stil.

Bereits im Flur vernehme ich Amelies Lachen aus der Küche und Freds dunkle Stimme, die gutgelaunt »Sie funktioniert!« verkündet.

Als ich durch die Tür trete, dreht sich Fred zu mir um und lächelt: »Setz dich, Mathilde. In wenigen Minuten bekommst *du* die erste Tasse!«

»Oh!«, entfährt es mir überrascht. »Welche Ehre.«

»Milch und Zucker?«, fragt Fred, als er Tassen aufträgt.

»Milch, bitte«, antworte ich und bin erleichtert, dass er mir beides ohne einen Kommentar wie »Du musst doch nicht auf die Figur achten« serviert.

Nachdem wir den aromatisch duftenden Kaffee gekostet haben, lobt Amelie ihn sofort in den höchsten Tönen. »Ein Hochgenuss! Ich werde bei jedem Tässchen an dich denken, Fred.«

Blöde Kuh, schimpfe ich still vor mich hin. Was soll diese Anmache?

»Und, wie schmeckt er dir, Mathilde?«, reißt mich Fred aus meinen Gedanken.

»Hmm … Ganz gut«, antworte ich höflich.

»Freut mich«, entgegnet er knapp.

Ich kann mir nicht verkneifen, ihn zu fragen: »Und was prophezeit der Kaffeesatz? Liebe oder Lottogewinn?«

»Große Liebe, natürlich«, lacht er auf, als würde ich Witze reißen.

»Fred hat zwei tolle Namensvorschläge für mich«, mischt sich Amelie ein.

»Wieso Namen?«, frage ich in meiner Tasse rührend, erinnere mich aber im nächsten Moment an ihre Pläne. »Ach so, für dein neues Business?«

Sie nickt. »Was gefällt dir besser – Madame Minerva oder Madame Mena?«

»Mena sagt mir nix, aber Minerva ist doch irgendeine griechische Göttin, oder?«

»Die römische Göttin der Weisheit und Hüterin des Wissens«, erklärt Amelie und strahlt Fred an. »Ich hätte es auch nicht gewusst, aber Fred ist ja sooo klug.«

Ich schlucke ein gehässiges »Lehrer müssen klug sein« runter und sage nur: »Aha!«

»Mena leitet sich aus dem althochdeutschen Wort mein ab, und das bedeutet Kraft, Macht, Vermögen«, doziert sie weiter. »Genial, oder?«

»Supergenial«, murmle ich und ringe mir ein schiefes Lächeln ab.

»So genial auch wieder nicht«, meint Fred. »An die Minerva konnte ich mich noch aus der Schulzeit erinnern. Und Mena sollte meine Tochter heißen, aber dann ist es ein Moritz geworden. So einfach ist das.«

Mir schießt bei Freds Erklärung ein anderer Gedanke durch den Kopf. Wenn er eine Tochter Mena nennen wollte, hätte er dann nicht spätestens bei Noras Geburt wieder für diesen Namen plädieren müssen? Vielleicht ist er doch nicht ihr Vater?

»Fred begleitet mich als Berater.«

Amelies Stimme reißt mich sofort wieder aus meinen Spekulationen. »Zu deinen Terminen?«

»Nein, du Schaf.« Sie lacht auf, als müsse sie einer Außerirdischen die Welt erklären. »Zum Klamottenkauf.«

Jetzt kann ich nicht mehr an mich halten. »Dann ist heute wohl dein Glückstag.«, zische ich böse.

Fred mustert mich, wie mir scheint, amüsiert. »Warum begleitest du uns nicht?«, fragt er dann.

So weit kommt's noch, denke ich grimmig bei mir. Ich mach euch doch nicht den Tütenträger. »Vielen Dank, für die Einladung. Aber ich habe noch zu tun und …« Ich gehe zum Kühlschrank, öffne ihn und sage bewusst vorwurfsvoll: »Der ist leer.«

»Huch, der Einkauf!« Übertrieben theatralisch schlägt Amelie die Hände über dem Kopf zusammen. Dann kramt sie in ihrem Beutel und legt einen Hundert-Euro-Schein auf den Tisch. »Den Einkauf spendiere ich!«

»Wie großzügig«, sage ich. »Fehlt nur noch ein Dummer, der das Zeug besorgt.«

»Melde mich freiwillig!« Moritz' Stimme lässt uns aufblicken. »Hallo zusammen«, sagt er. Bei Amelies Anblick erstarrt er kurz, doch er hat sich schnell wieder im Griff und wendet sich an mich. »Mathilde, wenn du Hilfe brauchst, jederzeit.«

Hocherfreut über sein Erscheinen, antworte ich strahlend: »Gern. Magst du vorher noch den Kaffee aus der neuen Maschine probieren?«

Er nickt, bedeutet mir, sitzen zu bleiben, und bedient sich selbst.

Während er seinen Kaffee genießt, schreiben wir eine Einkaufsliste, die ziemlich umfangreich ausfällt.

»Das klingt nach viel Schlepperei«, mischt sich Fred ein.

»Keine Sorge, Papa, wir schaffen das schon«, entgegnet Moritz.

»Selbstverständlich«, bekräftige ich.

»Prima!«, antwortet Amelie, legt den Kopf schräg und lächelt Fred an. »Dann können wir uns ohne Gewissensbisse amüsieren.«

Obwohl ich viel lieber mit Moritz als mit Amelie zum Supermarkt fahre, kann ich mir ein frostiges »Viel Spaß!« nicht verkneifen.

»Den haben wir bestimmt«, trällert sie im Rausgehen.

Fred verabschiedet sich mit einem lässigen »Bis dann« und folgt ihr wie ein Hündchen.

»Besorg dir eine Kristallkugel«, gebe ich ihr mit auf den Weg. Ich kann es kaum fassen. Er begleitet sie tatsächlich. Insgeheim hatte ich bis zuletzt gehofft, er würde es sich doch noch anders überlegen. Tja, meine Männerkenntnis scheint ziemlich unterentwickelt zu sein. Fred gehört wohl zu den Männern, die keine Gelegenheit ungenutzt lassen.

»Soll ich noch eine Flasche Port auf die Einkaufsliste setzen?«

Moritz' Frage reißt mich aus meinen frustrierten Grübeleien.

»Nein, danke, Moritz. Es ist an der Zeit, den Portwein aufzugeben«, antworte ich, fest entschlossen, keinerlei Sentimentalitäten mehr zuzulassen und mich nur noch um eines zu kümmern – die WG unter allen Umständen zusammenzuhalten.

15

Es dämmert bereits, als Moritz und ich vollbepackt aus dem Supermarkt zurückkehren.

»Ah, die Wahrsagerin ist zu Hause«, stellt Moritz fest, als wir von draußen sehen, dass die Wohnung hell erleuchtet ist. »Ich werde ihr mal ins Energiegewissen reden, nur in den Zimmern Licht anzuschalten, wo sie sich tatsächlich aufhält.«

Während unserer Einkaufstour habe ich Moritz über Amelies neue Profession aufgeklärt, die ihn zu meiner Überraschung begeistert hat. Er fände es einfach klasse, meinte er, wie wir unsere Träume lebten, und er habe mit seinem Einzug genau die richtige Entscheidung getroffen. So lustig wie bei uns, könne es in keiner Studenten-WG zugehen.

Als ich den Schlüssel ins Schloss stecke, wird die Tür von innen geöffnet.

»Hallo Gustl!«, sage ich erfreut. »Seit wann bist du zurück?«

»Psst!« Er bedeutet mir, leise zu sein. »Wo seid ihr denn alle? Dein Handy liegt im Wohnzimmer, Amelie hat ihres ausgeschaltet«, flüstert er besorgt wie ein Vater, der seine minderjährige Tochter vermisst.

»Amelie besucht wohl noch eine Freundin«, schwindle ich flüsternd. »Bestimmt kommt sie bald zurück.«

Moritz schließt die Tür hinter sich und sieht uns befremdet an. »Warum flüstern wir eigentlich?«, fragt er leise.

»Dana schläft«, antwortet Gustl mit gesetzter Stimme. »In meinem Zimmer.«

Überrascht mustere ich ihn. »Du hast deine Tochter mitgebracht? Sind denn in Berlin gerade Semesterferien?«

»Lange Geschichte.« Mit bekümmerter Miene greift Gustl nach Einkaufskorb und Tüten, die ich abgestellt habe, und deutet in Richtung Küche.

Auf Zehenspitzen folgen wir ihm.

Gustl sortiert erst einmal die Lebensmittel in Schränke und Kühlschrank. »Prima, jetzt ist wieder alles da«, seufzt er. »Ich werde sofort mit dem Kochen beginnen. Wir haben ziemlichen Kohldampf nach der langen Zugfahrt.«

Obwohl ich zu gern wüsste, warum Dana ihren Vater nach München begleitet hat, halte ich mich mit Fragen zurück. Mein Gefühl sagt mir, dass die nächste Überraschung im Anmarsch ist.

Moritz erkundigt sich, ob seine Hilfe noch gebraucht wird. Als ich dankend verneine, verabschiedet er sich, um zu duschen. Ich nehme mir ein Glas Wasser und setze mich an den Tisch. »Was zauberst du uns heute Feines?«, frage ich Gustl in harmlosem Plauderton.

»Selbstgemachte Pasta. Dana isst so gern Nudeln.« Er wendet sich mir zu, und ich erkenne tiefe Sorgenfurchen auf seiner Stirn. »Das Kind ist schrecklich dünn geworden. Sie sieht geradezu magersüchtig aus. Ich muss sie dringend aufpäppeln. Übrigens, Mathilde ...« Er stockt, geht zum Kühlschrank und hantiert mit einem Bund Karotten.

»Ja?«

»Also ... wegen Dana ...« Er sucht nach Worten.

»Was immer es ist, Gustl, auf meine Unterstützung kannst du zählen«, versichere ich ihn deshalb vorab. »Ich hoffe, dass du das weißt. Nur raus damit, was bedrückt dich?«

Er atmet auf. »Danke, Mathilde. Also Dana hat große Probleme mit ihrem Freund«, beginnt er.

»Männer machen doch nur Ärger«, entfährt es mir unbeherrscht, was ich im selben Augenblick bedauere. Gustl kann schließlich auch nichts für meine desolate Gefühlslage. »Ähm … Tut mir leid, Gustl, natürlich nicht alle und du sowieso nicht.«

Ein Lächeln huscht über sein rundes Gesicht. »Schon klar. Also, Dana hat sich seit geraumer Zeit heftig mit ihrem Freund gestritten, weil sie ihn verdächtigt hat fremdzugehen. Leider hat sich ihr Verdacht jetzt bestätigt.«

»Das arme Mädchen.«

»Es kommt noch schlimmer.« Gustl schnauft. »Sie hat ihn in der gemeinsamen Wohnung in flagranti erwischt und … «

»Ach du Scheiße« ist alles, was mir dazu einfällt.

Gustls Augen verengen sich zu schmalen Schlitzen, als er das Karottengrün mit festem Griff abdreht. »*Scheißkerl* trifft es genauer.«

»Kein Wunder, dass sie geflüchtet ist«, sage ich voller Verständnis. »In so einem Fall würde ich auch sofort die Stadt verlassen.«

»Ich wusste, dass du Verständnis haben würdest. Ist es in Ordnung, wenn Dana ein paar Tage hier bleibt? Sie muss erst einmal zu sich kommen und über alles gründlich nachdenken.«

»Selbstverständlich«, versichere ich. »Du brauchst nicht zu fragen. Dana ist schließlich mein Patenkind und immer willkommen. Ich bin mir sicher, dass das auch für die anderen gilt.«

»WG-Konferenz?« Moritz betritt im richtigen Moment den Raum. Er hat sich umgezogen, ist frisch rasiert, und sein Haar klebt noch nass am Kopf.

»Setz dich zu uns«, fordere ich ihn auf. »Und bring dir ein Glas mit.«

»Worum geht's?«, fragt Moritz, als er neben mir Platz genommen hat und sich Wasser eingießt.

»Meine Tochter wird ein paar Tage hier wohnen«, gibt Gustl Auskunft. »Ich hoffe, du bist einverstanden.«

»Kommt drauf an, wie alt?« Moritz grinst.

»Zwanzig«, antwortet Gustl und sieht Moritz warnend an. »Aber hüte dich«, fügt er hinzu. »Sie hat viel … «

»Redet ihr über mich?« Eine helle Stimme lässt uns aufblicken.

Durch die Tür tritt ein sehr schlankes Mädchen, das ich zuletzt auf Susannes Beerdigung gesehen habe und kaum wiedererkenne. Ihre langen Beine stecken in abgeschnittenen Jeans, zu denen sie ein schwarzes, viel zu weites Schlabbershirt trägt. Das lange rötlich-blonde Haar fällt zersaust über die zerbrechlichen Schultern. Und in ihren fein geschnittenen Gesichtszügen erkenne ich ihre Mutter wieder, die ebenso helle Haut, grüne Augen und volle Lippen hatte.

»Hallo Dana«, begrüße ich sie. »Gut geschlafen?« Eine Welle mütterlicher Fürsorge überrollt mich. Am liebsten möchte ich dieses arme betrogene Mädchen in eine warme Decke wickeln und trösten.

Gustl geht zu ihr, nimmt sie in den Arm und fragt besorgt: »Alles in Ordnung?«

Dana reibt sich stumm die Augen, schaut sich um und nickt. Tapfer versucht sie zu lächeln.

Wie ich erst jetzt bemerke, starrt Moritz sie mit offenem Mund an. Hat da etwa der Blitz eingeschlagen?

»Hallo«, sagt sie schließlich und zu Gustl gewandt: »Papa, kann ich mir einen Tee kochen?«

»Ich mach das schon.« Er schiebt seine Tochter Richtung Tisch. »Setz dich. Oder willst du dir erst etwas überziehen?« Er blickt auf ihre nackten Füße.

Dana schüttelt den Kopf. »Mir ist nicht kalt«, antwortet sie und lässt sich neben Moritz auf die Bank plumpsen. »Ich bin Dana.«

»Hallo … Ich … äh … bin Moritz … studiere Architektur und wohne auch hier«, stammelt er.

»Mein Vater hat mir bereits von all seinen Mitbewohnern erzählt«, sagt sie. »Ich studiere auch Architektur.«

»Echt?« Moritz' Augen funkeln, als habe er das große Los gezogen.

Inzwischen macht sich Gustl an den Küchenschränken zu schaffen. »Welche Teesorte?«

»Schwarzen, bitte«, antwortet Dana. »Ich muss wach werden.«

Kurz darauf serviert Gustl eine Kanne schwarzen Tee und stellt ein paar Kekse dazu. »Bis zum Abendessen dauert es noch eine Weile.«

Dana schiebt den Keksteller zur Seite. »Danke, Papa, aber ich hab echt keinen Appetit.«

Gustl stemmt die Fäuste in die Hüften. »Na gut, aber bei den Nudeln isst du nachher mit. Es gibt hausgemachte. Du bist … « Er stockt, wohl um sie nicht zu verletzen. »Ich meine, du musst doch hungrig sein, im Zug hast du auch nichts gegessen.«

»Dein Vater ist ein fantastischer Koch«, meldet sich Moritz zu Wort. »Ich habe seine Kochkunst schon zu schätzen gelernt.«

»Ich weiß, er kocht göttlich.« Dana lächelt Moritz an. »Aber wenn man nicht aufpasst, wird man dabei kugelrund.«

Mir fallen Amelies üppige Hüften ein, und ich muss ein Kichern unterdrücken. Auf Moritz' Gesicht erscheint ein Strahlen – sicher nicht wegen Amelie.

Tja, hier handelt es sich eindeutig um einen Fall von Liebe

auf den ersten Blick, stelle ich insgeheim fest. Aber soweit ich es beurteilen kann, gilt das zunächst einmal nur für Moritz.

Der arme Junge. Mitfühlend beobachte ich ihn möglichst unauffällig. Er hat ja keine Ahnung, dass er das schöne Mädchen vergebens anschmachtet. Hoffentlich kommt er schnell wieder zur Besinnung. Dana hat sicher für die nächste Zeit die Nase gestrichen voll von Männern und Beziehungen. Niemand versteht sie besser als ich.

Ein Handyklingeln durchbricht die eingetretene Stille.

»Oh, das ist meins«, sagt Moritz, angelt das Telefon aus seiner Hosentasche und entschuldigt sich.

»Er scheint nett zu sein«, bemerkt Dana, als er die Tür hinter sich zugezogen hat.

»Das ist er«, bestätige ich, und frage mich, ob Moritz vielleicht doch eine Chance hat.

Ein paar Minuten später kommt er wieder zurück.

»Kann ich bei irgendwas helfen?«, fragt er Gustl. »Zwiebelschneiden oder so?«

»Hilfsbereit ist er auch«, flüstere ich Dana ins Ohr.

Gustl bedankt sich für das Angebot und nimmt eine Packung Mehl aus dem Schrank. »Schon mal Nudelteig geknetet, Moritz?«

»Nö«, antwortet er und blickt Dana an. »Aber ich weiß, was Frauen glücklich macht – eine doppelte Portion Pasta.«

Dana und ich grinsen uns an.

»Huhuuu!«, ertönt es in dem Moment aus dem Flur.

»Amelie«, erkläre ich Dana.

Sie nickt, als ob sie über das Verhältnis Bescheid weiß. »Papa versteht sich wohl ganz gut mit ihr.«

»Sogar *sehr* gut«, bekräftige ich und überlege, ob ich noch deutlicher werden soll, als die Tür auffliegt.

Amelie, gehüllt in ein bodenlanges nachtschwarzes Gewand

und mit schwarzer Sonnenbrille auf der Nase, betritt die Küche. Gefolgt von Fred.

»Hallo zusammen.« Sie schiebt die Brille ins Haar, blickt kurz in die Runde, erspäht Gustl an der Arbeitsfläche und stürmt mit ausgebreiteten Armen auf ihn zu. »Gustilein!« Sie fällt ihm um den Hals, küsst ihn und überschüttet ihn gleichzeitig mit Fragen. »Seit wann bist du denn zurück? Warum hast du denn nicht angerufen? Ich hätte dich doch vom Bahnhof abgeholt.«

Überrumpelt von der unerwarteten Liebesinvasion, rutscht Gustl die volle Mehltüte aus der Hand. Mit dumpfem Knall fällt die Packung auf den Fußboden, zerplatzt und hüllt das Liebespärchen in eine mächtige Staubwolke. Ziemlich lustig, finde ich, und für einen Koch irgendwie romantisch.

Keiner kann das Lachen zurückhalten, alle prusten los. Selbst Dana kichert und sieht mit einem Mal nicht mehr ganz so unglücklich aus. Moritz fängt sich zuerst, schnappt sich Kehrschaufel und Besen und macht sich daran, das Malheur zu beseitigen.

»'tschuldigung«, meldet sich Fred zu Wort, der immer noch in der Tür steht, bepackt mit unzähligen Tüten. »Wohin damit?« Unschlüssig hebt er die Einkaufstüten leicht an. »Ich muss nämlich ...«

Amelie lässt von Gustl ab. »Einfach fallen lassen«, kichert sie und nimmt nun auch Dana wahr. »Und wen haben wir da?«

»Meine Tochter Dana«, antwortet Gustl und sieht die veränderte Amelie ungläubig an. »Du siehst ... irgendwie komisch aus«, stellt er dann zögernd fest.

Sie wedelt beiläufig mit der Hand. »Erkläre ich dir gleich. Aber ich freue mich, dass du deine Tochter mitgebracht hast.«

»Sie wird ein paar Tage bleiben«, erklärt Gustl ihr. »Alle sind einverstanden, ich hoffe, du auch?«

Amelie stutzt eine Zehntelsekunde. Der steilen Falte auf ihrer Stirn nach zu urteilen, überlegt sie noch, ob ihr der Überraschungsbesuch gefällt. Doch dann überzieht ein freundliches Strahlen ihr Gesicht. Sie klopft sich das Mehl vom schwarzen Wahrsagerinnengewand, breitet erneut die Arme aus und eilt auf Dana zu. Noch ehe sich das Kind wehren kann, hat Amelie sie von der Bank hochgezogen und an ihre Brust gedrückt. »Herzlich willkommen, liebe Dana! Ich freue mich sehr, dich endlich kennenzulernen. Und da ich sowieso bei Gustl schlafe, kannst du es dir in meinem Zimmer gemütlich machen – solange du willst«, verkündet sie feierlich.

Alle Achtung! In einem Atemzug hat sie Dana ihre Sympathie bekundet und gleichzeitig ihr Verhältnis zu Gustl klargestellt. Das muss ihr erst einmal einer nachmachen. Möglicherweise hat der esoterische Glückskeks doch Talent zur Lebensberaterin.

Sie stemmt die Hände in die Hüften und lacht erwartungsvoll in die Runde. »Danas Ankunft verlangt nach einer kleinen Willkommensparty!«

Party! Wieso bin ich nicht selbst darauf gekommen? Moritz äußert sich mit einem »Cool«, die restlichen Anwesenden wirken unentschlossen.

Doch so schnell gibt Amelie nicht auf. »Fred, du bleibst doch?«, fragt sie sacharinsüß.

Das ist ja wohl die Höhe! Selbst in Gustls Anwesenheit flirtet sie mit ihm.

Doch Fred, der mittlerweile die Einkäufe neben der Eckbank abgestellt hat, hebt bedauernd die Hände, wobei er nicht gerade tieftraurig wirkt. »Tut mir leid, ich muss wirklich los«, sagt er und fischt eine glänzende weiße Tüte aus den anderen heraus, »und das noch zu Sophie bringen.«

Das macht mich neugierig. »Wie nett von dir, Sophie ein

Geschenk mitzubringen«, sage ich mit einem Blick auf die schwarzbeschriftete Lacktüte.

»Nein, nein, das ist für Luis. Die ersten Schnürschuhe. Und ich habe versprochen, ihm das Schleifebinden beizubringen«, antwortet Fred. »Sophie ist nämlich mit den Kindern zu einer Hochzeit eingeladen, und ich finde, dass jemand Kindern ab einem gewissen Alter beibringen muss, ihre Schuhe selbst zuzubinden, damit sie nicht immer auf diese unsäglichen Klett-verschlüsse angewiesen sind. Also bis demnächst«, sagt er und wünscht uns noch einen schönen Abend.

Vor Rührung muss ich schlucken, dieser Mann schafft mich. Eben war ich noch stinksauer auf ihn, und nun zeigt er wieder seine sensiblen Seiten. Es fällt mir schwer, ihn jetzt noch zu verteufeln. Im Gegenteil, wieder einmal wünsche ich mir, jünger zu sein und mit Fred eine Familie gründen zu können. Alles auf Anfang. Aber das sollte man sich mit sechzig endgültig abschminken.

Das hektische Geklapper der Schranktüren reißt mich aus meinen Gedanken. »Sagglzement … das war das letzte Mehl … «, grummelt Gustl. Geknickt wendet er sich zu uns. »Dann wird's heut nichts mit frischen Nudeln.«

Amelie senkt schuldbewusst den Kopf, hebt ihn aber gleich wieder und lächelt Gustl an. »Entschuldige, ich hab mich doch so gefreut, dich wiederzusehen. Aber mit einer deiner köstlichen Saucen, schmeckt uns auch gekaufte Pasta.«

»Logisch, und davon ist genügend da«, versichere ich.

Moritz setzt noch ein »Ganz bestimmt« obendrauf. Aber erst, als Dana bekundet, auch darauf Appetit zu haben, verschwinden die Falten auf Gustls Stirn.

»Na gut, dann will ich mal eine lecker Sauce zaubern«, verkündet er, reibt sich die Hände und schaut uns fragend an. »Möchte jemand Salat waschen?«

Dana meldet sich, worauf Moritz ebenfalls seine Hilfe anbietet.

»Du bleibst schön sitzen«, bedeutet Gustl seiner Tochter und nickt Moritz zu. »An der Arbeitsplatte ist eh nur Platz für zwei Leute.«

»Wer interessiert sich für meine Einkäufe?«, fragt Amelie in die Runde und zieht, ohne eine Antwort abzuwarten, ein zusammengefaltetes Kleidungsstück aus der größten Tüte. Ebenfalls in Schwarz.

Erwartungsvoll blicke ich sie an. »Ich, unbedingt!«

Kichernd lässt sie das Stoffpaket auseinanderfallen, hält es sich vor den Körper und dreht sich dann einmal im Kreis.

»Ein schwarzes Dirndl?«, frage ich erstaunt.

»Todschick, oder?«

»Kommt drauf an«, antworte ich ausweichend. »Auf einem bayrischen …« Ich stocke, denn ich wollte gerade Begräbnis sagen, aber das käme bei Gustl vielleicht nicht gut an. »Bei diversen Ereignissen wärst du damit top gestylt. Aber unter ›flippig‹ stelle ich mir etwas anderes vor. Wolltest du nicht etwas Buntes?«

»Ja, schon, aber dann meinte Fred, ich solle mich in Schwarz kleiden. Das sei eine mystische Farbe und somit perfekt für die Wahrsagerin Minerva. Und wenn es doch zu düster wirkt, lege ich einfach einen bunten Schal um oder lockere das Styling mit buntem Schmuck auf.«

»Mystisch?«, wiederhole ich irritiert. Doch ich muss zugeben, dass Fred recht hat.

Die Besteckschublade knallt lautstark zu. »Wahrsagerin?«, fährt Gustl erschrocken herum. »Siehst du deshalb so … so … komisch aus? Wie die wilde Hilde!«

Amelie lächelt, als habe er ihr ein Kompliment gemacht. »Das hast du aber schön gesagt, Gustilein«, sagt sie, und während sie das Dirndl wieder einpackt, erzählt sie ausführlich von ihren Ambitionen. Ihre Geschichte endet mit dem Versprechen: »Und bald sind wir reich.«

»Dagegen ist natürlich nichts einzuwenden«, kommentiert Gustl und lacht, als würde er das Ganze nicht allzu ernst nehmen.

»Würdest du mir die Karten legen?«, fragt Dana.

Minerva mustert Gustls Tochter eindringlich. »Du hast Liebeskummer, richtig?«

Dana senkt seufzend den Blick, lässt die Frage aber unbeantwortet.

»Gustl, bis zum Essen dauert es sicher noch, oder?« Amelie steht auf.

»Ja, ja«, antwortet er und strahlt seine Geliebte an. »Du hast eine gute halbe Stunde, um in die Zukunft zu blicken.«

»Prima, dann will ich mal die Karten holen«, verkündet sie, überlegt es sich aber gleich darauf anders und schaut Dana fragend an. »Oder wäre es dir lieber, wenn wir ungestört sind? Dann folge mir in mein … ähm … unser Stübchen.«

Dana nickt lächelnd und folgt ihr.

»Na, wenn das nur gut geht!«, stöhne ich auf, als die beiden draußen sind.

Gustl schüttet in Öl eingelegte getrocknete Tomaten und geschälte Mandeln in den Mixer und legt eine kleine Chilischote sowie zwei Knoblauchzehen darauf. »Mach dir keine Sorgen«, beruhigt er mich. »Amelies Welt ist himmelblau, voller rosa Wolken und Glücksbärchen, auch wenn sie sich jetzt schwarz kleiden will. Oder kannst du dir vorstellen, dass sie in der Zukunft auch nur eine einzige trübe Stunde entdeckt? Weder für sich selbst, noch für andere. Das liebe ich ganz besonders an ihr.«

So habe ich das noch gar nicht betrachtet. Aber Gustl hat recht. Amelie ist wie gemacht dazu, strahlendes Licht ins Zukunftsdunkel verzweifelter Menschen zu bringen.

Ob ich auch Rat bei Madame Minerva suchen sollte?

16

Seit Gustl zurück ist, lasse ich meinen Fernseher bis weit nach Mitternacht laufen. Amelies »Anti-Aging-Kur« hindert mich am Einschlafen.

»Täglich Sex, und man bleibt gesund und wird hundert Jahre alt«, zwitscherte sie, als ich mich gestern über die unzweideutigen Geräusche aus Gustls Zimmer beschwert habe.

»Du vielleicht«, meinte ich. »Ich hingegen werde bald an akutem Schlafmangel sterben, wenn das so weitergeht.«

»Okay, dann werde ich mein Gustilein etwas weniger laut knuddeln«, gab sie klein bei.

Doch sie denkt nicht daran, ihr Versprechen einzuhalten. Um dennoch Erholung zu finden, versuche ich, morgens länger zu schlafen. Aber auch das klappt nicht, sie lassen mir keine Chance.

Um sieben Uhr fahre ich aus den Kissen und brülle genervt: »Ruuuhe!«

Aus Danas Zimmer ertönt die rauchige Stimme von Amy Winehouse. Jeden Morgen erklingt ein trauriges Lied, in dem die Sängerin um eine verlorene Liebe weint. Wenn ich nicht so müde wäre, würde ich mitschluchzen.

Etwa zehn Minuten später beginnt Moritz mit Liegestützübungen. Eine extrem lautstarke Beschäftigung. Meine Güte, der Junge hat vielleicht ein Organ.

Natürlich bin ich unbedingt für körperliche Ertüchtigung. Bewegung ist gesund – nur die Begleitgeräusche nerven. Aber wie kann ich mich auf liebenswürdige Art beschweren? Da gelte ich doch sofort als olle Meckertante. Ich möchte weder

Moritz von seinem Sport abhalten, noch Dana ihre Laune verderben. Denn trotz der melancholischen Songs lächelt Dana wieder und nascht ständig Gummibärchen – Amelie hat wohl tatsächlich Gutes vorausgesehen.

Also übe ich mich in Toleranz, um mich nicht als alte Schachtel zu gebärden, die sich über die kleinste Ruhestörung aufregt. Viel lieber bin ich die coole WG-Mama (wie Moritz mich auch schon genannt hat), die den Kindern jeden Spaß gönnt.

Gustl wünscht sich, dass Dana nicht wieder nach Berlin zurückgeht und in der WG wohnen bleibt. Soll mir recht sein, dann würde aus unserer Oldie-WG langsam eine richtige Großfamilie. Bei dem Gedanken wird mir augenblicklich warm ums Herz und ich spüre meine Augen verdächtig feucht werden. Und deshalb zum sentimentalen Weib zu werden, ist allemal besser, als Fred nachzuheulen. Den Herrn Kunstlehrer habe ich mir inzwischen endgültig abgeschminkt. Zumal er sich seit zwei Wochen nicht mehr hat blicken lassen. Auf meinem Sterbebett werde ich mich an ihn als meine letzte Liebe erinnern. Heißt es nicht, die größten Lieben sind die unerfüllten?

Dana hat die Musik abgestellt. Ich recke mich genüsslich gähnend und überlege, ob ich mich noch einmal umdrehen soll. Wozu hetzen, die Zeitung kann ich später lesen.

Ein weit entferntes Klingeln läutet das Wochenende ein. »Telefon!«, ertönt es über den Flur, es folgt Stimmengewirr und kurz darauf klopft jemand an meine Tür.

Auf mein »Herein« lugt Danas hübsches Gesicht durch den Türspalt. »Sorry, wenn ich dich störe. Irma ist am Apparat.« Sie hält mir das schnurlose Telefon entgegen. »Papa meint, du möchtest bestimmt mit ihr sprechen.«

»Du störst nicht«, antworte ich und nehme ihr den Apparat ab.

Beim Rausgehen verkündet Dana, dass sie schon mal Kaffee aufsetzen wird.

Das liebe Kind kocht Kaffee und bringt mir das Telefon ans Bett! Über so eine Mitbewohnerin kann ich mich einfach nicht beschweren.

Ich wende mich Irma zu. »Na, altes Haus?«

»Selber alt«, antwortet sie vergnügt. »Ich wollte nur Bescheid geben, dass wir nach ein paar erholsamen Tagen in Cornwall gestern Abend wohlbehalten in Cannes gelandet sind.«

»Wie schön«, freue ich mich mit ihr und erkundige mich, wo sie abgestiegen sind.

»Im Carlton. «

»*Dem* berühmten Hotel Carlton, wo während der Filmfestspiele die Stars logieren?«, frage ich.

»Eben dieses!«, bestätigt Irma lachend. »Wir haben eine tolle Suite. Ach, Mathilde, du glaubst nicht, wie luxuriös es hier ist. Superweiche Seidenbettwäsche, Dampfdusche im rosa Marmorbad, flauschige Bademäntel und, das würde Amelie begeistern, eine eigene Minibar für den Champagner.«

»Nur das Beste vom Besten für uns«, ruft ein gutgelaunter Otto aus dem Hintergrund. »Uns geht es supergut, wie Gott in Frankreich!«

»Wie schön, Otto ist wieder fröhlich«, sage ich. »Richte ihm einen lieben Gruß aus, sein treuer Fan Mathilde drückt fest die Daumen für die Verhandlungen. Es wird bestimmt alles gut.«

»Mathilde drückt die Daumen«, ruft Irma.

»Tausend Dank, meine Liebe«, dröhnt Ottos Bassstimme mir plötzlich ins Ohr. »Übrigens wurde ich gestern auf der Croisette erkannt und um Autogramme gebeten.«

»Na, dann wird auch bald Hollywood bei dir anklopfen«, entgegne ich.

»Ach, du heiliger Oscar!«, stöhnt Otto mir theatralisch ins Ohr. »Hollywood! Der Ort, wo sie dich ausbeuten, du ein Vermögen für einen Kuss bekommst und einen Cent für deine Seele. Nein, nein, meine einzige Berührung mit diesem Moloch war 1974, als ich mit meinem Freund Fassbinder hier in Cannes war und neben Francis Ford Coppola auf der Terrasse saß. Ansonsten ist die Traumfabrik kein Ort für den alten Otto. Dort muss man entweder pralle Muckis wie Mr. Schwarzenegger vorweisen oder sich zum Schönling umoperieren lassen, um überhaupt zu einem Casting eingeladen zu werden. Aber aus einem alten Zirkusgaul lässt sich kein Paradepferd machen.«

»Gib mir das Telefon zurück, du überdrehter Mime«, höre ich Irma lachen, und dann spricht sie wieder mit mir. »Du solltest ihn sehen. Monsieur strahlt übers ganze Gesicht. Ein paar kreischende Fans und die Schauspielerseele ist versöhnt.«

»Ich freue mich für Otto und natürlich für dich, Irma. Lasst es euch gutgehen, genießt den Luxus und …«

»Warum ich übrigens anrufe«, unterbricht sie mich. »Ich würde dir gerne etwas aus Cannes mitbringen. Hast du einen Wunsch?«

»Ja!«, antworte ich und muss nicht lange überlegen. »Dass Otto die Rolle bekommt.«

»Typisch Mathilde, immer zuerst an andere denken«, lacht sie und schwärmt von Souvenirs, die sie bereits gehortet hat. »Feinsten Lavendelhonig, Duftsäckchen mit Kräutern der Provence für den Wäscheschrank und pflegende Olivenölseifen von kleinen Seifensiedern aus der Gegend.«

»Oh, ich liebe Kräuterduftsäckchen. Die sind so herrlich altmodisch und passen zu mir«, antworte ich kichernd und berichte von Danas Besuch und ihren Beziehungsproblemen.

»Männer!«, schnauft Irma. »Ich bin heilfroh, meinen

süßen Otto zu haben. Der interessiert sich nicht für andere Frauen und bleibt mir treu bis in den Tod.«

»Hahaha!«, erschallt Ottos Lachen.

Irma und ich lachen lauthals mit. Nachdem wir uns beruhigt haben, deute ich an, dass es außerdem Neuigkeiten von Amelie gibt.

»Hat sie etwa Gustl einen Heiratsantrag gemacht?«, fragt Irma. »Auf unserer Verlobungsfeier hat sie so etwas angedeutet.«

»Nein, noch kein Brilli am Finger in Sicht«, antworte ich. »Aber sie ist auf einem neuen Selbstverwirklichungstrip.«

»Sag bloß! Schmeißt sie endlich die Hippiefetzen weg?«, fragt Irma lachend.

»Gut geraten, aber noch nicht ganz ins Schwarze getroffen. Auch wenn sie jetzt nur noch Schwarz tragen will: Unser esoterischer Glückskeks ist unter die Wahrsager gegangen«, lüfte ich das Geheimnis.

»Nein!«

»Doch, doch. Nennt sich Madame Minerva und glaubt, die Lizenz zum Gelddrucken gefunden zu haben.«

»Minerva?« Irma prustet los. »Fehlt nur noch, dass sie ein Gummibärchen-Orakel erfindet.«

Wir amüsieren uns noch eine Weile über unsere umtriebige Freundin, bis Irma mir zum Abschied »Au revoir, ma Chère« durch den Apparat haucht.

Ich antworte mit einem »Servus Schatzi« und drücke auf die rote Taste.

Nach den aufmunternden Nachrichten von der Côte d'Azur steige ich in besserer Stimmung aus dem Bett. Draußen scheint die Sonne, und laut Wetterbericht soll es sommerlich heiß werden. So übel scheint der Tag also nicht zu werden.

Auf dem Flur begegnet mir eine barfüßige Amelie, die zu so

früher Stunde noch privat, also bunt gekleidet unterwegs ist. Sie trägt einen geblümten, extrem knapp sitzenden Badeanzug, aus dem ihr üppiger Busen beinahe raushüpft. Ihre prallen Hüften umschlingt ein farblich passender Pareo, die blonden Locken sind mit einer rosaroten Hibiskusblüte aus Stoff geschmückt, und ihr Gesicht glänzt wie eingeölt.

»Alohaaa!«, grüßt sie vergnügt und tänzelt im Wiegeschritt an mir vorbei Richtung Küche.

Einen Moment bin ich sprachlos, dann rufe ich: »Hawaiianische Liebesspielchen?«

Bevor sie in der Küche verschwindet, dreht sie sich um, wackelt wie eine Hulatänzerin mit den Hüften und trällert: »Partymond!«

Ich stoppe meinen Weg ins Bad. »Wer?«

»Es brennt der Flokati, wir feiern eine Party«, antwortet sie und huscht in die Küche.

Neugierig geworden erledige ich meine Morgentoilette im Schnelldurchgang. Anschließend schlüpfe ich in den sündhaft teuren, aber wunderbar schlankmachenden Body, der locker fünf Kilo wegschummelt. Als ich auf die Waage steige, kann ich kaum glauben, was sie anzeigt. Ein Kilo weniger! Mein Verzicht auf Portwein und Pralinés zeigt also Wirkung. Euphorisch ziehe ich ein ärmelloses schwarzweißes Sommerkleid über meine Sündendessous und steige in ein Paar schwarze Zehensandalen. Fertig ist mein Sommer-Samstags-Outfit.

In der Küche duftet es herrlich nach Kaffee. Gustl macht sich am Kühlschrank zu schaffen, »Minerva« wäscht Radieschen am Spülbecken. Dana, die noch mit Strubbelhaaren im türkis-weiß-getupften Schlafanzug steckt, stellt Geschirr und Besteck für fünf Personen auf ein Tablett. Moritz, in knielangen bunten Bermudashorts, schwarzem Trägershirt und Strohhut, greift sich die beiden Küchenstühle.

»Morgen, Mädel«, begrüßt er mich. »Wir frühstücken auf der Terrasse. Es fehlt noch ein Stuhl. Darf ich den Freischwinger aus deinem Zimmer holen?«

»Na klar«, nicke ich und blinzle zufrieden in die Morgensonne.

Wir haben immer noch keine Liegestühle, aber zumindest einen großen runden Gartentisch. Für die passenden Stühle hat das Geld leider nicht mehr gereicht, und so sammeln wir einfach sämtliche Stühle aus den Zimmern ein und tragen sie nach draußen. Das durcheinandergewürfelte Erscheinungsbild unserer Frühstückstafel steht zwar in Konflikt mit meinem ästhetischen Empfinden, doch Amelie tröstet mich mit dem Hinweis, dass uns niemand bei der »Einrichtungspolizei« verpetzen würde.

Vor unserem Einzug hatte ich keine genaue Vorstellung, wie das WG-Leben sein würde – und ob ich mich wohl damit würde arrangieren können. Wenn ich mir die bunt gemischte Truppe auf der Terrasse jetzt so ansehe, wird mir geradezu warm ums Herz. Es ist zwar alles anders gekommen als geplant, aber unser Zusammenleben ist chaotisch und lustig – und wunderbar. Na ja, bis auf das nächtliche Gestöhne. Und die morgendliche Musik.

Im Moment freue ich mich aber auf das Frühstück mit meinem ältesten Freund Gustl, meiner durchgeknallten Freundin, die im Hawaiidress durch die Wohnung swingt, und unseren zwei entzückenden Ersatzkindern. Wer braucht da noch einen Liebhaber? Schon ärgere ich mich, dass sich der Kunstlehrer wieder in meine Gedanken eingeschlichen hat. Die alte Scheune glimmt noch.

Eilig verdränge ich sein Bild aus meinem Kopf, richte meinen Mitbewohnern Grüße von Irma aus und erzähle vom Luxushotel und Champagnerkühlschrank.

Amelie lässt die Radieschen ins Spülbecken plumpsen und dreht sich schwungvoll um. »Gustl«, flötet sie. »So einen Schampusschrank will ich auch in unserer neuen Wohnung.«

Na toll. Eben noch war ich glücklich, jetzt ist mir die Stimmung verdorben.

»Ja, ja«, entgegnet Gustl ungerührt, als ginge es lediglich um eine neue Bratpfanne. Dann drückt er mir die köstlich aussehende Wurstplatte in die Hände und zwinkert mir dabei zu.

Nachdenklich trage ich die Platte auf die Terrasse. Täusche ich mich, oder wollte er mir damit ein Zeichen geben? Möchte Gustl die WG gar nicht verlassen?

Ich muss unbedingt allein mit ihm sprechen. Auch wenn Amelie manchmal eine echte Nervensäge ist, bringt sie mich doch immer wieder zum Lachen und ist mir über die Jahre ans Herz gewachsen. Und sie ist mir tausendmal lieber als irgendein Bankenmops als Mitbewohner.

Fünf Minuten später sitzen wir wie eine Bilderbuchfamilie um den üppig gedeckten Gartentisch. Ein großer weißer Sonnenschirm steckt in dem dafür vorgesehenen Loch in der Tischmitte und spendet uns kühlenden Schatten. Ein leichter Frühlingswind bewegt die Blätter der alten Birken in unserem Garten. Vogelgezwitscher mischt sich in Reich-mir-mal-die-Butter-Sätze. Perfekte Samstagsstimmung – und nicht der rechte Moment, mich über Banalitäten wie laute Musik zu beschweren.

Tapfer unterdrücke ich also ein Gähnen und nehme einen Schluck Kaffee. Der wird mich aufwecken. Ärgerlicherweise muss ich schon wieder an Fred denken, wie immer, seit er mit dieser Maschine angetanzt ist. Muss ich erst auf Kaffee verzichten, um ihn zu vergessen?

»Alles in Ordnung? Du guckst so traurig.«

Amelies Stimme reißt mich aus meinen Gedanken. »Ja, alles bestens«, behaupte ich und wende mich Dana zu. »Hast du dich gut eingelebt bei uns?«

»Ganz prima«, antwortet Dana, während sie Leberwurst auf ihr Brötchen streicht.

»Dein Appetit ist auch zurück«, bemerkt Gustl zufrieden.

Sie lächelt ihn an. »Und es gibt good news!«

Gustl setzt seine Tasse ab und hebt gespannt die Brauen.

»Ich habe keinen Koffer mehr in Berlin! Da bekommen mich keine zehn Pferde mehr hin. Auch wenn es eine super-coole Stadt ist, mich verbinden leider nur negative Erlebnisse mit ihr. Mein Ausflug in die Hauptstadt ist Geschichte, von nun an werde ich in München weiterstudieren«, sagt Dana. »Ein Kommilitone von Moritz möchte seinen Studienplatz in München gegen meinen in Berlin tauschen.«

»Kind!«, freut sich Gustl. »Das sind ja wundervolle Neuig-keiten.«

»Finde ich auch«, strahlt Moritz übers ganze Gesicht und sieht Dana mit glänzenden Augen an.

Dana streicht sich verlegen eine Haarsträhne aus der Stirn und schenkt Moritz ein hinreißendes Lächeln, bevor sie sich wieder an ihren Vater wendet. »Wenn es dir recht ist, Papa, würde ich vorerst gern hier wohnen bleiben?«, fragt sie und verbessert sich: »Ich meine, natürlich nur, wenn Amelie und Mathilde auch einverstanden sind.«

»Aber Dana, du muss nicht fragen. Ich freue mich, wenn du bleibst«, antworte ich.

Amelie nickt ebenfalls begeistert. »Selbstverständlich!« Sie erhebt ihre Kaffeetasse. »Auf Dana! Viel lieber würde ich na-türlich mit Prickelbrause anstoßen, aber Mathilde hat Alkohol vor der Dämmerung verboten.«

Ich nicke betont streng und mir fällt wieder ein, was sie vorhin im Flur gesagt hat. »Was hast du eigentlich mit ›Party-mond‹ gemeint?«, frage ich sie.

»Heute steht der Mond im Zeichen des Löwen«, erklärt sie feierlich.

»Aha! Und da du im Sternzeichen Löwe geboren wurdest, ist es ein Tag für bunte Badeanzüge und Blumen im Haar?«, tippe ich.

»Das auch«, antwortet sie. »Aber vor allem eignen sich Mond-im-Löwe-Tage hervorragend zum Feiern.«

»Dann würde ich vorschlagen«, sagt Gustl mit einem ver-liebten Blick in Amelies Ausschnitt, »wir legen heute Abend ein paar leckere Steaks auf den Grill, du, mein Gummibär-chen, öffnest ein Fläschchen und wir begießen den glück-lichen Ausgang einer unglücklichen Geschichte.«

»Und stoßen auf unseren Neuanfang an!«, ergänzt Ame-lie.

»Was für ein Neuanfang?«, frage ich und spüre, wie mein Magen anfängt zu grummeln. Und es liegt nicht an der dritten Scheibe Salami, die ich mir an diesem friedlichen Maisamstag gegönnt habe.

Amelie wedelt beiläufig mit der Hand durch die Luft, als wolle sie eine lästige Fliege verscheuchen. »Ach, das ist mir nur so rausgerutscht.«

»Was für ein Neuanfang?«, wiederhole ich meine Frage und durchbohre sie mit meinem Blick.

Sie atmet tief aus und sagt: »Wir haben eine Wohnung.«

Schockiert starre ich sie an. »Lass die Scherze!«, sage ich in der Hoffnung, dass sie tatsächlich nur Blödsinn redet. Vor ei-ner Sekunde war doch noch alles Gold. Unsere WG hat sich durch Dana und Moritz verjüngt und ich mit ihnen. Und jetzt soll mein Traum vom einträchtigen Zusammenleben wie eine schillernde Seifenblase zerplatzen?

»Ich mache keine Witze«, entgegnet sie ernst. »Morgen findet die Schlüsselübergabe in der neuen Wohnung statt. Die Ablösesumme an den Vormieter habe ich bereits bezahlt. Nächsten Monat verlassen wir die WG.«

17

Gustl macht als Erster den Mund auf. »Du hast WAS?«

»Schrei mich nicht an!« Amelie verschränkt die Arme vor der Brust und zieht eine trotzige Schnute.

»Entschuldige. Aber ich war entschieden dagegen, ihm das Geld bar zu geben. Außerdem hatten wir doch vereinbart, noch eine Nacht darüber zu schlafen.«

»Ja ... schon ...«, nuschelt sie. »Aber dir hat die Wohnung doch genauso gut gefallen wie mir, oder nicht?«

»Die Wohnung ist toll«, versichert Gustl. »Doch diesem Stenz traue ich nicht über den Weg. Der war irgendwie komisch.«

»Was soll denn an einem Vormieter *komisch* sein?«, fragt Amelie. »Oder bist du eifersüchtig, weil ich ein bisschen mit ihm geflirtet habe?«

»Pah!«, macht Gustl. »Eifersüchtig auf diesen Schmierlappen in der speckigen Lederhose und dem schmutzigen Pulli? Das nun wirklich nicht!«

»Öhm ... Sorry, Leute«, meint Moritz betreten und sammelt sein Frühstücksgeschirr zusammen. »Ich hab was an der Uni zu erledigen ...«

»Warte.« Dana springt ebenfalls auf. »Ich komme mit, muss auch zur Uni«, sagt sie, haucht ihrem Vater ein flüchtiges Küsschen auf die Stirn und eilt aus der Gefahrenzone.

»Bis später«, ruft Gustl ihr nach und wendet sich wieder Amelie zu. »Wann hast du diesem Typen die Ablöse eigentlich bezahlt? Ich hab gar nichts mitgekriegt.«

»Als du auf der Toilette warst.«

»Ich hoffe doch, gegen Quittung?«, fragt Gustl.

Sie nuschelt etwas vor sich hin, das ich nicht verstehen kann. Und auch Gustl scheint aus ihrem Gemurmel nicht schlau zu werden, denn er wiederholt seine Frage mit Nachdruck.

»Na ja … Also … «, windet sie sich. »Er hatte leider keinen Quittungsblock … «

»Wie bitte?« Gustl läuft rot an. »Du drückst einem wild- fremden Menschen mal eben fünftausend Euro in die Hand, ohne einen Beleg dafür zu erhalten?«

»Natürlich nicht!« Amelie schaut Gustl herausfordernd an. »Er hat mir den Betrag auf seiner Visitenkarte quittiert. Außer- dem ist es mein Geld, das ich mit meinen Beratungen verdient habe. Was noch fehlte, hat mir eine Freundin geliehen.«

»Du hast tatsächlich fünftausend Euro über den Tisch ge- schoben und dich auch noch verschuldet?«, entfährt es mir geschockt.

»Die Wahrsagerei läuft prächtig«, antwortet Amelie. »Den geliehenen Betrag kann ich in spätestens zwei, drei Wochen zu- rückzahlen.«

Auch Gustl verdreht die Augen. »Visitenkarte! Ich fasse es nicht.«

»Warum hat der Mann denn überhaupt cash verlangt?«, frage ich. »Das macht man per Überweisung, müsstest du ei- gentlich am besten wissen.«

»Keine Ausnahme ohne Regel«, verteidigt sich Amelie. »Herr Hausinger meinte, nur Bares sei Wahres und der Schnel- lere bekomme den Zuschlag. Bei der Terminvereinbarung am Telefon hat er mir mitgeteilt, dass er der Neffe des Vermieters sei und deshalb den Nachmieter auswähle. Es gäbe nur diesen einen Besichtigungstermin, und wer bereit sei, die Küche zu übernehmen, bekäme die Wohnung. Deshalb hatte ich über- haupt so viel Bargeld in der Tasche.«

»Hmm«, sage ich. »Klingt logisch.«

»Der Typ ist ein Dampfplauderer«, mischt Gustl sich wieder ein. »Haltet mich für spießig, aber wenn sich einer großkotzig ›Keramikhändler‹ nennt, in Wahrheit aber schlicht Toiletten verkauft, ist doch was faul.«

Amelie gibt noch nicht auf. »Was soll denn daran unseriös sein? Wir treffen morgen den Hausbesitzer, bekommen Mietvertrag plus Wohnungsschlüssel, und die Sache ist geritzt.«

»Ja, morgen, hoffentlich.« Gustl mustert sie. »Und heute?«

»Heute wird gefeiert!« Amelie hat schon wieder Oberwasser. »Bitte, Gustilein, sei wieder friedlich. Es ist doch Partymond.« Zärtlich krault sie ihn hinterm Ohr. »So! Jetzt fahren wir auf den Friedhof, erzählen Susanne von Danas Umzug nach München und anschließend besorgen wir das Fleisch für den Grill. Dann kommt auch deine gute Laune zurück.«

Gustl verschränkt abweisend die Arme vor der Brust. »Susanne weiß schon alles. Ich war gestern mit Dana am Grab.«

»Na gut«, entgegnet sie geknickt und sieht aus, als würde sie gleich in Tränen ausbrechen.

Ich rutsche zu ihr rüber und streiche ihr beruhigend über den Rücken. »Wird schon schiefgehen«, sage ich. Sie tut mir wirklich leid.

»Ich ... ich ... hab's nur gut gemeint«, schluchzt sie nun tatsächlich los. »Der Mond stand im Steinbock ... Und das sind genau die richtigen für Vertragsabschlüsse ... Die Karten waren sooo positiv.«

»Bitte ... nicht ... weinen«, stammle ich mit einem dicken Kloß im Hals.

Traurige Menschen kann ich nur schwer ertragen. Als Kind mochte ich keine traurigen Märchen. Geradezu unerträglich fand ich das Märchen vom Sterntaler. Ich wollte dem armen frierenden Mädchen mit den Schwefelhölzern unbedingt warme Sachen schenken. Als meine Mutter in ihrer Not behauptete, die Kleine wäre schon lange im Himmel, habe ich tagelang geweint. Ich sehe mir auch keine traurigen Filme an, da ich vor lauter Heulen die Handlung ohnehin kaum mitbekäme und es mir auch nicht hilft, wenn ich mir sage, dass es nur fiktive Geschichten und schluchzende Schauspieler sind. Und weinende Freunde verkrafte ich überhaupt nicht. Das schnürt mir regelrecht die Kehle zu, und ich ruhe nicht eher, bis ich die Tränen getrocknet und geholfen habe. Ist vermutlich eine Art Krankenschwester-Syndrom, das mich jetzt auf eine Idee bringt.

»Stehen auf dieser Visitenkarte auch Beruf, Adresse und Telefonnummer?«, frage ich Amelie.

Sie greift nach einer Papierserviette, putzt sich lautstark die Nase und blickt mich mit rotgeweinten Augen hoffnungsvoll an. »Ich hab nicht darauf geachtet. Warum?«

»Weil wir ihn dann googlen können. Im Netz gibt es über jeden Menschen Infos. Ich hole mein Laptop, und wir recherchieren ein bisschen«, schlage ich vor und meine zu Gustl gewandt: »Wir finden sicher was über ihn heraus.«

Amelie atmet erleichtert auf. »Danke, Mathilde. Das ist eine super Idee. Was meinst du, Gustl?«

»Macht, was ihr wollt«, knurrt er, während er mit sauertöpfischer Miene ein Tablett mit Geschirr belädt.

Bedauerlicherweise verläuft die Aktion wenig erfolgreich. Die Suchmaschine findet keinen Hausinger, jedenfalls keinen Keramikhändler in der Kazmairzstraße, wie auf der Visitenkarte angegeben.

»Das muss nichts bedeuten«, murmle ich und versuche, meine alarmierende Hitzewallung wegzuatmen.

»Hmm.« Amelie wird blass um die Nase und muss heftig schlucken, hat sich aber gleich wieder unter Kontrolle. »Auf der Karte steht doch eine Handynummer. Ich rufe ihn einfach an und frage, ob ich wegen der Quittung vorbeischauen kann.«

»Gute Idee.« Ich reiche ihr mein Mobiltelefon.

Während Amelie die Nummer wählt, klicke ich mich durch verschiedene Hausinger-Links. Nach einigen Sekunden hält sie mir wortlos das Telefon hin.

»Die gewählte Rufnummer ist zurzeit nicht vergeben«, höre ich eine Frauenstimme sagen.

Schockiert drücke ich die Auflegetaste. Eine falsche Adresse *und* eine nichtexistente Handynummer? Nicht gerade das, was man sich unter Seriosität vorstellt, denke ich und merke, wie der Kloß in meinem Hals wächst.

»Und jetzt?«, fragt Amelie mit tränengefüllten Augen.

Ich schlucke den Kloß runter und sage mit fester Stimme: »Zieh dir was Hübsches an. Wir fragen Gustl, ob er mitfährt.«

»Aber die Schlüsselübergabe findet doch erst morgen statt«, wendet sie zaghaft ein.

»Egal«, antworte ich. »Wir klingeln einfach bei den Nachbarn, vielleicht erfahren wir von einem der Hausbewohner Einzelheiten über diesen Herrn Hausinger. Falls nicht, ist es allemal besser, als untätig hier rumzuhocken und sich Horrorszenarien auszudenken.«

Als wir Gustl in der Küche aufsuchen, sortiert er gerade Geschirr in die Spülmaschine ein.

»Fahrt ohne mich«, sagt er missmutig und klappert mit den Tellern. »Ich backe lieber eine Pfirsichtarte, das beruhigt.«

Amelie seufzt enttäuscht und geht in ihr Zimmer, um sich umzuziehen.

Zwanzig Minuten später ist sie fertig. Sie hat sich in das schwarze Dirndl geworfen und es mit einer hellblauen Schürze, einem rosa Schultertuch und reichlich Silberschmuck aufgepeppt. Ich hab mein schwarzweißes Kleid anbehalten, aber die

Flipflops gegen die Prada-Pumps aus dem Secondhandladen getauscht. Mal abgesehen davon, dass die Dinger einfach toll aussehen, ist es das einzige Paar Schuhe, in denen ich meine Hühneraugen nicht spüre.

Mit gemischten Gefühlen besteigen wir ein Taxi, das ich spendiere. Eigentlich hätte ich ja nur Vorteile, wenn Amelies Umzugspläne scheiterten, aber sobald es um Geld geht, rebelliert meine Buchhalterseele. Die duldet keine Ungereimtheiten.

Auf der Fahrt zur Wohnung beginnt es zu regnen. Schweigend sitzen wir im Fond und blicken neugierig aus den Fenstern wie reiche Touristinnen, die sich wegen des Wetters einen eigenen Chauffeur für die Stadtrundfahrt engagiert haben.

Am Ziel angekommen, entlohne ich den Fahrer, und Amelie gibt noch ein übertrieben großzügiges Trinkgeld.

»Das bringt Glück«, erklärt sie auf meinen fragenden Blick und hakt mich unter.

Mit gesenkten Köpfen eilen wir durch den Regen dem vierstöckigen Altbauanwesen entgegen. Es ist ein hübsches hellgrün verputztes Haus mit weißen Sprossenfenstern und einer dunkelgrün lackierten Haustür. Wie nicht anders zu erwarten, ist sie geschlossen. Hektisch studieren wir die Namen auf den blankpolierten Klingelschildern.

»Hier!« Euphorisch zeige ich auf die oberste Klingel. »Hausmeister.«

Amelie läutet Sturm und hat tatsächlich Erfolg.

»Vierter Stock«, krächzt eine Stimme aus der Sprechanlage und fast gleichzeitig summt der Türöffner.

Mangels Aufzug müssen wir die vier Etagen zu Fuß erklimmen. Als wir keuchend oben anlangen, erwartet uns eine dunkelhaarige Frau Ende dreißig.

»Endlich«, sagt sie. »Ich warte schon seit Stunden.«

Amelie und ich blicken uns irritiert an.

»Na, auf den Wohnungsschlüssel«, erklärt sie freundlich und hält die Hand auf.

Stumm starre ich sie an.

»Ähm …«, schnauft Amelie und erklärt stockend den Grund unseres Erscheinens.

Erstaunt hört die Hausmeisterin ihrem Bericht zu. »Das ist ja ein dicker Hund!«, schimpft sie und bittet uns, einzutreten. »Ich ruf gleich den Hausbesitzer an.«

Sie führt uns durch den Flur ins Wohnzimmer.

»Bitte schön.« Die Hausmeisterin zeigt auf die Couch. »Möchten Sie einen Kaffee?«

»Sehr freundlich«, bedanke ich mich. »Aber wir haben vor einer Stunde gefrühstückt.«

»Einen Schnaps?«

Die Einladung nimmt Amelie mit einem strahlenden »Gern!« an. Worauf die Hausmeisterin aus einem Vitrinen-schrank zwei Schnapsgläser plus einer Flasche Wodka holt und einschenkt. Dann sinkt sie in den gegenüberstehenden Sessel, zieht ein Handy aus der Brusttasche ihres Hemdes und drückt auf zwei Tasten.

»Hallo Ludwig, ich bin's, Elena«, meldet sie sich.

Wortgetreu berichtet sie, was Amelie ihr vor wenigen Minuten erzählt hat. Es folgt längeres Zuhören, nur von »Aha« und »Hmm« untermalt, was die Spannung ins Unerträgliche steigert. Amelie füllt ihr Glas ein zweites Mal, während ich meines entgegen meiner Absicht leere.

Elena beendet das Gespräch mit krauser Stirn. »Also, die schlechte Nachricht zuerst«, beginnt sie schließlich. »Der Hausbesitzer hat keinen Neffen.«

Amelie presst die Hand auf den Mund. Ich schnappe nach Luft und starre die Hausmeisterin gebannt an.

»Aber die Wohnung ist vergeben, seine Nichte zieht ein«, redet Elena weiter. »Wie sah denn dieser Hausinger aus?« Offensichtlich möchte sie der verzweifelt aussehenden Amelie helfen.

»Mitte, Ende vierzig, mit längeren dunkelblonden Haaren«, erklärt diese. »Er hatte eine braune Lederhose an, einen ollen blauen Pullover, der unangenehm nach Rauch gemuffelt hat ... Ach ja, er hat nicht Bairisch gesprochen. Eher Hochdeutsch.«

»Stahlblaue Augen?«, fragt Elena.

»Ja!« Amelie mustert Elena verwundert.

»Breite Schultern, durchtrainierte Figur und bis auf die Schmuddelklamotten sah er verdammt gut aus?«, fragt Elena weiter.

»Sie kennen ihn?« Amelie atmet erleichtert auf, als bekomme sie jetzt gleich ihr Geld zurück.

Elena nickt. »Der Vormieter ist das aber nicht. Und er heißt auch nicht Hausinger.«

Schon ringt Amelie wieder nach Luft. »Wie heißt er dann, und wer ist er?«

»Der Beschreibung nach könnte er einer der Umzugshelfer sein. Wie er heißt, kann ich Ihnen aber leider nicht sagen. Ich erinnere mich nur an diese unglaublich blauen Augen.« Elena lächelt vor sich hin. »Mein Mann hat nämlich auch solche.«

»Ein Umzugshelfer?«, wiederhole ich ungläubig. »Das würde ja bedeuten, die Firma wäre unseriös.« Ich drehe mich Amelie zu. »Wie seid ihr eigentlich an die Wohnung gekommen?«

»Durch ein Zeitungsinserat in der Rubrik für Zwei-Zimmer-Wohnungen. Da stand: *Nachmieter gesucht*, und daneben diese Handynummer, die jetzt nicht mehr erreichbar ist«, antwortet sie und blickt mich verzagt an. »Ich versteh das nicht … Es waren doch noch andere Interessenten da.«

Elena steht auf, holt ein weiteres Glas aus dem Vitrinenschrank, füllt es mit Wodka und kippt ihn auf ex. »Also ich kann mir schon vorstellen, wie das gelaufen ist«, sagt sie anschließend.

»Wie?«, fragen Amelie und ich einstimmig.

»Der Vormieter war wahrscheinlich verhindert und hat deshalb die Umzugsfirma beauftragt, den gesamten Auszug ohne sein Beisein abzuwickeln«, mutmaßt die Hausmeisterin. »Am Freitag, also gestern, stand noch die Endreinigung an, und weil ich wegmusste, sollten die Putzleute den Schlüssel in meinen Briefkasten … «

»Aber gestern Vormittag war doch die Besichtigung«, unterbricht Amelie sie voller Verzweiflung. »Und da war keine Putzfrau. Die hätte ich gesehen.«

»Wissen Sie, ob eine Reinigungsfirma beauftragt war?«, frage ich.

Elena zuckt die Schultern. »Keine Ahnung. Jedenfalls war bei mir im Briefkasten nur ein Zettel. Moment … « Sie kramt in einem Stoß Zeitschriften und fördert einen gelben Schmierzettel hervor. »Hier.«

Amelie liest halblaut vor. »Muss Toilette noch mit Spezialreiniger säubern. Schlüssel Samstagvormittag. K.«

»Genau«, sagt Elena. »Hört sich alles ganz unverdächtig an. Und deshalb dachte ich, ihr bringt den Schlüssel.«

»Haben Sie die Telefonnummer der Umzugsfirma?«, bohre ich weiter. »Die müssten doch auch am Samstag erreichbar sein.«

»Moment.« Elena erhebt sich, verlässt das Wohnzimmer, kommt nach wenigen Augenblicken zurück und reicht uns einen Firmenflyer in Postkartengröße.

Die Vorderseite der Karte zeigt einen knallroten Sattel-schlepper, der schwungvoll um die Kurve fährt. Die Kühler-haube hat ein Grinsegesicht, und auf dem Lastenanhänger sind Adresse, Fax-, Festnetz- und Handynummer aufgemalt.

»Sieht professionell aus«, stelle ich erleichtert fest und sage zu Amelie: »Ruf doch gleich mal dort an.«

Sie kramt in ihrer Tasche nach dem Handy und reicht es mir. »Bitte, Mathilde. Rede du …«

»Na gut«, sage ich und wähle die Nummer des Büros. Ein Anrufbeantworter meldet sich, das übliche Blabla. Ich hinter-lasse unsere Festnetznummer, bitte um Rückruf und versuche mein Glück bei der Mobilnummer. Eine maschinelle Mail-box-Stimme verkündet einen ähnlichen Text. Auch hier bitte ich um Rückruf.

»Und jetzt?«, fragt Amelie, als ich mein Handy zurück in die Tasche packe.

»Dürfen wir die Karte behalten?«, frage ich Elena.

»Ja, ja. Ich hab mehrere.« Sie notiert ihre Telefonnummer und die des tatsächlichen Vormieters. »Vielleicht erfahren Sie von ihm Näheres. Tut mir leid, dass ich nicht helfen konnte«, bedauert sie, verspricht, sich im Haus umzuhören und sofort zu melden, falls es Neuigkeiten gäbe.

Wir bedanken uns und verabschieden uns.

Schweigend läuft Amelie neben mir die vier Treppen hin-unter.

»Die Kohle sehe ich nie wieder«, schnieft sie, als wir im Nieselregen Richtung U-Bahn laufen.

Tröstend lege ich den Arm um ihre Schultern. »Du denkst doch sonst nicht so negativ.«

»Manchmal gibt es einfach keine positive Seite, die man se-hen könnte. Das Geld ist futsch. Ich spüre es überdeutlich.«

Überrascht bleibe ich stehen: »Ist bei dir jetzt der Realismus ausgebrochen? Oder ordnest du das in deine Karma-Schatulle ein?«

»Karma-Schatulle«, echot sie mit einem Anflug von Lächeln auf den Lippen. »Das hast du schön gesagt, Mathilde. Aber was soll ich sonst tun, außer diesem Betrüger die Pest an den Hals zu wünschen?«

»Zur Polizei gehen und ihn anzeigen«, schlage ich vor.

»Polizei?« Amelie reißt entsetzt die Augen auf. »Allmächt!«, verfällt sie in ihren fränkischen Heimatdialekt. »Mit dene Uniformierde hab ich noch nie was zu dun g'habt. Des lasse mir aach biddschön dabei.«

Ich zucke mit den Schultern. »Es ist dein Geld, Amelie. Und was erzählst du Gustl? Doch nicht die Wahrheit?«

Sie überlegt einen Moment. »Natürlich!«, antwortet sie und grinst mich schon wieder ganz vergnügt an. »Ehrlich währt am längsten. Ich berichte ihm, was Elena uns erzählt hat und … dass die Umzugsfirma versprochen hat, die Angelegenheit aufzuklären.«

»Eine etwas geschönte Wahrheit also«, entgegne ich amüsiert.

»Wieso? Du wolltest doch, dass ich positiv denke«, schiebt sie mir den Schwarzen Peter in die Schuhe.

Zu Hause angekommen, empfängt uns köstlicher Kuchenduft im Treppenhaus.

»Gustl hat gebacken«, freut sich Amelie. »Wunderbar, Schnaps macht hungrig.«

Als wir die Küche betreten, steht Gustl am Herd.

»Hallo Gustilein«, flötet Amelie. »Wir sind wieder dahaaa.«

Er dreht sich zu uns um, mustert Amelie eine Sekunde und holt Luft. »Bist du jetzt komplett durchgedreht?«, poltert er

199

los und schwingt wütend den Kochlöffel. »Eine Umzugsfirma hat angerufen. Hast du etwa einen Wagen bestellt, ohne mit mir zu reden? Es reicht! Ich mach nicht mehr mit. Du kannst allein ausziehen, wenn du unbedingt willst.«

Erstarrt lauschen wir seinem Wutausbruch.

»Aber … Gustilein!«, stottert Amelie dann. »Lass mich doch erklä…«

»Nix da. Spar dir deine Erklärungen«, unterbricht er sie schnaufend. »Aus und vorbei mit *Gustilein*. Außerdem wäre mir die Wohnung sowieso zu weit entfernt von Susanne.«

»Ach!« Erbost stemmt sie die Hände in die Dirndlhüften. »So plötzlich?«

»Ich hatte Zeit nachzudenken und bin zu dem Schluss gekommen, dass ich lieber in unserer WG bleiben möchte, auch wegen Dana.«

»Wie du willst, Gustav!«, kontert sie beleidigt und stolziert aus der Küche.

Verdattert blicke ich ihr nach. »Du glaubst doch nicht wirklich, dass Amelie die Packer bestellt hat?«, frage ich ihn.

»Doch!«, knurrt er, und an der tiefen Zornfalte zwischen seinen Brauen kann ich ablesen, wie wütend er ist.

»Hat sie aber nicht«, sage ich und kläre das Missverständnis auf. »Wann haben sie sich gemeldet?«

»Kurz bevor ihr reingeschneit seid«, antwortet er sichtlich betreten. »Woher soll ich wissen, worum es sich handelt, wenn eine Umzugsfirma nach Frau Specht verlangt? Ich dachte, sie kann es gar nicht mehr erwarten, endlich auszuziehen.«

Ich verkneife mir ein Lachen und erzähle ihm, was wir von der Hausmeisterin erfahren haben. »Der Umzug ist also erst mal verschoben, möglicherweise sogar komplett gestrichen.«

»Meinst du, sie verzeiht mir?«, fragt Gustl.

»Na klar!«, sage ich zuversichtlich. »Sonst wär's mit der Liebe nicht weit her, oder?«

Gustl atmet erleichtert auf. »Ich werde mit ihr zur Polizei marschieren. Den Schmierlappen bringen wir hinter Gitter«, verkündet er und verlässt die Küche. Eine Sekunde später ist er wieder da.

»Das hätte ich in der Aufregung beinahe vergessen«, sagt er. »Fred war kurz da. Ich soll einen lieben Gruß ausrichten. Er war mit der Abschlussklasse auf Klassenfahrt.«

Mein Herz macht einen Freudensprung. Er hat mich nicht vergessen.

»Und?«, frage ich.

»Er ist oben, bei Sophie«, antwortet Gustl im Weggehen.

Natürlich. Bei Sophie.

18

Es folgen fünf Nächte, in denen Amelie und Gustl sich geräuschvoll versöhnen. Sie nennt es »Liebesgeflüster«. Vermutlich hören Dana und Moritz deshalb bis spät in die Nacht laute Musik. Ich laufe mit dunklen Augenringen durch den Tag, und ein Nachbar hat sich auch schon beschwert. Fehlt nur noch, dass Cengiz uns beim Hausbesitzer anschwärzt.

Freitagmorgen liege ich vollkommen erschöpft in den Kissen, als hätte ich die Nacht in einer 60-plus-Disco durchgetanzt. Aber, was soll's. Hauptsache, unsere WG bleibt zusammen. Ausschlafen kann ich, wenn ich tot bin. Und wen kümmert schon mein Aussehen? Den Kunstlehrer jedenfalls nicht, der ist nämlich nicht wieder aufgetaucht. Amelie und Gustl haben ohnehin nur Augen füreinander. Und die Kinder, sofern man sie so nennen will, sind sowieso mit anderen Dingen beschäftigt.

Träge schäle ich mich aus dem Laken. Seit Tagen lähmt tropische Hitze die Stadt und raubt mir zusätzlich den Schlaf. Ich schlüpfe in ein luftiges Trägerkleid, das ich wegen des gewagten Dekolletés nur zu Hause trage, und schlurfe gähnend ins Bad.

Die Tür ist nicht abgeschlossen. Aber seit ich das Liebespärchen unter der Dusche ertappt habe, öffne ich sie immer einen kleinen Spalt und rufe: »Jemand da?«, bevor ich eintreten. Niemand da.

Ich nehme eine ausgiebige Dusche und verdränge mein schlechtes Gewissen. Moritz ermahnt uns ständig, Wasser zu sparen. Ich würde ja gern mit ihm in die Umweltrettungsschlacht ziehen, aber unausgeschlafen bin ich zu nichts nutze. Um wach zu werden, brauche ich viel Wasser.

Einigermaßen erfrischt verlasse ich die Nasszelle und begegne einer munteren Dana in kurzen weißen Hosen und einem rosafarbenen Top.

»Morgen Mathilde«, sagt sie fröhlich und taxiert mein gerötetes Gesicht. »Na, schön geduscht?«

»Nur ganz kurz«, schwindle ich und husche in die Küche.

Auf der Schwelle stoppe ich fassungslos. Wieder einmal wurde nicht aufgeräumt, und es herrscht das blanke Chaos.

Wie ich auf dem Putzplan am Kühlschrank sehe, war Moritz an der Reihe. Im ersten Impuls möchte ich ihn wecken und zur Ordnung rufen. Letzte Woche hat er nämlich auch geschlampt und fest versprochen, dass es nicht wieder vorkommt.

»Doch noch Kinder!«, schimpfe ich vor mich hin, und nehme eine Flasche Orangensaft aus dem Kühlschrank. Wenigstens lacht mich das schwimmende Gebiss nicht mehr an. Ich glaube, die Beißerchen sind mit Irma ausgezogen. Ganz sicher bin ich allerdings nicht, denn ungefähr zur gleichen Zeit wurde ja aus Amelie und Gustl ein Paar. Hätte ich einen Liebhaber, würde ich ihn jedenfalls nur *mit* Gebiss empfangen und es natürlich auch nachts tragen. »Aber das ist nicht mein Problem«, murmle ich.

»Problem?«

Moritz' Stimme lässt mich zusammenzucken. Hektisch drehe ich mich um und knalle mit der Saftflasche gegen die Kühlschranktür. Die Übermüdung muss schuld daran sein, dass sie mir dabei entgleitet und auf dem Steinfußboden zerschellt. Dass ich um diese Uhrzeit inmitten einer Saft-Scherben-Pfütze stehen muss, bringt das Fass zum Überlaufen.

»Moritz!«, donnere ich los. »Wie kannst du dich nur so anschleichen?«

»Shit!«, entfährt es ihm, und er starrt mit zuckenden Mundwinkeln auf den gelben See.

»Lach jetzt bloß nicht!«, fahre ich ihn an. »Unternimm lieber etwas.«

Ratlos kratzt er sein unrasiertes Kinn und schaut mich an, als habe ich gerade ein neues Solardach für die Olympiahalle gefordert.

»Da, die Küchenrolle!« Ich zeige zur Spüle.

Mit großen Schritten marschiert er los und greift sich die Rolle. »'tschuldigung!«, murmelt er betreten, während er eine dicke Lage Küchenpapier über die Pfütze ausbreitet.

Unbeweglich verharre ich zwischen den Glassplittern, bis der Saft aufgesaugt ist.

»Und jetzt hol mir ein Paar Schuhe und einen leeren Eimer«, gebe ich ihm ungnädig Anweisungen. »Um die nassen Lappen zu entsorgen.«

»Eimer, Schuhe«, wiederholt er nickend und trollt sich.

»Im Bad oder im Gästeklo findest du den Eimer«, rufe ich ihm zur Sicherheit nach.

Kaum ist er draußen, weht Amelie im schwarzen Gewand herein. Seit neuestem schwebt sie auch morgens schon als Minerva durch die Wohnung.

»Aha, schon wach«, stellt sie überflüssigerweise fest und stutzt einen Moment, bevor sie fragt: »Hat es irgendeine besondere Bewandtnis, dass du vor dem Kühlschrank Wache schiebst?«

»Ich habe eine Flasche fallen lassen, und jetzt zähle ich die Scherben«, antworte ich.

»Ach, Gottchen!« Kichernd hält sie sich die Hand vor den Mund. »Vorhin habe ich eine Tarotkarte gezogen, die einen turbulenten Ereignistag vorhergesagt hat. Das nennt man Volltreffer.«

»Quatsch!« Ich habe jetzt keinen Sinn für ihren Unfug. »Moritz hat mich nur erschreckt. Wo ist denn da das Ereignis?«

»Kommt auf die Perspektive an«, entgegnet sie und tänzelt zu dem altmodischen Handtuchhalter, den Gustl mit in die WG gebracht hat. Sie nimmt die drei Küchenhandtücher ab und legt sie wie eine Stoffstraße auf den Fußboden. »Da kannst du rüberlaufen.«

Ich schüttle den Kopf. »Nein!«

Moritz kehrt mit einem Plastikeimer, aber ohne meine Schuhe zurück und macht sich sofort an die Aufräumarbeiten.

»Wieso nicht?« Amelie versteht meine Weigerung nicht. »Willst du Moritz beim Putzen beaufsichtigen?« Sie schaut nach unten, wo er die nassen Papiertücher einsammelt und sie in den Eimer wirft.

»Nein, das schafft er allein. Aber ich würde mit den Orangensaft-Füßen eine klebrige Zuckerspur hinterlassen.«

Sie zuckt die Achseln. »Wie du meinst, dann koch ich jetzt Kaffee und du bleibst meinetwegen bis Weihnachten da stehen.«

»*Minerva!*«, fauche ich entnervt. »Würdest du mir bitte ein paar Flipflops ...«

»Auaaa!« Moritz erhebt sich mit schmerzverzerrtem Gesicht und fasst sich ans nackte Knie. »Ein Splitter.«

Auf halbem Weg zur Kaffeemaschine kehrt Amelie um und mustert den Verletzten wie die Oberschwester persönlich. »Kurze Hosen sind auch keine geeignete Arbeitsbekleidung. Ich such mal ein Pflaster.«

»Wieso geht hier eigentlich nie einer ans Telefon?«

Aus dem Flur dringt Danas helle Stimme zu uns in die Küche. Kurz danach erscheint sie mit dem schnurlosen Telefon in der Hand. »Seid ihr alle schwerhörig?«, fragt sie grinsend.

205

»Ja!«, antwortet Amelie mit ernster Miene. »Das sind nun mal die negativen Seiten, wenn man mit lauter Alten in einer WG lebt. Was gibt's denn so Dringendes?«

»Ähm … Tut mir leid, Amelie«, entschuldigt sich Dana stammelnd. »War nicht so gemeint. Da ist eine Umzugsfirma dran. Die Dame behauptet, du würdest auf ihren Anruf warten.« Sie hält ihr den Apparat hin.

Amelie schnappt sich das Gerät, presst es an ihren Busen und stößt noch einen triumphierenden Freudenschrei aus, bevor sie die Küche verlässt.

»Zieht dein Vater jetzt doch aus?«, fragt Moritz und himmelt Dana an. Sein blutendes Knie scheint er vollkommen vergessen zu haben.

Sie lächelt ihn an und zuckt die schmalen Schultern. »Keine Ahnung.« Fragend schaut sie auf Moritz' Knie und fragt dann mich: »Bist du auch verletzt?«

»Nein, nur völlig übermüdet, weil hier Tag und Nacht rumgelärmt wird«, antworte ich ungewollt mürrisch.

Verlegen zieht Dana einen Haargummi vom Handgelenk und bindet ihre Mähne zu einem Pferdeschwanz. »Es ist unsere Musik, oder?«, fragt sie.

»Na ja, ein bisschen laut ist sie manchmal schon«, gestehe ich.

Als habe ich sie bei etwas Verbotenem erwischt, blickt Dana auf ihre Füße. »Kommt nicht wieder vor.«

»Schon gut«, entgegne ich. »Manche Songs gefallen mir. Und wie du vorhin so treffend bemerkt hast, hören Oldies nicht gut, ich schon lange nicht mehr, und somit wird sich das Problem irgendwann von selbst erledigen.«

Dana und Moritz blicken sich konsterniert an, bis sie den Scherz begreifen und erleichtert kichern.

»Du könntest mir allerdings einen Gefallen tun und meine

Flipflops für mich besorgen«, wende ich mich an Dana. »Sonst stehe ich hier tatsächlich noch bis Weihnachten.«

»Sofort.« Mit wippendem Pferdeschwanz eilt sie davon.

Moritz sieht ihr nach. »Ich hätte da einen Vorschlag, wie wir das Problem beheben könnten«, sagt er, als Dana außer Sichtweite ist.

»Ich höre. Aber leg einen Zahn zu, mir schlafen nämlich gleich die Beine ein.«

»Was ist denn hier los?«

Gustl, frisch geduscht mit nassen Haaren, in hellen Sommerhosen und einem hellblauen Polohemd, betritt die Küche. Erstaunt blickt er zu Moritz, der wegen seines verletzten Knies nun halb gebückt und mit spitzen Fingern die letzten nassen Tücher einsammelt.

Ich ringe mir ein schiefes Lächeln ab. »Amelie würde sagen: Scherben bringen Glück.«

Als hätten wir sie gerufen, erscheint sie im Türrahmen. »Großes Glück!« Sie strahlt uns an. »Also, hört zu. Der Hausinger ... «

Endlich bringt mir Dana die Flipflops. »Sorry, hat 'ne Weile gedauert«, sagt sie. »Bei dir ist alles sooo ordentlich, da wollte ich nicht rumwühlen. Deshalb habe ich welche aus meinem Zimmer geholt. Größe vierzig. Passt das?«

»Ja, ich hab neununddreißig. Danke. Hauptsache ich kann endlich hier weg.« Seufzend steige ich in die Schuhe.

Amelie klatscht in die Hände. »Alle Mann hinsetzen und Ruhe, es ist Krimizeit.«

»Aha!«, meldet sich Gustl zu Wort. »Hab's doch gewusst, dieser Schmierlappen ist ein Betrüger. Wenn einer mit Toiletten handelt, ist das ein Griff ins Klo.«

»Sehr treffend bemerkt, Gustilein«, entgegnet Amelie und fordert uns erneut auf, Platz zu nehmen.

Die Kinder setzen sich gehorsam. Gustl braucht erst noch einen Kaffee, um der Aufdeckung des Skandals zu lauschen. Doch die Maschine ist noch nicht einmal angeschaltet, und so muss er sich gedulden. Ich ergreife die Gelegenheit, um mir noch schnell die saftbespritzten Beine abzuduschen.

Als ich zurückkehre, ist der Tisch mit Tassen gedeckt und auch der Kaffee ist durchgelaufen.

»Also«, beginnt Amelie, die mit geröteten Wangen vor dem Tisch steht. »Der Hausinger heißt Karl Pfeffer und ...«

Die Türklingel schrillt in ihren Enthüllungsbericht.

»Verdammt noch mal!«, flucht sie. »Wer zum Teufel ist das schon wieder?«

Mit großen Augen bestaunt Gustl sein Gummibärchen. Derartig unflätiges Benehmen kennt er nicht von ihr.

Ich kann mir einen Scherz nicht verkneifen. »Herr Pfeffer, der dir dein Geld zurückbringen möchte?«

Amelie sendet mir einen bösen Blick. »Wie bist du denn drauf?«

Die Gelegenheit, eine kleine Andeutung zu machen, kann ich nicht ungenutzt verstreichen lassen. »Ich bin vor allem unausgeschlafen.«

»Nimm Baldrian, wenn du Schlafstörungen hast«, entgegnet sie schnippisch.

Moritz schlägt vor, die Tür zu öffnen.

»Moment!« Amelie hebt die Hände. »Ich erwarte niemanden.« Sie sieht in die Runde. »Ihr vielleicht?« Wir verneinen, und sie bestimmt, dass wir in diesem Fall nicht öffnen.

Im selben Moment schrillt es erneut.

Ohne mich um Amelies Protest zu kümmern, stehe ich auf und eile an die Tür, wo jemand zum dritten Mal stürmisch auf den Klingelknopf drückt.

»Bin ja schon da«, rufe ich beim Öffnen und verstumme überrascht.

Fred lächelt mich an, als freue er sich, mich zu sehen. Ihn habe ich nun wirklich nicht erwartet. Genauso wenig wie Luis, der unausgesetzt weiterklingelt.

»Hallo Mathilde«, begrüßt Fred mich und ermahnt Luis: »Jetzt ist es genug.«

Der Kleine lässt von der Klingel ab und strahlt mich an. »Mathinde, bist du zu Hause?«

Ich verkneife mir ein Lachen. »Schau mal in meinem Zimmer nach, ob ich da bin. Du weißt ja, wo das ist.«

»Jaaa«, lacht Luis und möchte sich an mir vorbeidrängeln.

Fred hält ihn am Arm fest. »Moment«, sagt er und blickt mir in die Augen, »vielleicht hat Mathilde gar keine Zeit.«

Betört erwidere ich seinen Blick. Wieso muss dieser Mann so verdammt gut aussehen? Die schwarzen Klamotten, das etwas längere Haar noch feucht von der Morgentoilette, der frische, leicht holzige Rasierwasserduft und dazu dieses umwerfende Lächeln. Oder ist das nur die verklärte Sicht der alten Scheune? Gleichzeitig wird mir bewusst, dass *ich* alles andere als gut aussehe. Ich trage ein altes zerknittertes Kleid und natürlich auch kein Make-up. Fehlt nur noch, dass ich vergessen habe, die Duschhaube abzunehmen. Fahrig greife ich mir an den Kopf. Nein. Keine Plastikhaube. Ganz verkalkt scheine ich also noch nicht zu sein.

Lässig überspielt Fred meine Verwirrung. »Ich hoffe, wir kommen nicht ungelegen?«

»Ähm … Nein …«, antworte ich. »Ich meine … Nette Überraschung«, stottere ich und trete einen Schritt zur Seite. »Kommt doch rein. Die WG hat sich in der Küche versammelt, wo uns Amelie gerade eine spannende Geschichte erzählen will.«

Luis saust mit einem überdrehten »Geschiiichte« voran.

Fred berührt mit seiner Hand meinen Arm. »Sekunde.«

»Ja?« Gespannt bleibe ich stehen. Der unerwartete Hautkontakt jagt einen Glücksschauer durch meinen Körper. Gleichzeitig spüre ich, wie eine Hitzewelle meine Wangen rot färbt.

»Sophie möchte dich bitten, für ein, zwei Stunden auf Luis aufzupassen«, sagt er leise.

Ein Kopfsprung in die eiskalte Isar hätte mich auch nicht stärker abkühlen können. Wie konnte ich mir nur einbilden, er wäre meinetwegen hier?

»Ähm … Ja, natürlich«, versichere ich ernüchtert und schelte mich ein dummes altes Weib.

»Der Kindergarten ist wegen einer grassierenden Magen-Darm-Grippe geschlossen«, redet Fred weiter. »Ich würde Luis ja gern selbst in Obhut nehmen, habe aber gleich drei Stunden Sportunterricht, und auf Sophies Stundenplan stehen zwei Stunden Kunstunterricht. Nach elf würde sie ihn wieder abholen.«

»Und das Baby?«, frage ich, ganz fürsorgliche Großmutter.

»Sophie bringt die Kleine auf dem Weg in die Schule zur Kinderkrippe. Torsten ist zwar oben, schreibt aber an seiner Promotion und kann sich deshalb nicht um Luis kümmern.«

»Aha«, murmle ich und frage mich insgeheim, wie das alles zusammenpasst.

Fred steht um halb neun, frisch geduscht mit nassen Haaren vor meiner Tür. Offensichtlich kommt er aus dem Dachgeschoss, woraus ich schließe, dass er dort übernachtet haben muss. Aber Torsten wohnt anscheinend auch noch da. Führen sie etwa eine dieser modernen Patchwork-Beziehungen? Oder noch wilder, eine Ménage-à-trois?

»Ginge das, Mathilde?«, dringt Freds warme Stimme in meine wirren Gedanken.

»Natürlich«, antworte ich und vermeide, ihn anzusehen. »Möchtest du auf eine Tasse Kaffee hereinkommen?«

»Liebend gern«, behauptet er und sagt im gleichen Atemzug: »Aber ich muss leider los. Ich will mich nur noch von Luis verabschieden.«

»Verstehe«, antworte ich möglichst freundlich, während wir dem Kleinen hinterhergehen. »Mach dir keine Sorgen, Luis wird sich bestimmt wohl fühlen.«

Wir finden ihn in der Küche.

»Du bist nicht im Zimmer«, grinst er mich an.

»Stimmt«, lache ich zurück.

Fred verabschiedet sich von Luis mit einem coolen Gib-mir-Fünf-Handschlag und mit einem schlichten »Danke, Mathilde, ich finde allein raus« von mir.

»Jederzeit«, entgegne ich, zwinge mich, ihm nicht nachzustarren, und wende mich sofort Luis zu. »Möchtest du etwas essen, oder hast du schon gefrühstückt?«

»Schokokuchen!«, antwortet Luis.

»Hast du so etwas Leckeres zum Frühstück gegessen?«, frage ich.

»Nei-ein«, lacht Luis. »Ich will *deinen* Kuchen.«

Allein die Anwesenheit dieses kleinen blond gelockten Charmeurs in den kakifarbenen Bermudashorts und dem Micky-Maus-Shirt verbreitet bei uns allen gute Laune.

»Schokokuchen backe ich nur zu Geburtstagen«, erklärt Gustl.

Luis schaut ihn traurig an. »Ooooch.«

»Wenn du Hunger hast, bekommst du einen Arme-Leute-Bananen-Kuchen«, sagt Gustl.

»Au ja, für mich auch«, verlangt Dana. »Den hat mir mein Papa auch immer gebacken.«

So einfach wie Dana ist Luis jedoch nicht zu begeistern.

»Muss dein Papa auch so viel studieren?«, will er wissen und fragt, wie der Kuchen schmeckt.

»Superlecker«, lacht Dana, nimmt den kleinen Mann auf den Schoß und zeigt auf Gustl. »Das da ist mein Papa, er muss nicht mehr an die Uni und hat viel Zeit für uns.«

Wenige Minuten später serviert Gustl den Kindern warmes Toastbrot, mit Butter, Bananenscheiben und dick mit Zimtzucker bestreut. Wir Alten mögen es hingegen deftig und belegen unser Brot lieber mit Wurst oder Käse.

Während Luis das letzte Stück Kuchen noch im Mund hat, fragt er: »Mathinde, spielen wir was?«

»Na klar«, nicke ich. »Worauf hast du denn Lust?«

Die Antwort ist »Spielplatz« und zwar mit seinem Roller.

Ich habe natürlich nicht den leisesten Schimmer, wo man in der Nähe im Sand buddeln kann. Aber im Internet findet man auf alles eine Antwort.

Die beiden nächsten Kinderspielplätze sind etwas zu weit entfernt, um zu Fuß dorthin zu laufen, aber Gustl ist bereit, uns mit dem Auto zu fahren.

»Wenn du mir deinen Wagen anvertraust, fahre ich«, bietet Dana an. »Moritz und ich wollten nämlich was besorgen.«

»Klar, bekommst du den Wagen«, antwortet Gustl. »Was braucht ihr denn?«

»Styroporplatten!«, verkündet Moritz.

»Wozu das denn?«, frage ich.

Luis zerrt an meinem Kleid. »Mathinde.«

»Gleich düsen wir los«, verspreche ich Luis. »Muss nur noch meinen Spielplatzanzug anziehen.« Ich sehe Moritz an. »Was habt ihr Aufregendes geplant?«

»Überraschung«, grinst er mich an.

Ich hasse Überraschungen, was ich aber für mich behalte.

Während ich in spielplatztaugliche Hosen und ein Shirt

schlüpfe, holen Dana und Luis seinen Roller und seine Spielsachen für die Sandkiste von oben. Als ich in der Garderoben-
kammer nach Schuhen suche, läutet das Telefon. Diesmal
höre ich es sogar.

Es ist Irma. Ihre Stimme klingt, als wäre sie verschnupft.

»Hast du dich am Strand erkältet?«, scherze ich. »So eine
Sommergrippe kann ganz schön unangenehm sein.«

»Nein ... Otto ... «, schnieft sie und fängt jämmerlich zu
schluchzen an.

Ich spüre ein unangenehmes Gefühl im Magen. »Otto ist
doch nicht etwa krank?«

»Er ... « Sie schluchzt abermals. »Otto ist ... tot.«

19

»Irma, hol erst mal Luft.« Schockiert setze ich mich auf mein Bett und hoffe inständig, mich verhört zu haben.

Irmas herzzerreißendes Weinen wird lauter, und ich kann meine Tränen kaum zurückhalten.

»Bitte, beruhige dich«, sage ich. »Und erzähl mir, was genau passiert ist.«

»O-Otto …«, schluchzt sie, »h-hatte einen … tödlichen Herzinfarkt …«

Nein! Otto kann nicht tot sein. Vor ein paar Tagen war er noch so lebendig, so vergnügt und voller Zuversicht. Und von einer Sekunde zur anderen soll alles vorbei sein? Mein Hals ist wie zugeschnürt, ich höre das Blut in meinen Ohren rauschen und mir flimmert es vor den Augen.

»Oh, Irma, es tut mir ja so leid«, stöhne ich erschüttert und presse mir die Hand auf den Mund. »Wann ist es passiert?«, frage ich.

»Gestern Abend … Wir waren hier im Hotel … Haben nach dem Casting auf Nachricht gewartet …«, stammelt sie. »Endlich hat die Produktionsfirma angerufen …« Sie schnauft, als könne sie es nicht aussprechen.

»Und zugesagt?«

Leise schluchzend antwortet sie: »N-nein … Abgesagt. Aber das Schlimmste war, als Otto wenig später über Umwege erfuhr, wer sein Konkurrent war. Gerard Depardieu! Otto hat sich schrecklich aufgeregt … Erst bekommt er den Theaterpreis in London nicht, und dann geht seine Traumrolle an diesen Franzosen …«

»Otto war ein großer Schauspieler«, versuche ich, sie zu trösten. »Wer weiß, wovon diese Entscheidungen abhängen.«

»Ja, du hast natürlich recht.« Sie atmet hörbar ein, um gleich darauf wieder zu schniefen. »Aber für Otto war diese Serie von Misserfolgen ein Fiasko. Er hat rumgeschrien, ist in der Suite auf und ab gelaufen ... und plötzlich verzerrte sich sein Gesicht ganz furchtbar ...«, sie putzt sich die Nase, »dann hat er sich an die Brust gefasst und ist auf dem Bett zusammengesackt.«

Die Vorstellung lässt mich erneut aufstöhnen. »Meine arme Irma, es tut mir unendlich leid.«

»Es waren die schlimmsten Momente meines Lebens, Mathilde..«

»Das muss schrecklich für dich gewesen sein«, versichere ich ihr.

»Und es wurde immer schlimmer«, antwortet Irma leise. »Der Arzt, den ich natürlich sofort habe rufen lassen, kam zwar nach wenigen Minuten, konnte aber nur noch Ottos Tod feststellen. Und dann erschien auch noch die Polizei ...«

»Polizei?«, wiederhole ich entsetzt. »Hat der Arzt denn angenommen, du hättest etwas mit Ottos Tod zu tun?«

»Nein, aber das ist so üblich. Otto wird jetzt obduziert, um die genaue Todesursache festzustellen. Ach, Mathilde, auch wenn ich ihm kein Messer ins Herz gestoßen habe, ist es meine Schuld.«

»Wie kommst du denn auf diese absurde Idee?«, frage ich verwirrt.

»Ich bin schuld!«, beharrt sie aufgebracht. »Harald, mein erster Mann, ist doch auch an einem Herzinfarkt gestorben.«

»Ich verstehe nicht?«

»Er hatte einen Herzinfarkt«, wiederholt sie. »Genau wie Otto. Ich bringe meine Ehemänner ins Grab.«

»Irma, du bist einfach nur durcheinander, was ich sehr gut verstehen kann. Aber glaube mir, niemand verursacht den Herzinfarkt eines anderen. Otto war doch nicht mehr der Jüngste, und in seinem Alter sind Herzinfarkte alles andere als eine Seltenheit«, versuche ich, sie zu beruhigen.

»Ja, schon«, entgegnet sie wenig überzeugt. »Aber ich hätte Ottos Antrag nicht annehmen dürfen. Ich wollte die Sicherheit an seiner Seite und das Geld, und er musste es ausbaden.«

Einen Moment bin ich sprachlos. »Was soll denn dein Wunsch nach Absicherung mit Ottos Infarkt zu tun haben?«, frage ich konsterniert.

»Nicht direkt, natürlich«, antwortet sie. »Aber ich bringe Männern einfach kein Glück. Schon in England hatte ich so ein komisches Gefühl, als ob die gesamte Reise unter einem schlechten Stern stünde.«

Mein Magen verkrampft sich, weil ich ihren Kummer so gut verstehen kann. Sie war so glücklich mit Otto und hat sich auf ein schönes Leben mit ihm gefreut. Und nun hat es nur ein paar Wochen gedauert.

»Irma, ich verstehe deine Verzweiflung sehr gut, wirklich«, sage ich. »Aber bitte, hör auf, dich mit Vorwürfen zu zerfleischen. Das bringt dir Otto auch nicht wieder zurück.«

Sie schnieft. »Ja, du hast recht … Aber …«

»Kein Aber«, sage ich. »Stell dir vor, Otto wäre ohne dich nach Cannes gefahren und ganz allein in seinem Hotelzimmer zusammengebrochen. Vielleicht hätte sogar das Bitte-nicht-stören-Schild draußen gehangen. Das Personal hätte ein romantisches Tête-à-tête vermutet und erst nach Tagen Verdacht geschöpft. Einsam zu sterben ist schrecklich. Und genau davor hatte Otto doch auch große Angst, oder? Ich weiß, das ist ein schwacher Trost für dich, Irma, und nichts kann

Otto wieder zum Leben erwecken. Aber du warst in seinen letzten Minuten bei ihm, und dafür war er dir sicher dankbar.«

»Danke, Mathilde«, schnieft sie. »Jetzt geht es mir schon etwas besser.«

Ich atme erleichtert auf. »Wie kann ich dir sonst noch helfen? Hast du genügend Geld bei dir?«, frage ich, als Luis ins Zimmer stürmt.

Mit großen Augen fixiert er mich. »Mathinde, wer ist daaa dra-han?«

»Sekunde, Irma, das ist Luis, der kleine Junge aus dem Dachgeschoss. Wir wollen gleich auf den Spielplatz«, erkläre ich und wende mich dann an ihn. »Ich komme gleich, aber erst muss ich noch mit Irma reden.«

»Kenne ich Irma?«, fragt er neugierig.

»Kannst du dich an ihre vielen Enten erinnern?«

»Jaaa!« Seine Augen leuchten.

»Schön, dann lauf in die Küche zu Amelie und den anderen, ich komme gleich nach.«

Er nickt, bleibt aber stehen. »Wenn der Papa mit der doofen Tina telefoniert, schickt er mich auch immer raus.«

»Irma ist nicht doof, und sie hat dir die Tigerente geschenkt. Weißt du noch?« Er nickt. »Sie ist sehr, sehr traurig, und ich muss sie trösten. Es dauert nicht lange«, verspreche ich.

Mit krauser Stirn schaut er mich an und fragt dann mit wackliger Stimme. »Will Irma die Tigerente wiederhaben?«

»Nein, bestimmt nicht«, beruhige ich ihn und streiche ihm über die blonden Locken. »Geh zu Gustl in die Küche und lass dir einen Saft geben.«

Immer noch unbeweglich vor mir aufgebaut, scheint es, als überlege er angestrengt, ob er überhaupt Saft möchte. »Soll ich Irma was vorsingen?«, fragt er und beginnt zu singen: »Alle Entchen, schwimmen in der See … Schwänzchen im Wasser, Köpfchen … Höhööö …«

Gerührt halte ich ihm den Apparat hin: »Möchtest du hallo zu Irma sagen?«

Er greift danach und sagt: »Sei nicht mehr traurig, du darfst mit meinem Ferrari spielen. Mein Lieblingsauto, sonst darf das niemand anfassen. Nur du. Weil du so traurig bist.« Kaum hat er das letzte Wort ausgesprochen, gibt er mir das Telefon zurück, sagt: »Weint immer noch«, und saust davon.

Ich habe den kleinen Bengel ja längst in mein Herz geschlossen, aber mit dieser umwerfenden Logik hat er es endgültig erobert.

»Ach, Irma«, seufze ich, als ich den Hörer wieder an mein Ohr drücke. »Ich möchte dir so gern zur Seite stehen, wenn du mir nur sagst, wie. Soll ich nach Cannes kommen?«

»Danke, das ist lieb, Mathilde«, sagt sie. »Das kostet aber nur unnötig Geld, und im Moment wüsste ich nicht, wie du mir hier helfen könntest. Die Leute vom Hotel waren sehr freundlich …«

»Wie steht's mit der Rechnung?«, unterbreche ich sie, als sich an dieser Stelle die Buchhalterin in mir meldet.

»Was soll damit sein?«, fragt sie verwundert.

»Ich meine, ob du genügend Geld hast, um sie zu bezahlen? Das Carlton ist ja nicht gerade eine billige Absteige.«

»Nein, das nun wirklich nicht. Ein Tässchen Espresso kostet hier zehn Euro. Aber Otto und ich sind doch von der Filmproduktion eingeladen worden …« Sie bricht ab. »Ist das nicht alles total surreal? Ich hocke hier in diesem Luxusbunker, um mich herum nur Glanz und Glamour, und anstatt in Schampus zu baden und mich zu amüsieren, grüble ich darüber nach, wie ich meinen toten Verlobten …« Sie stockt abermals und lacht unerwartet auf, was jedoch in einem kratzigen Hustenanfall endet.

»Alles in Ordnung, Irma?«, frage ich.

Sie räuspert sich einige Male, bevor sie antwortet: »Ja, ja, mach dir keine Sorgen. Mir wurde nur gerade bewusst, dass die ganze Situation Potential für eine echte Tragikomödie hat. Ich glaube, Otto hätte sich schiefgelacht.«

»Ja, bestimmt«, stimme ich ihr zu. »Wie geht es jetzt weiter?«

»Ich muss erst abwarten, was die Obduktion ergibt.«

»Und dann?«

»Keine Ahnung. Es ist mein erster Urlaub mit ... Na ja, eben mit einer Leiche«, antwortet sie und schnauft aus tiefster Brust, bevor sie wieder auflacht. »Ferien mit Leiche! Könnte glatt ein Filmtitel sein.«

»Na, das klingt ja fast, als hättest du deinen Humor wiedergefunden«, erwidere ich.

»Wohl eher Galgenhumor«, murmelt Irma. »Genauer gesagt, die Pillen wirken langsam.«

»Irma!«, rufe ich erschrocken. »Du machst doch keine Dummheiten?«

»Nein, entspann dich. Ich hab nur ein leichtes Beruhigungsmittel geschluckt, keinen Psychohammer. Der Arzt hat es mir gegeben, damit ich nicht ständig in Tränen ausbreche.«

Erleichtert atme ich auf. »Gut. Hat die Polizei dir schon gesagt, wie lange das Ganze dauern wird?«

»Nein«, antwortet Irma. »Das heißt, der Arzt hat mit den Gendarmen gesprochen. Ich kann ja außer ein paar Floskeln kein Französisch.«

Aus den Augenwinkeln sehe ich eine schwarze Gestalt das Zimmer betreten.

»Mit wem telefonierst du denn so lange?«, fragt Amelie. »Luis wird langsam ungeduldig.«

Ich zögere eine Minisekunde, ihr die Wahrheit zu sagen, entscheide mich dann aber dagegen. »Bin in einer Minute da«, versichere ich.

Enttäuscht zuckt sie die Schultern und rauscht ab.

»Das war Amelie«, sage ich in den Hörer, erhalte aber keine Antwort. »Hallo Irma?«, rufe ich erschrocken. Erst nach dem dritten »Hallo« meldet sie sich.

»Entschuldige, Mathilde, ich musste den Hörer kurz weglegen, weil es an der Tür geklopft hat. Der Arzt ist hier«, sagt sie eilig »Ich melde mich wieder.«

In der Küche empfängt mich Amelie mit neugierigem Gesichtsausdruck »Und, alles in Ordnung?«

»Ja, ja«, antworte ich ausweichend. Vor Luis, der am Tisch sitzt und ungeduldig mit den Beinen baumelt, möchte ich das Thema nicht erörtern.

»Gelogen!«, sagt sie mir auf den Kopf zu. »Warum heult Irma denn?«

»Wer sagt das?«

Sie wirft einen vielsagenden Blick auf Luis.

»Das würde jetzt zu weit führen«, wiegle ich ab.

Doch Amelie wittert natürlich das große Geheimnis hinter meiner lapidaren Antwort. »Luis«, wendet sie sich mit Zuckerstimme an ihn. »Fahr doch im Flur ein paar Proberunden mit deinem Roller.«

Darum muss man ihn nicht lange bitten.

»Also, raus mit der Sprache«, sagt Amelie, als der Kleine draußen ist. »Und kein Larifari bitte. Wenn Irma heulend aus Cannes anruft, muss was Schreckliches passiert sein.«

»Otto hatte einen Herzinfarkt. Er ist tot.«

Amelie reißt die Augen auf und hält sich beide Hände vor

den Mund. Gustl, der sich an der Spüle zu schaffen macht, fällt der Lappen aus der Hand. Dana und Moritz starren mich ungläubig an.

Amelie bricht als Erste das Schweigen. »Ich habe es doch gewusst – die Ereigniskarte!«

»Wie bitte?« Ich taxiere sie scharf. »Du glaubst doch nicht wirklich, dass eine alberne Spielkarte den Tod vorhersehen kann?«

»Pah!« Sie hebt die Augenbrauen. »Auch dir, selbst wenn du nicht daran glaubst, werden die Karten eines Tages ...«

»Schon gut, Amelie«, unterbricht Gustl sie. »Was Irma jetzt braucht, ist unsere Unterstützung.«

»Als ob ich das nicht wüsste«, entgegnet sie. »Aber von hier aus, lässt sich da ja wohl kaum etwas ausrichten. Es sei denn ...« Sie bricht ab und blickt Gustl an.

»Ja?«, fragt er.

»Es sei denn ...Wir fliegen nach Cannes!«

»Nizza!«, verbessert Dana. »Man fliegt nach Nizza und nimmt sich dort ein Taxi oder einen Mietwagen. Cannes hat nämlich keinen eigenen Flughafen.«

»Dann eben nach Nizza«, flötet Amelie, als ginge es um einen Traumurlaub. »Was meinst du, Gustilein? Wir zwei an der Côte d'Azur. Das wär doch todschick.«

Gustl sieht sie an, als wäre sie übergeschnappt. »Weißt du, was das kostet?«

»Keine Ahnung.« Amelie zuckt die Schultern. »Ist doch egal. Wozu sind die Mäuse schließlich gut, wenn man sie nicht ausgibt? Mitnehmen kann man nicht einen Cent, das letzte Hemd hat schließlich keine Taschen. Und wie schnell alles vorbei sein kann, sieht man an dem armen Otto. All sein Vermögen hat ihm nichts genutzt.«

Ich stutze. »Und welches *Vermögen* gedenkst du zu ver-

221

schleudern? Ich dachte, du hast gerade einen Haufen Geld an diesen ominösen Pfeffer verloren.«

»Ach, das weißt du ja noch nicht«, antwortet sie mit triumphierender Miene. »Ich habe doch vorhin mit der Umzugsfirma gesprochen.«

»Richtig!«, erinnere ich mich. »Und?«

Amelie seufzt. »Dieser Pfeffer war erst vor wenigen Wochen von der Firma als Aushilfskraft eingestellt worden. Bisher gab es nie irgendwelche Vorfälle. Allerdings war dieser Auftrag ungewöhnlich, denn normalerweise sind die Auftraggeber ja dabei. Inzwischen ist auch geklärt, wie er zu dem Wohnungsschlüssel kam. Pfeffer sollte ihn bei der Hausmeisterin abgeben, hat ihn aber behalten und stattdessen diesen fingierten Putzfrauenzettel in den Briefkasten geworfen. Dann gab es die ›Besichtigung‹, bei der er alle Interessenten um jeweils fünftausend Euro geprellt hat. Mehrere Leute haben schon Anzeige erstattet. Nach dem Mistkerl wird nun gesucht. *Wieder,* muss man sagen, denn er ist vorbestraft. In anderen Städten hat er nämlich dieselbe Nummer abgezogen und wurde bereits dafür verurteilt.«

Ich bin erst mal platt. »Bekommst du dein Geld zurück?«

»Wer weiß«, entgegnet Amelie leichthin. »Und wenn nicht, es ist nur Geld. Es kommt durch eine andere Tür wieder zu mir zurück. Altes Wahrsagergesetz!«

Später meldet sich Irma noch einmal.

»Mathilde«, sagt sie, und ihre Stimme klingt immer noch verweint. »Ich komme heute Abend um kurz vor acht zurück nach München.«

»Brauchst du Geld für ein Ticket?«

»Nein, nein, ich habe ein Rückflugticket, aber ich muss dich trotzdem um einen kleinen Betrag bitten.«

»Schon gewährt«, antworte ich erleichtert, endlich etwas für sie tun zu können.

»Also … es ist wegen«, beginnt sie zögerlich.

»Musst du die Hotelrechnung jetzt doch bezahlen?«

»Nein, nein, die wird von der Filmfirma beglichen. Aber die Extras sind nicht enthalten … Mein Konto habe ich bereits leergeräumt, und mit Ottos Kreditkarte kann ich leider kein Geld aus dem Automaten ziehen. Ich kenne diese blöde PIN nicht, und im Hotel würde man sofort bemerken, wenn ich die Unterschrift fälsche …« Sie seufzt. »Der Arzt will auch cash bezahlt werden.«

»Genügen fünftausend Euro fürs Erste?«

»Mathilde!«, ruft Irma entsetzt. »Das wäre dein allerletzter Not-Notgroschen.«

»Nein, nein, etwas mehr habe ich schon noch auf der hohen Kante. Und das Geld ist exakt für Notfälle wie diesen eingeplant.«

»Vielen Dank, du bist wirklich eine echte Freundin, aber dreitausend würden reichen. Ich verspreche, dass ich mir wieder einen Job suche, und dann bekommst du dein Geld so schnell wie möglich zurück.«

»Mach dir bitte darüber keine Gedanken«, beruhige ich sie und erinnere mich in dem Moment an Amelies Statement. »Es ist nur Geld. Das kommt durch eine andere Tür wieder zu mir zurück.«

20

Wir betreten die Ankunftshalle des Münchner Flughafens, um Irma abzuholen. Amelie hat sich in das schwarze Minerva-Dirndl geworfen und ihr Dekolleté mit Silberketten geschmückt. Gustl trägt ein graues Jackett mit weißem Hemd und Schlips zu Jeans. Und in meinem Schrank finden sich mehr schwarze Klamotten, als ich jemals für dergleichen Anlässe benötigen werde.

Die Maschine aus Nizza landet mit zwanzigminütiger Verspätung. Wir sehen Irma durch die Glastür, zwischen braungebrannten Passagieren am Gepäckrondell auf ihre Koffer warten. Bleich und zerbrechlich sieht sie in dem lässigen schwarzen Hosenanzug aus. Als sie schließlich ihren Gepäckwagen auf uns zuschiebt, wedelt Amelie aufgeregt mit den Händen und ruft ihr »Juhuuu!« entgegen. Auch Gustl und ich winken ihr, und wenige Sekunden später kann ich Irma endlich umarmen.

»Es tut mir so unendlich leid«, flüstere ich ihr ins Ohr.

Irma windet sich aus meiner Umarmung. »Das Leben geht weiter!«, sagt sie mit wackliger Stimme, schluckt heftig und fügt dann hinzu: »Irgendwie.«

»Sehr gesunde Einstellung«, meint Amelie, während sie die unzähligen Gepäckstücke bestaunt. »Du warst wohl shoppen?«

»Zwei Koffer gehören Otto«, erklärt Irma.

Es entsteht eine peinliche Pause, die Gustl mit eifriger Geschäftigkeit überspielt. Er schnappt sich den vollbeladenen Kofferkuli und sagt: »Mir nach. Der Wagen steht in der Tiefgarage.«

Folgsam dackeln wir hinterher. Um kein erneutes Schweigen aufkommen zu lassen, hake ich Irma ganz selbstverständlich unter und mache ihr ein Kompliment. »Tolles Outfit.«

»Danke«, sagt sie und fügt nach einer Pause hinzu. »Das hat Otto gleich am ersten Tag unserer Ankunft in der Hotelboutique für mich erstanden. Als ob er geahnt hat, dass ich in Kürze etwas Schwarzes brauchen würde.«

Mist, voll ins Fettnäpfchen getreten. Ich frage: »Wie war denn der Flug?«

»Sozusagen erstklassig«, antwortet sie. »Ich saß Erster Klasse, weil die Produktion Otto ...« Sie stockt, atmet tief ein und kramt in ihrer Handtasche.

Verdammt! Im Moment scheint es kein unverfängliches Thema zu geben.

»Gab es im Flugzeug Champagner?«, will Amelie wissen und lenkt damit das Gespräch in eine wohltuend unverfängliche Richtung.

Unsere wilde Partymaus besitzt doch Einfühlungsvermögen, denke ich gerührt, und würde sie am liebsten küssen.

Irma zieht ein Papiertaschentuch aus ihrer Tasche und putzt sich die Nase, bevor sie antwortet: »Jede Menge, bis zum Abwinken. Dazu kleine Häppchen mit Lachs oder Kaviar.«

»Oh, wie luxuriös«, schwärmt Amelie. »Gustilein, sobald ich wieder flüssig bin, spendiere ich uns auch einen Schampus-Kaviar-Flug.«

»Hmm«, brummelt Gustl und stoppt den Wagen vor dem Lift, der zur Tiefgarage führt.

»Hab schon gehört, dass du unter die Großverdiener gegangen bist«, sagt Irma. »Wie läuft es in der Esoterikbranche?«

»Danke der Nachfrage. Keine Unklarheiten, wie man in

Hellseherkreisen zu sagen pflegt«, antwortet Amelie. »Wenn es dich interessiert ...«

»Gustl«, gehe ich dazwischen, weil ich befürchte, dass Minerva für Irma in die Zukunft blicken möchte. »Passen wir mit dem vielen Gepäck überhaupt ins Auto? Sonst steigen Irma und ich ein Taxi.«

»Wird schon klappen«, entgegnet Gustl und dirigiert Irma auf den Beifahrersitz. Er schafft es tatsächlich, die drei großen Koffer zu verstauen. Die beiden Reisetaschen drückt er Amelie und mir auf den Schoß.

Auf der Autobahn Richtung München beginnt es zu regnen.

»Wie erfrischend«, seufzt Irma und lehnt sich im Sitz zurück. »Heimatregen. An der Côte d'Azur war alles so trocken.«

»Schau mal nach links«, ruft Amelie. »Deine Heimat begrüßt dich auf ganz besondere Weise.«

Irma wendet den Kopf. »Wunderschön«, flüstert sie beim Anblick des prächtigen Regenbogens am Horizont.

»Das ist ein gutes Zeichen«, plaudert Amelie unbekümmert weiter. »Alles wird gut.«

Irma antwortet nicht. Stumm blickt sie in den schillernden Bogen, der sich vor dunklen Wolken über den Himmel spannt. »Ja, irgendwann vielleicht. Aber dieses Mal habe ich definitiv das falsche Ende des Regenbogens erwischt.«

»Ach was«, wehrt Amelie ab. »Du hast doch uns. Freundschaft ist allemal mehr wert als jeder Goldtopf. Oder?«

»Viel mehr«, beeile ich mich unserer Hobbywahrsagerin mit philosophischem Basiswissen zu versichern.

Irma dreht sich zu uns um und schenkt uns ein kleines Lächeln. »Ich weiß.«

»Na also«, meint Amelie. »Und was machen wir mit dem

angebrochenem Abend? Meine Tanzkarte ist nämlich noch völlig leer.«

»Ach, Amelie«, seufzt Gustl mit zärtlichem Unterton. »Wenn es dich nicht gäbe, müsste man dich erfinden.«

»Danke, mein Gustilein, das hast du schön gesagt«, zwitschert sie.

Gustl blickt zu Irma. »Möchtest du erst mal mit zu uns oder lieber sofort nach Hause?«

Irma atmet tief ein und antwortet erst nach einer kurzen Pause. »Keine Ahnung. Wo ist mein Zuhause? Ich meine, jetzt wo Otto … wo er nicht mehr unter uns … «

»Vorschlag«, mische ich mich ein. »Wir fahren in die Nachtigalstraße, und dann sehen wir weiter. Und wenn du heute nicht allein sein willst, schläfst du im Wohnzimmer.«

Irma dreht sich abermals zu mir um. »Ginge das?«

»Aber ja«, versichere ich.

»Logisch«, stimmt Amelie ein, und auch Gustl nickt.

Irma seufzt wie von einer großen Last befreit. »Ich habe zwar eine dieser Gute-Laune-Pillen eingeworfen und breche nicht mehr ständig in Tränen aus, dennoch könnte ich kein Auge zutun, allein in Ottos Haus … «

»Abgemacht«, sagt Gustl. »Du schläfst auf dem Sofa. Passt doch gut, wo wir einiges besprechen wollen.«

Irma nickt. »Danke noch mal. Aber eigentlich mag ich gar nicht daran denken, was alles auf mich zukommt. Ein einziger Alptraum.«

»Ach was«, winkt Gustl ab. »Außer um die Gästeliste für die Beisetzung musst du dich um nichts kümmern. Und dazu würde ich an deiner Stelle einfach die Liste von der Verlobungsfeier nehmen. Alles andere, wie die Überführung und den damit zusammenhängenden Papierkram, erledigt der Urnen-Eddie … Ähm, ich meine natürlich Eduard Huber. Der

Bestatter ist ein alter Freund von mir, und er hat Susannes Beerdigung hervorragend organisiert.«

»Urnen-Eddie!«, wiederholt Irma schmunzelnd. »Das
hätte Otto gefallen.«

Die restliche Fahrt vergeht dank Amelies Geplapper wie im
Fluge. Obwohl ich wette, dass sie Irma zu gern über Cannes,
das Luxushotel und französische Mode ausfragen würde, verkneift sie sich alle verfänglichen Themen. Stattdessen berichtet sie von Danas Einzug und schwärmt vom kleinen Luis.

Nachdem Gustl vorm Haus geparkt hat und wir ausgestie-
gen sind, hakt sich Amelie bei Irma ein und verkündet: »Wir
begeben uns mal auf die Suche nach einem jungen, kräftigen
Kofferschlepper.«

Wie Gustl gesagt hat, denke ich amüsiert, wenn es sie nicht
schon gäbe, müsste man sie erfinden.

Gustl hievt den letzten Koffer aus dem Wagen, als Moritz
aus dem Haus tritt. Er sieht verschwitzt aus, trägt eine farbver-
kleckste blaue Arbeitshose und ein verschmutztes T-Shirt, als
käme er von einer Baustelle. Voller Tatendrang stützt er die
Fäuste in die Taille. »Und? Wo steht das Klavier?«

Seine launige Frage lässt mich an seinen ebenfalls immer zu
Scherzen aufgelegten Vater denken und versetzt mir einen
kleinen Stich.

»Such dir eines aus«, antwortet Gustl mit Blick auf die Gepäckstücke.

Moritz schnappt sich die beiden großen Louis-Vuitton-
Koffer. »Wohin damit?«

»Ins Wohnzimmer«, antworte ich, schultere eine der Reisetaschen und folge ihm.

An der Türschwelle erstarre ich und lasse Irmas Reisetasche
fallen.

»Moritz?«, rufe ich und starre verwundert auf zwei fast

deckenhohe Stapel türgroßer heller Platten. Auch ohne um-
fassendes Fachwissen tippe ich, dass das Dämmmaterial sein
muss. Davor liegen unzählige lange Holzlatten, eine Bohrma-
schine und eine Plastiktüte mit dem orangefarbenen Schrift-
zug eines Baumarkts. »Was soll das werden?«

Eine Hitzwelle kriecht mir den Rücken hinauf.

Moritz kommt aus dem Wohnzimmer: »Schallschutz! Sind
noch Koffer draußen?«

»Ja, einer«, sage ich. »Wieso Schallschutz und wo soll der
angebracht werden?«

Moritz antwortet nicht. Er ist schon weg. Kurz darauf
taucht er mit Gustl und dem restlichen Gepäck wieder auf.

»Moritz, bitte!«, halte ich ihn zurück. »Sei so gut und er-
klär mir, was es mit diesem Schallschutz auf sich hat. Wir haben nämlich keinen bestellt.«

»Na ja, ich habe dir doch eine Überraschung versprochen«, setzt er an, wird aber von Gustl unterbrochen.

»Tee?«

»Ich!«

»Ich auch.«

»Jahaaa.«

Aus allen Richtungen erschallen die Antworten. Dana
kommt aus ihrem Zimmer, gibt Moritz einen vergnügten Stoß
und sagt: »Na, du Muskelheld?«

»Ich könnte auch eine Tasse Tee vertragen«, sagt Moritz
und schiebt mich in die Küche.

Endlich sitzen wir alle am Tisch, und jeder hat eine damp-
fende Tasse vor sich stehen.

»Du leidest doch in letzter Zeit unter Schlafstörungen«,
richtet sich Moritz an mich.

»Nein, eigentlich nicht«, widerspreche ich. »Ich kann nur
nicht mehr lange schlafen, na ja, weil ...«

Die Türklingel unterbricht meinen Erklärungsversuch.

Dana springt auf. »Geh schon.«

»Weil dir die Musik zu laut ist«, greift Moritz meinen angefangenen Satz wieder auf.

»Jetzt, wo du es sagst«, entgegne ich und im selben Moment ahne ich, was er beabsichtigt. »Plant der junge Herr Architekt etwa, mir eine schallsichere Schlafkoje zu bauen?«

»So ähnlich«, antwortet er. »Das sind biologisch einwandfreie Dämmplatten aus Kokosfaser, die ich günstig ... «

»Besuch!«

Hinter Dana erscheint Sophie mit Luis an der einen Hand und einer Windelbox in der anderen. Gefolgt von Fred, mit dem Baby in der Trage und einer großen Tasche über der Schulter.

»'n Abend zusammen«, grüßt Fred und sucht meinen Blick. »Verzeih den späten Überfall.«

Ich bin so überrascht, dass ich die kleine Truppe nur ungläubig anstarre. »Ähm ... Nein«, stammle ich. »Ich meine, nein, ihr stört nicht.«

Luis reißt sich von Sophies Hand los und steuert direkt auf Irma zu. »Willst du deine Tigerente wiederhaben?«

Irma kämpft sichtlich mit den Tränen.

»Geschenkt ist geschenkt«, greife ich ein. »Oder, Irma?«

Sie nickt stumm.

Ich stehe auf und deute auf meinen Platz. »Sophie, setz dich«, sage ich. »Etwas zu trinken, vielleicht einen Tee?«

Sophie schüttelt den Kopf und stellt die Windeln ab. »Nein, danke, Mathilde. Ich möchte dich ... « Sie zögert und hat anscheinend Skrupel, ihr Anliegen vor der versammelten WG vorzutragen.

»Sollen wir uns ins Wohnzimmer zurückziehen?«, frage ich.

»Nein, nein, schon gut«, wehrt sie ab. »Worum ich dich bitten möchte, betrifft alle hier im Raum.«

Gespannte Stille tritt ein.

»Sophie befindet sich in einer Notlage«, ergreift Fred nun das Wort. »Sie kann nicht in ihre Wohnung. Das Schloss wurde ausgetauscht.«

»Verzaubert!«, widerspricht Luis. »Du gesagt, verzaubert!«

»Ja, Luis, es war der böse Schlüsselgeist«, versucht Sophie, ihn zu beschwichtigen.

Amelie lächelt Luis freundlich an. »Mir hat dieser doofe Schlüsselgeist auch schon mal einen Wohnungsschlüssel gestohlen.«

»Und dahaan?« Luis mustert sie mit großen Kinderaugen.

»Hab ich einfach bei Mathilde übernachtet«, antwortet sie. »Willst du vielleicht auch bei uns schlafen?«

»Mmmm.« Er strahlt sie begeistert an.

Sophie seufzt erleichtert. »Danke!«

»Morgen wird sich bestimmt alles aufklären«, erklärt Fred, als wäre es sein Problem. »Wir haben beim Vermieter eine Nachricht hinterlassen. Es kann sich nur um einen Irrtum handeln.«

»Bestimmt«, nicke ich und verkneife mir die Frage, wieso Torsten sich nicht darum kümmert.

Sophie setzt sich an den Tisch. »Vielen Dank, Mathilde, aber habt ihr denn überhaupt Platz für uns drei?«

»Ähm … Ach so … Ja«, stottere ich. Eigentlich hatte ich angenommen, sie würde mit der kleinen Nora bei Fred übernachten und wolle nur Luis bei uns unterbringen. Warum auch immer, denn soweit ich mich erinnere, schläft er doch sowieso manchmal bei Fred. Warum also nicht heute?

»Ich würde Sophie ja gern meine Wohnung überlassen«,

erklärt Fred, als könne er meine Gedanken lesen. »Aber ausgerechnet heute Nachmittag gab es einen Rohrbruch im Badezimmer, das nun nicht zu benutzen ist. Nicht mal die Toilette funktioniert«

»Du kannst gern in meinem Bett schlafen«, schlägt Moritz seinem Vater vor.

Fred hebt die Augenbrauen. »Und du?«, fragt er, als wolle er das Angebot tatsächlich annehmen.

»Ich schlafe bei Dana«, antwortet er feixend, als sei es ein Scherz, rückt dann aber näher an sie heran und legt demonstrativ seinen Arm um ihre Schultern.

Dana schenkt ihm ein hinreißendes Lächeln. Wir anderen sind perplex. Gustls Miene nach zu urteilen, scheint er seinen Augen nicht zu trauen. Und auch Fred wirkt vollkommen überrascht.

»Hab ich da irgendwas nicht mitbekommen?«, fragt Gustl schließlich.

»Tja, Paps«, antwortet Dana. »Kinder werden erwachsen.«

»Offensichtlich«, grummelt er. So ganz scheint ihm diese neue Liebe nicht zu gefallen.

»Verlockendes Angebot«, antwortet Fred. »Was meinst du, Mathilde?«

Auf diese Frage war ich nun wirklich nicht vorbereitet. Ich laufe rot an und suche nach Worten. »Tja«, sage ich. »Im Grunde habe ich mir immer schon eine Großfamilie gewünscht.«

»Genau wie ich«, entgegnet Fred und sieht mir in die Augen.

Erwartet er von mir Zustimmung zu seinen Zukunftsplänen mit Sophie?

Amelie klatscht begeistert in die Hände. »Ach, wie schön!

Das nenne ich mal einen Ereignistag nach meinem Geschmack. Lauter Pärchen unter einem Dach. Dann überlegen wir mal, wer wo mit wem ... Also: Sophie schläft am besten mit den Kindern im Wohnzimmer. Ach nein, da schläft ja Irma. Fangen wir mit Fred an ... «

»Stopp!«, mischt der sich ein. »Mich musst du nicht unterbringen. Das war nur ein Scherz. Ich übernachte bei einem Freund.«

»Och«, schmollt Amelie. »Ein andermal vielleicht?«

Fred lacht und sagt augenzwinkernd: »Wer kann schon in die Zukunft sehen.«

»Soll ich nicht doch in Ottos Haus fahren?«, fragt Irma unvermittelt. »Mir scheint, als würden die Betten nicht ausreichen.«

»Kommt nicht in Frage«, widerspreche ich. »Du bleibst hier. Im Keller sind noch zwei aufblasbare Gästebetten, und die Wohnung ist groß genug für alle.«

»Finde ich auch«, bestätigt Amelie und macht sich erneut daran, alle unterzukriegen.

Dabei ist die Aufteilung denkbar einfach: Irma bekommt wie geplant das Wohnzimmer, das sowieso kaum benutzt wird. Dana schläft bei Moritz und überlässt ihr Zimmer Sophie und den Kindern. Amelie bei Gustl, wie gehabt. Und ich? Allein, auch wie gehabt.

21

Nachdem sich die letzte Schlafzimmertür geschlossen hat und auch das letzte Licht verlöscht ist, kehrt endlich Ruhe ein. Sogar Amelie kuschelt so leise mit Gustl, dass kein Mucks aus seinem Zimmer dringt. Ich liege trotzdem schlaflos in den Kissen. Heute ist so viel geschehen, dass ich Amelie nur zustimmen kann: ein echter Ereignistag! Kein Wunder also, dass mich ein Haufen Fragen wie Nadelstiche plagt.

Warum wurde Sophies Wohnungsschloss ausgetauscht? Wo ist eigentlich dieser Torsten? Was wollte Fred mit dem Wunsch nach einer Großfamilie andeuten? Plant er etwa, mit Sophie eine zu gründen? Jung genug, um noch ein Dutzend Kinder zu bekommen, ist sie allemal. Und so fürsorglich, wie er sich um die junge Mutter und ihre Kinder bemüht, spricht alles dafür.

Nach einer Weile habe ich genug davon, mir vergeblich den Kopf zu zerbrechen. Jetzt helfen nur noch Portwein und Pralinés.

Mist. Port ist keiner im Haus, ich wollte dieses Laster ja aufgeben. Na gut, dann eben irgendetwas Süßes. Gustl hat bestimmt ein paar Leckereien versteckt.

Barfuß, im Trägerhemd schleiche ich auf den Flur und sehe Licht durch die angelehnte Küchentür scheinen. Beim Näherkommen höre ich, wie jemand leise summt.

»Amelie?«, flüstere ich durch den Türspalt.

»Sophie und Nora«, kommt die Antwort.

Als ich eintrete, erblicke ich Sophie mit dem Baby im Arm auf der Eckbank. Sie trägt eines von Amelies bunten Flatterhemdchen und hat es sich mit einem großen Kissen im Rücken gemütlich gemacht, um der Kleinen die Flasche zu geben.

»Habe ich dich geweckt?«, fragt sie.

»Nein, nein«, winke ich ab. »Ich leide unter seniler Bettflucht, und heute halten mich dazu noch die Sorgen um Irma wach«, schwindle ich. »Deshalb brauche ich ein Betthupferl, am besten Schokolade. Kakao soll ja glücklich machen und beruhigen«, erkläre ich und trete an den Küchenschrank, in dem Gustl den Süßkram aufbewahrt.

Aber außer einer Packung trockener Butterkekse finde ich nur Amelies Gummibärchen, von denen ich mir eine Tüte mopse.

»Irma geht es nicht gut, oder?«, fragt Sophie, als ich mich zu ihr setze. Sie scheint erleichtert, nicht auf ihre eigenen Probleme angesprochen zu werden.

»Otto hatte einen Herzinfarkt«, antworte ich und gebe einen kurzen Bericht von der Reise nach Cannes, die so hoffnungsvoll begann und so unglücklich endete.

Bestürzt hört sie mir zu. »Oh, wie traurig, die arme Irma. Und ich dachte, meine Probleme wären schlimm.«

Auch die kleine Nora blickt mit ihren wunderschönen blauen Augen auf, als verstehe sie, was ihre Mutter so erschreckt.

»Ja, Ottos Tod ist tragisch«, antworte ich und sehe eine Chance, mehr über Sophies Schwierigkeiten zu erfahren. »Aber die eigene Not ist doch immer die größte, oder?«

»Hm«, murmelt sie.

Ich reiße die Gummibärchentüte auf und halte sie Sophie hin. »Amelies Gute-Laune-Empfehlung.«

»Nein, danke«, lehnt sie ab. »Normalerweise gern, aber danach müsste ich mir noch mal die Zähne putzen und dazu fehlt mir einfach die Kraft.«

»Schläft Nora noch nicht durch, oder ist es nur die ungewohnte Umgebung?«, frage ich, als ob ich tatsächlich Ahnung von Babys hätte.

Sophie dreht den Kopf zur Seite und gähnt. »Entschuldige, Mathilde ... Nora schläft eigentlich nie richtig gut. Außer beim Autofahren. Aber im Moment spürt sie wahrscheinlich meine Unruhe. Babys sind da extrem empfindlich, sie reagieren auf jede Veränderung. Und der ganze Trubel heute setzt ihr eben auch zu. Hoffentlich beruhigt sie das Fläschchen.«

»Das verstehe ich gut. Wenn ich mir vorstelle, ich käme mit zwei kleinen Kindern nach Hause und könnte nicht in die Wohnung ... Ein Alptraum.« Ich lächle sie freundlich an. »Das muss ein ziemlicher Schock für dich gewesen sein. Wusstest du ...« Ich breche ab, um ihr nicht das Gefühl zu geben, dass ich sie ausfragen will – obwohl natürlich genau das zutrifft. Ich bin doch sehr gespannt, Näheres zu erfahren. Auch wenn es eigentlich nur einen einzigen Grund geben kann: Mietschulden in beträchtlicher Höhe.

Das Baby quengelt und strampelt unruhig mit den Beinchen. Sophie setzt die Flasche ab, legt sich ein weißes Tuch über die Schulter und hebt die Kleine hoch. »Sie muss ein Bäuerchen machen«, erklärt sie, klopft ihr sanft auf den Rücken. »Du meinst, ob ich keine Ahnung hatte?«

»Nun ja ... Aber ich will dich nicht aushorchen.« Ich nehme noch ein Gummibärchen und kaue genüsslich darauf rum. »Es sei denn, du möchtest mir dein Herz ausschütten, dann höre ich gern zu. Vielleicht kann ich helfen. Ich bin eine alte Frau, möglicherweise findet sich ja ein brauchbarer Rat im überquellenden Topf meiner Lebensweisheiten.«

Sophie schüttelt lächelnd den Kopf. »Du bist bestimmt keine alte Frau, aber davon abgesehen, mir könnte nicht mal Methusalem helfen.« Sie seufzt erschöpft.

»Wer weiß«, entgegne ich und fordere sie auf, die ganze Geschichte zu erzählen.

Das Baby beglückt Sophie mit einem kräftigen Rülpser, wobei es einen Schwall Milch über Sophies Schulter spuckt. Sie beeilt sich, das Malheur mit dem Tuch aufzuwischen.

»Es ist eine ziemlich unschöne Geschichte«, sagt sie.

Ich mustere sie eingehend. »Von meiner Neugier mal abgesehen, Sophie. In einer Wohngemeinschaft teilt man alle Sorgen, einer der großen Vorteile. Man ist nicht allein und findet immer ein offenes Ohr. Wie in einer Familie. Und hier bin ich das Familienoberhaupt«, verkünde ich unbescheiden. »Also, schieß los!«

Sie zieht das Kissen hinter ihrem Rücken hervor, legt es auf die Bank und bettet Nora darauf. Während sie mit einer Hand Noras Bauch im Uhrzeigersinn massiert, schenkt sie mir ein zögerliches Lächeln. »Im Grunde ist es mit wenigen Worten erklärt«, beginnt sie. »Wer sechs Monate lang die Miete schuldig bleibt, muss sich nicht wundern, wenn der Vermieter drastische Maßnahmen ergreift.«

»Sechs Monate«, wiederhole ich verwundert und frage, wie lange sie schon hier wohnt.

»Fast sieben Monate. Kurz nach Noras Geburt sind wir eingezogen.«

Ich rechne eilig nach. »Das bedeutet, ihr habt noch nie Miete bezahlt und inzwischen die Kaution abgewohnt?«

Sie nickt, peinlich berührt.

Das klingt, als wären sie und dieser mysteriöse Torsten Mietnomaden. Nein, das kann ich mir nicht vorstellen. »Entschuldige, Sophie, aber jetzt brauche ich was zu trinken«, sage ich und gehe zum Kühlschrank. »Für dich auch ein Bier?«

»Ja, gern.«

Das Bier im Kühlschrank gehört zwar Moritz, aber das ist

ein weiterer Vorteil einer WG: Es ist so manches im Haus, das man selbst nie eingekauft hätte.

Ich leihe mir eine der Flaschen, nehme zwei Gläser aus dem Schrank und kehre an den Tisch zurück.

»Wie kam es denn dazu?«, frage ich beim Einschenken. »Bei uns hat der Vermieter darauf bestanden, dass wir einen Dauerauftrag einrichten.«

»Bei uns auch«, bestätigt sie mit gesenktem Kopf. »Der Betrag sollte von Torstens Konto abgebucht werden. Wir hatten vereinbart, dass er die Miete bezahlt und ich für alles andere aufkomme. Krippe, Kindergarten, Lebensmittel und was wir sonst noch so brauchen.«

»Guter Deal für ihn«, entfährt es mir.

»Ja und nein«, widerspricht Sophie. »Da wir nicht verheiratet sind, landet das Kindergeld automatisch auf meinem Konto. Ich fand die Abmachung einigermaßen gerecht. Zumal Torsten noch studiert und von einer kleinen Erbschaft lebt, die ihm seine Eltern nach ihrem Unfalltod hinterlassen haben.«

»Und was ist schiefgelaufen?«, frage ich, obwohl ich ahne, dass es für dieses Desaster nur eine Erklärung geben kann.

Hilflos zuckt sie die Schultern. »Keine Ahnung.«

»Hm.« Ich nehme einen Schluck Bier. »Hast du mit ihm darüber gesprochen? Was sagt er dazu?«

Sophie antwortet nicht, presst stattdessen die Hand auf den Mund und schluchzt auf. »Der Mistkerl ist seit gestern verreist, zu einer Grabung in die ägyptische Wüste.«

Toller Familienvater! »Wusstest du denn nichts von Mahnungen oder einer angedrohten Kündigung?«, frage ich Sophie verwundert.

»Um den ganzen Papierkram hat sich Torsten gekümmert. Er ist ja viel häufiger zu Hause als ich. Aber wenn es etwas Wichtiges gab, hat er mich normalerweise informiert.«

»Apropos«, hake ich ein. »Wo warst du eigentlich, als das Schloss ausgetauscht wurde?«

»Ich hab Luis von einem Kindergeburtstag abgeholt. Aber das Drama nahm bereits heute Morgen seinen Anfang, als die fristlose Kündigung im Briefkasten lag. Ich wollte den säumigen Betrag sofort online überweisen, musste aber feststellen, dass mein Dispokredit restlos ausgeschöpft war. Das Konto ist mit fünftausend Euro in den Miesen. Das muss Torsten abgehoben haben, nur er kennt die PIN-Nummer meiner EC-Karte.«

»Die Karte ist auch weg?«, frage ich.

»Nein, sie ist noch in meiner Geldbörse. Aber er muss sie sich kurz vor seiner Abreise *ausgeliehen* haben«, antwortet sie, peinlich berührt. »Nachdem ich das Minus gesehen habe, habe ich die Kinder gepackt und bin losgeradelt. Auf dem Weg zur Bank habe ich Nora in die Krippe und Luis zu Fred gebracht. Als er dann zum Unterricht musste, hat er dich gebeten, auf ihn aufzupassen. Dafür habe ich mich noch gar nicht bei dir bedankt, Mathilde …«

»Ach was«, winke ich ab. »Luis und ich hatten viel Spaß auf dem Spielplatz, und ich genieße das Zusammensein mit deinem Sohn sehr. Wie du weißt, habe ich ja leider keine Kinder. Aber erzähl weiter, wie verlief dein Besuch bei den Geldverleihern?«

Sie lässt den Kopf sinken.

»Dir fehlen Sicherheiten?«, tippe ich.

Sophie nickt. »So ähnlich. Mein Gehalt ist zu niedrig, um mein Konto noch weiter zu überziehen. Aber sie haben mir einen Kleinkredit angeboten. Leider dauert es ein paar Tage, ehe ich über das Geld verfügen kann. Das habe ich dem Vermieter auch sofort telefonisch mitgeteilt und ihn angefleht, noch ein wenig Geduld zu haben. Doch er ist inzwischen so sauer, weil wir die Mahnungen ignoriert haben, dass er mir nur noch eine Frist bis nachmittags zugestehen wollte und danach das Türschloss hat austauschen lassen.«

Mitfühlend streiche ich ihr über den Rücken. »Arme Sophie, da haben sich ja wirklich alle Mächte gegen dich verschworen.«

Sie dreht den Kopf weg und streichelt Noras Bauch. »Wenn du mich nicht aufgenommen hättest, würden wir jetzt auf der Straße sitzen.«

»Du kannst bei uns wohnen, solange du willst«, versichere ich ihr. Doch etwas an Sophies Geschichte stört mich. Dann fällt es mir ein. »Was für ein Glück, dass du Windeln und ein Fläschchen für Nora dabei hattest.«

»Hatte ich gar nicht.« Sie deutet auf die Bierflasche. »Ist da noch etwas drin?«

»Die ist leer. Aber im Kühlschrank gibt's reichlich«, antworte ich und hole uns noch Nachschub. »Und wie kommt es dann, dass ihr alles Notwendige mitgebracht habt? Ein Baby braucht doch sicher so einiges.«

»Zum Verrücktwerden viel«, seufzt sie. »Nachdem ich im Briefkasten die Nachricht eines Schlossers vorfand – übrigens auch seine Rechnung, die ich natürlich begleichen muss –, habe ich in der ersten Verzweiflung Fred angerufen. Ich war einfach zu erschöpft, die Kinder noch mal in den Fahrradanhänger zu packen, und für ein Taxi hatte ich nicht genügend Geld. Fred hat mich abgeholt und ist mit mir in einen Drogeriemarkt, um ein Fläschchen, Milchpulver und Windeln für Nora zu besorgen«, erklärt sie. »Zum Glück stand wenigstens der Kinderwagen im Hausflur.«

»Wie schön«, entgegne ich ungewollt spitz.

Nach ihrem Bericht scheint auf der Hand zu liegen, dass ihr Verhältnis mit Fred der Grund ist, warum Torsten verschwunden ist.

»Ohne Freds Unterstützung wäre ich durchgedreht«, bestätigt sie arglos. »Zumal er mir sofort Unterschlupf angeboten hat. Doch als wir bei ihm ankamen, stand sein Badezimmer schon unter Wasser. Seine Wohnung ist unbewohnbar.«

»Ein Unglück kommt eben selten allein.«

»Du sagst es, Mathilde«, stimmt sie zu. »Na ja, und an einem Freitagabend bekommt man natürlich keinen Klempner. Erst für morgen bekam Fred eine definitive Zusage. Deshalb musst du dir jetzt mein Gejammer anhören.«

»Nicht doch«, lenke ich ein und schäme mich für meine alberne Eifersucht. Fred hat mir schließlich keine Hoffnungen gemacht. »Andere in deiner Lage würden sicher nicht so gelassen bleiben.«

»Vielleicht«, entgegnet sie leise und fängt an, zu weinen. »T-torsten … i-ist … ein … S-schwein …«, stammelt sie, und Sekunden später liegt sie schluchzend an meiner Schulter.

Ich spüre meine Augen unangenehm wässrig werden und bin kurz davor mitzuheulen.

»Wie viel schuldest du unserem Vermieter?«, frage ich, nachdem sie sich etwas beruhigt hat.

»Na ja, da sind erst mal drei Mieten à zwölfhundert Euro«, antwortet sie. »Zusätzlich sechsmal die Nebenkosten à zweihundert, da die Kaution ja nur dreitausend betrug.«

»Das sind viertausendachthundert«, rechne ich halblaut und blicke sie fragend an. »Und was noch?«

Sie atmet tief ein und trinkt einen Schluck Bier, als müsse sie sich stärken. »Dieser Halsabschneider verlangt inzwischen sechs Kaltmieten á eintausend, also sechstausend Euro als Kaution.«

»Wie bitte?«

»Ja, du hast richtig gehört. Insgesamt sind das nach Adam

Riese zehntausendachthundert Euro. Der Hausherr meinte, dass er auf Mieter wie uns verzichten könne, aber der Kinder zuliebe und nur gegen eine höhere Kaution ließe er sich darauf ein, uns die Wohnung weiter zu vermieten.«

»Ein echter Kinderfreund«, schnaube ich erbost. »Er war mir schon bei der Besichtigung nicht besonders sympathisch.«

»Torsten und mir auch nicht«, stimmt Sophie mir traurig zu. »Aber was soll ich machen? In dieser Situation sitzt er am längeren Hebel und ...« Sie wendet sich Nora zu, die im Schlaf leise quengelt. »Meine Eltern können mir dreitausend Euro leihen.«

»Dann fehlen dir für den Rest der Kaution und die Begleichung der Mietschulden noch knapp neuntausend Euro«, beende ich ihren Satz. »Die kann ich dir geben.«

Ruckartig dreht sie sich zu mir. »Mathilde!« Ihre Augen füllen sich abermals mit Tränen.

»Kein Grund zum Weinen«, versuche ich, ihren Ausbruch zu stoppen. »Mein Notfallgroschen ist für Notfälle wie diesen.«

»Aber du kennst mich doch gar nicht«, protestiert sie. »Warum solltest du mir so viel Geld leihen?«

»Natürlich kenne ich dich«, sage ich. »Du bist meine liebe Nachbarin aus der Dachwohnung, hast zwei süße Kinder und unterrichtest Kunst an einer Privatschule. Richtig?«

»Doch, doch«, versichert sie. »Trotzdem. Ich kann deinen Notgroschen nicht annehmen.«

»Warum nicht?« Herausfordernd sehe ich sie an. »Dafür ist er doch gedacht. Und sobald du den Kredit erhalten hast, zahlst du mir die Summe zurück, oder?«

»Selbstverständlich, Mathilde«, versichert sie und fällt mir um den Hals. »Das vergesse ich dir nie, nie, nie.«

Als sie mich schließlich loslässt, erhebe ich mein Bierglas. »Ach was, ist doch nur für ein paar Tage.«

»Also, wenn du es wirklich ernst meinst und den Betrag entbehren kannst, würde ich dein Angebot gern annehmen«, sagt sie, und wir stoßen an. Die Anspannung weicht aus ihrem mädchenhaften Gesicht, und sie sieht zum Glück nicht mehr ganz so traurig aus.

22

Babygeschrei weckt mich in den frühen Morgenstunden. Träge blinzle ich zum Wecker. Puh! Sechs Uhr dreißig. Im ersten Aufwachtaumel glaube ich noch, geträumt zu haben, dass aus unserer WG nun eine Großfamilie geworden ist. Bis ich nachrechne: Neun Bewohner sind wir nun, das Haus ist voll, und der Begriff Großfamilie ist wohl nicht mehr übertrieben.

Das Weinen ist verstummt. Ich beschließe, noch ein Weilchen weiterzudösen. Hoffentlich kann Sophie das ebenfalls. Sie hat es bitter nötig. So erschöpft wie sie gestern Nacht aussah, leidet sie unter chronischem Schlafmangel.

Kaum habe ich das Kissen zurechtgeknufft und die Augen wieder geschlossen, höre ich ein zartes Stimmchen meinen Namen flüstern.

»Mathinde?«

Einen Atemzug später spüre ich, wie mich jemand sachte antippt.

»Bist du waaach?«, flüstert er.

»Hmm«, murmle ich, drehe mich blitzschnell um und kitzle Luis am Bauch. Er quietscht vor Vergnügen, und ich lache mit ihm. »Na, hast du was Schönes geträumt?« Ich klopfe aufs Bett und fordere ihn auf, sich zu setzen.

Verlegen zieht er an seinem von Dana ausgeliehenen rosafarbenen T-Shirt und schaut mich mit wachem Ausdruck an. »Darf ich Rollerfahren?«

»Na klar.« Ein bisschen früh ist es zwar, aber warum soll der Kleine nicht im Flur rumsausen? Wo die großen Kinder sonst um diese Zeit laute Musik hören.

»Kommst du mit?«

Ich kapiere nicht sofort. »Wohin denn?«

»Nach oben, zu meinem Papa«, antwortet er und sieht mich an, als sei ich begriffsstutzig. »Da steht mein Roller, weißt du doch.«

»Ach so, ja«, sage ich und suche eilig nach einer plausiblen Ausrede. Wie mache ich dem Kind nur begreiflich, dass das Schloss noch immer *verzaubert* ist?

»Luis, lass Mathilde in Ruhe, sie will bestimmt noch schlafen.«

Eine verschlafen wirkende Sophie, immer noch in Amelies Nachthemd, erscheint in der Tür. Sie trägt das Baby auf dem Arm, das mich genauso munter anschaut wie ihr großer Bruder.

»Nein«, widerspricht Luis entschieden. »Mathinde holt den Roller.«

Ich sende einen hilfesuchenden Blick zu Sophie.

»Das geht nicht«, erklärt sie geistesgegenwärtig und verspricht: »Später vielleicht.«

»Ich will aber je-eetz«, protestiert er lautstark und fängt an zu weinen.

Die kleine Nora zuckt zusammen, verzieht den kleinen Mund und stimmt eine Sekunde später noch lauter ein.

Auf so geballte Kinderemotionen bin ich nicht gefasst. Bisher habe ich Luis immer nur fröhlich erlebt. Mir bricht sofort der Schweiß aus, und ich weiß nicht, wie ich reagieren soll – trösten, ignorieren oder mit Gummibärchen bestechen?

Sophie scheinen solche Gefühlsausbrüche hingegen nicht aus der Ruhe zu bringen. »Später«, bestimmt sie, fasst Luis an der Schulter und versucht, ihn aus dem Zimmer zu schieben.

»Ja, was ist denn hier los?«, ertönt Gustls dunkler Bass, und schon taucht sein rundes, unrasiertes Gesicht im Türrahmen

auf. »Aha!«, lacht er. »Hat da vielleicht ein kleiner Mann großen Hunger?«

Luis verstummt, als habe Gustl ein Codewort gesagt.

»Na?«, fragt Gustl und knöpft sich das noch halb offene
Hemd zu. »Möchtest du mir in der Küche helfen, Frühstück
für alle zu machen?«

Skeptisch blickt Luis zu Gustl auf. Küchenarbeit als Ersatz
für eine rasante Rollertour im Flur scheint ihn nicht zu überzeugen.

»Du darfst Eier aufschlagen«, verspricht Gustl. »Und Rührei braten.«

Zwischen Luis' Augenbrauen bildet sich eine steile Falte,
als überlege er, was Eieraufschlagen nun genau ist und ob das
spannend sein könnte. Doch dann saust er mit einem lauten
»Jaaa« auf Gustl zu. Der fängt ihn mit ausgebreiteten Armen
auf, hebt ihn hoch und trägt ihn davon.

Sophie atmet auf. »Gerettet! Wenn Luis sich Rollerfahren
in den Kopf gesetzt hat, gibt es kaum etwas, um ihn davon ab-
zubringen.«

»Da ist Gustl der richtige Mann. Er liebt den Umgang mit
Kindern und wünscht sich schon lange Enkelkinder.«

»Er kann sich meinen Sohn gern ausleihen«, entgegnet
Sophie und entschuldigt sich. »Nora braucht frische Windeln. Anschließend komme ich helfen und mache mich nütz-
lich.«

»Nicht nötig«, winke ich ab. »Die Küche ist Gustls Reich,
da werkelt er mit Vorliebe allein rum. Wir übernehmen dafür
das Putzen in den anderen Räumen.«

»In Ordnung, dann bis später«, verabschiedet sie sich.

Als ich die Küche betrete, schneidet Gustl gerade Brot auf.
Luis sitzt neben ihm auf der Arbeitsfläche und knabbert an einem Apfelschnitz.

Mit glänzenden Augen streckt er mir seine Hand mit ge-
spreizten Fingern entgegen. »Sooo viele Eier geschlagen.«

»Hui«, grinse ich. »Dann bist du Weltmeister im Eier-
schlagen.«

»Hmm.« Er nickt kauend.

Amelie erscheint als Minerva im wallenden schwarzen Gewand und mit dunklem Augen-Make-up. Mir gefiel sie als
buntes Hippie-Lieschen besser. Kurz darauf taucht das junge
Liebespaar auf, im Partnerlook – in Jeans und weißen Herren-
hemden. Als Letzte kommt Irma herein, in einen edlen pista-
ziengrünen Seidenpyjama gehüllt, der zu ihren roten Haaren
geradezu mondän wirkt.

Es dauert nicht lange, bis der Tisch gedeckt ist. Alle helfen
mit, bis auf Amelie, die Platz nimmt, um die Tageskarte zu ziehen.

»Oh, oh, drei Schwerter«, nuschelt sie düster.

»Zieh einfach eine andere Karte«, unterbreche ich sie, um
schlimmere Vorhersagen zu verhindern. »Eine, die Friede,
Freude, Eierkuchen verkündet.«

»Du wirst noch an mich denken«, kontert sie und packt
die Karten weg.

Halblautes Gemurmel, Besteckklappern und leise Schmatz-
geräusche der fläschchentrinkenden Nora erfüllen die Küche.
Und für einen Augenblick gebe ich mich einem süßen Tagtraum hin, in dem tatsächlich alles so golden glänzt, wie es
durch die hereinfallende Morgensonne wirkt. Otto ist nicht
gestorben, sondern dreht in Frankreich einen Skandalfilm,
und Irma besucht uns während seiner Abwesenheit. Genau
wie Sophie, die wir zum Frühstück eingeladen haben und deren Konto schwarze Zahlen aufweist. Amelie hat noch nie von
einem Umzug gesprochen. Und ich? Vor meinem inneren
Auge taucht Fred auf, der mich zärtlich küsst. Eilig verdränge

ich die Illusion und schiebe eine Portion Rührei auf die Gabel. Fred gehört zu Sophie. Basta!

»Hör mal, Sophie«, unterbricht Irma plötzlich meine absurden Gedanken. »Du könntest mit mir in Ottos Haus wohnen, bis alles geklärt ist.«

»Oh, Irma«, sagt Sophie. »Was für ein großzügiges Angebot.«

»Keine Ursache«, winkt Irma ab. »Das Haus ist riesig. Da hätten wir alle Platz. Und Frau Behringer, die Haushälterin, kommt am Montag aus dem Urlaub zurück. Die freut sich über jeden, den sie bemuttern kann. Allerdings liegt das Anwesen in Bogenhausen. Ich weiß nicht, ob das verkehrstechnisch günstig für dich ist.«

Sophie schüttelt den Kopf. »Nicht direkt. Aber es gibt Busse für die Schüler, da könnte ich vielleicht mitfahren. Falls es hier doch zu eng wird, würde ich dein Angebot gern annehmen.« Sie blickt mit besorgter Miene in die Runde.

»Quatsch«, entgegne ich. »Bis du wieder in deine Wohnung kannst, bleibst du hier, wie vereinbart.«

»Ich auch!«, kräht Luis dazwischen.

»Selbstverständlich«, bestätigt Gustl. »Du bist doch mein fleißiger Hilfskoch.«

Irmas Handy klingelt. Sie gibt uns zu verstehen, dass der Urnen-Eddie dran ist und verlässt die Küche.

Sophie legt das Baby in die Trage, schnieft plötzlich und schon laufen dicke Tränen über ihre Wangen. »Ich weiß gar nicht, wie ich das jemals wiedergutmachen kann. Ihr seid alle so lieb zu uns. Tausend Dank, wirklich! Aber ich werde mich sowieso nach einer neuen Wohnung umsehen müssen. Mit meinem spärlichen Gehalt ist die Dachwohnung viel zu teuer, und dann muss ich ja auch noch die Schulden zurück…« Sie stockt und presst ihre Serviette auf den Mund.

Auch ich muss heftig schlucken.

»Ach, Gottchen, du armes Ding.« Amelie, die neben ihr sitzt, legt den Arm um Sophies zuckende Schultern. »Das hilft dir zwar nicht«, beginnt sie. »Aber vielleicht tröstet es dich, dass auch ich letzte Woche ziemlich viel Geld verloren habe.«

»Nein, Amelie, das ist kein Trost«, rügt Gustl sie. »Was da abgelaufen ist, war deine eigene Dummheit.«

»Das ist ja wohl die Höhe.« Sie geht hoch wie ein Gugelhupf mit einer Überdosis Backpulver. »*Ich* sorge mich um ein gemütliches Nest für uns beide, und *du*?

»Ich?«, antwortet Gustl milde. »Hab mir überlegt, ob das Universum vielleicht gar nicht möchte, dass wir beide umziehen. Könnte doch sein, dass es uns vom Schicksal vorherbestimmt ist, in unserer WG zu leben. Und ich erinnere mich, dass du vor gar nicht langer Zeit etwas in der Art geäußert hast, oder?«

Ha!, triumphiere ich innerlich. Gustl schlägt Amelie mit ihren eigenen Waffen.

»Schmarrn«, entgegnet sie schnippisch und wedelt mit der Hand durch die Luft, als könne sie Gustls entlarvende Bemerkung wegwischen. »Unsere Situation steht jetzt nicht zur Debatte. Hier geht es um eine obdachlose Mutter und ihre zwei kleinen Kinder.«

Kaum ausgesprochen, schluchzt Sophie abermals auf.

»Erzähl doch nicht so einen Blödsinn«, fahre ich Amelie an. »Damit machst du alles nur noch schlimmer.«

Sophie trocknet ihre Tränen. »Schlimmer kann es gar nicht mehr werden«, prophezeit sie düster. »Im Prinzip stehen wir tatsächlich auf der Straße.«

»Mama«, ruft Luis, dem offensichtlich langweilig wird. »Ich will jetzt endlich meinen Roller.«

Sophie schnappt nach Luft wie eine Ertrinkende und sieht ihren Sohn an. »Was machen wir nach dem Frühstück?«

»Zähneputzen«, antwortet er. »Aber dann kriege ich meinen Roller, ja?«

»Luis, ich hab eine Idee«, meldet sich Gustl wieder zu Wort. »Was hältst du davon, wenn wir zwei nach dem Frühstück die Küche aufräumen und dir anschließend einen neuen Roller besorgen?«

»Waruuum?«, fragt Luis, sichtlich verwundert über das unerwartete Angebot.

Gustl kratzt sich nachdenklich am Kinn. »Weil du sooo viele Eier geschlagen hast.«

Luis strahlt ihn begeistert an. »Ich kann noch sooo viele Eier schlagen.« Er hält beide Hände hoch. »Kriege ich dann auch ein neues Spielzeugauto?«

Der clevere Vorschlag des kleinen Sonnenscheins sorgt für allgemeine Heiterkeit. Selbst über Sophies Gesicht huscht ein kleines Lächeln.

»Das bekommst du von mir«, verkündet Amelie. »Ich begleite euch. Und wir kaufen einen Fußball und spielen damit im Garten.«

Gustl erhebt sich und Luis mit ihm.

»Wir wollen auch mit«, sagt Dana, und Moritz grinst: »Ja, wir möchten auch Spielsachen einkaufen!«

»Du gehst nirgendwohin, Moritz«, mische ich mich ein. »Erst verschwinden die Dämmplatten im Flur. Und du hast mir noch immer nicht erklärt, was es damit auf sich hat.«

»Ach so … ja … die Platten«, stammelt er und sieht hilfesuchend zu Dana. »Da hat sich eine gravierende Änderung ergeben.«

»Wieso Änderung?« Ich stippe ein paar Brösel vom Teller. »Was hattest du denn ursprünglich geplant?«

250

Moritz trinkt einen Schluck Kaffe, als wolle er Zeit schinden, um eine gute Ausrede zu finden.

»Und?«, bohre ich nach.

Er setzt die Tasse ab. »Schallschutz, wie ich gesagt habe. Ich wollte Danas und mein Zimmer damit verkleiden.«

»Wie ›verkleiden‹?«, frage ich.

»Na, die Wände«, antwortet er. »Erst bohrt man die Holzlatten an, darauf werden die Platten geschraubt und anschließend gestrichen. Ist ganz einfach. Dauert nur etwas, ein bis zwei Tage pro Zimmer, schätze ich. Die Platten hat mir ein Kumpel für'n Appel und 'n Ei besorgt. Der arbeitet zurzeit auf einer Baustelle und ...«

»Nein! Du musst alles wieder zurückbringen«, protestiere ich. »In dieser Wohnung wird nichts angebohrt außer Bildern oder Spiegeln. Im Mietvertrag sind bauliche Veränderungen ausdrücklich untersagt.«

Moritz blickt mich ungläubig an. »Echt?«

»Ja, echt!«, nicke ich. »Also, das Ganze rückwärts, marsch, marsch.«

Er legt die Hand an die Stirn, als wolle er salutieren. »Yes, Ma'am!«

Ungewollt muss ich lachen. »Kindskopf. Aber wenn du das nächste Mal wieder Baumaterial organisierst, besprich das bitte vorher mit mir.«

»Es wird kein nächstes Mal geben«, antwortet Dana für ihn.

Erleichtert atme ich auf. »Prima. Dann bin ich beruhigt und gehe jetzt unter die Dusche. Oder musst du ins Bad, Sophie?«

»Nein, nein, ich kann warten«, antwortet sie und befreit die unruhig strampelnde Nora aus der Trage.

»Moment noch«, hält mich Moritz zurück.

»Ja?«

»Ich muss … Also wir …«, beginnt er zögernd. »Na ja, Dana und ich müssen dir oder euch noch was mitteilen.«

Ich setze mich wieder. »Schieß los!«

»Nicht schießen, Mathinde«, protestiert Luis aufgeregt und stellt den leeren Brotkorb ab, den Gustl ihm in die Hand gedrückt hat. »Die Imme hat gesagt, schießen ist böse.«

»Imme ist die Kindergärtnerin«, erklärt Sophie.

Beruhigend streiche ich ihm über die blonden Locken. »Nein, ich will nicht schießen, das sagt man nur so, wenn jemand ein Geheimnis verraten soll.«

Erleichtert schnappt er sich den Korb und sieht zu Gustl hoch. »Kriege ich ein Geheimnis?«

»Geheimnisse werden nur an Weihnachten verkauft«, antwortet Gustl lächelnd, während er das Besteck einsammelt.

»Also, Dana und Moritz.« Ich blicke sie fragend an. »Was habt ihr zu verkünden?«

Moritz holt tief Luft. »Wir planen eine Null-Energie-WG.«

Ich brauche einen Moment, bis ich verstehe. »Soll das bedeuten, dass wir in Zukunft ohne Strom auskommen sollen? Auch im Winter?« Vor Entsetzen läuft mir sofort ein eiskalter Schauer über den Rücken.

Dana grinst. »Nein, liebe Patentante. Das bedeutet …«

»Puuuh. Der totale Waaahsinn!«

Irma stürmt in die Küche, und wie ich ihrem Gesichtsausdruck entnehme, ist sie total genervt.

»Was ist los?«, frage ich.

»Otto wollte doch verbrannt und dann zum Diamanten gepresst werden. Aber das lässt sich nur mit einer von ihm unterschriebenen Erklärung machen.«

Amelie interessiert ein ganz anderer Aspekt der Geschichte.

»Und wohin dann mit dem Brilli? Hängst du dir Otto um den Hals oder lässt du ihn als Ring fassen?«

»Erst mal benötige ich diesen Wisch.« Schwer atmend lässt sich Irma auf einen Stuhl fallen.

»Könnte es sein, dass du den in seinen Unterlagen findest?«, erkundige ich mich.

»Unterlagen?«, fragt sie. »Keine Ahnung. Ich weiß doch nur von diesem Wunsch, weil Otto mal darüber gesprochen hat.«

»Na, seine wichtigsten Dokumente wird er doch irgendwo aufbewahren«, vermute ich.

»Möglich«, nickt Irma.

»Dann würde ich vorschlagen, du fährst zum Haus und suchst danach. Seine Koffer kannst du bei der Gelegenheit auch gleich mitnehmen.«

»Allein?«, fragt sie, als wollte ich sie ohne Wasser in die Wüste schicken.

»Ich begleite dich«, schlägt Amelie vor. »Ottos Haus ist bestimmt sehenswert.«

Kopfschüttelnd mustere ich sie. »Bist du nicht mit Luis und Gustl zum Einkaufen verabredet?«

»Oh!« Sie überlegt kurz. »Gustilein?«, flötet sie. »Bist du mir böse, wenn ich das Auto nehme und Irma fahre? Sie braucht Hilfe. Du weißt am besten, wie man sich in seiner Trauer fühlt.«

Gustl, der zusammen mit Luis Besteck in die Spülmaschine einsortiert, dreht sich langsam um und lächelt. »In Ordnung. Wir machen uns einen echten Männersamstag. Was meinst du, Luis? Erst aufräumen und dann mit der Trambahn fahren?«

»Samstagmänner«, wiederholt Luis und strahlt Gustl begeistert an.

Irma taxiert derweil Amelies schwarzes Wallegewand.

»Ist was?«, fragt sie herausfordernd.

»Also, wenn du mich begleiten möchtest …« Irma lässt den Rest unausgesprochen.

Amelie begreift dennoch. Kichernd hebt sie die Hände. »Schon gut, ich zieh mir was anderes an.«

»Und schmink dich bitte ab«, wünscht sich Irma. »Sonst glauben die Nachbarn noch, ich hätte eine Hexe engagiert. Und du?«, fragt sie mich.

»Ich würde lieber hierbleiben und mich um Sophie kümmern«, antworte ich und erinnere mich im selben Moment, dass Moritz mir noch etwas mitteilen wollte. Doch er und Dana haben sich mittlerweile davongeschlichen.

Ich mache mich auf die Suche nach den beiden. Im Flur vernehme ich Musik aus Danas Zimmer. Als ich anklopfe, ertönt ein freundliches »Ja«.

Die beiden sitzen im Schneidersitz auf Amelies Blümchenbett, das noch ziemlich zerwühlt aussieht.

»Komm rein, setz dich«, fordert mich Dana auf.

»Danke, aber ich bleib nicht lange«, verspreche ich und wende mich an Moritz. »Du wurdest vorhin bei dieser Null-Energie-Sache unterbrochen. Also, willst du uns den Strom abdrehen?«

»Nicht doch.« Moritz lacht. »Wir planen, mit zwei Kommilitonen eine eigene Studenten-WG zu gründen. Unter der Null-Energie-Prämisse. Es geht dabei um ein Energiesparprojekt, über das wir laufend in einem Internetblog berich…«

»Ihr wollt ausziehen?«, falle ich ihm ins Wort. Allein der Gedanke beschert mir einen Schweißausbruch, Marke Finnische Sauna. »Ihr seid doch gerade erst eingezogen!«

»Ja, schon, und wir finden es total cool hier«, bestätigt Dana. »Ursprünglich wollten wir mit der eigenen WG noch ein paar Monate warten. Aber jetzt, wo Sophie sich in dieser schlimmen Lage befindet, würden wir unsere Zimmer ihr und den Kindern zur Verfügung stellen.«

»Genau!«, redet Moritz weiter. »Dann habt ihr doch viel mehr Platz.«

Erstaunt mustere ich die Frischverliebten. Die beiden scheinen es ernst zu meinen. Wenn sie ausziehen, wäre tatsächlich Platz für Sophie und ihre Kinder, und auch Irma wird wohl bald auf der Matte stehen. Als Mitbewohner sind sie mir alle herzlich willkommen.

23

Ich kann kaum glauben, dass mein Traum von der Großfamili-
en-WG wahr werden könnte. Bleibt nur die Frage, wie wir das
finanziell schaffen. Sophie verdient vermutlich kein Vermögen, und wann Irma wieder flüssig ist, steht noch in den Ster-
nen. Aber mit Sophies Einzug wären wir fünf zahlende Mitbewohner. Ich muss den jeweiligen Mietanteil noch einmal
genau errechnen, und dazu brauche ich unbedingt etwas Süßes. Das aktiviert meine grauen Zellen.

Als ich die Küche betrete, klappt Gustl gerade die Spülmaschine zu und mustert mich neugierig. »Welche Laus ist dir
denn über die Leber gelaufen?«

Luis sieht auf mein zurückgebundenes Haar. »Hast du
Läuse?«

»Nein, Schatz«, antworte ich. Kopfläuse wären mein ge-
ringstes Problem.

»Im Kindergarten waren gaaanz viele Läuse, und dann
hat die Mama mir die Haare gewaschen, und da sind die Läuse
tot gegangen, und dann hat es gaaar nicht gejuckt«, erzählt er
aufgeregt und blickt von mir zu Gustl. »Krieg ich jetzt den
Roller?«

»Gleich«, verspricht Gustl und mustert ihn eingehend.
»Im T-Shirt willst du ja wohl nicht auf die Straße, oder?«

Luis schüttelt den Kopf.

»Dann lauf zu deiner Mama, und lass dir was anziehen.«
Gustl schubst ihn sanft an.

Luis zieht sich gleich an Ort und Stelle aus, lässt alles fallen
und saust dann los. »Jaaa.«

»Also, was ist los?« Gustl hebt das T-Shirt auf und stellt die Geschirrspülmaschine an.

»Nichts, ich muss nachdenken«, wiegle ich ab. »Wo hast du die Schokolade versteckt?«

Noch ehe Gustl etwas erwidern kann, taucht Moritz mit dem Telefon auf. »Irma möchte dich sprechen.«

Beunruhigt nehme ich Moritz den Apparat aus der Hand. »Alles in Ordnung?«

»Reg dich ab«, antwortet sie. »Trotzdem möchte ich dich bitten, herzukommen.«

»Katastrophenalarm?«

»Nein, entspann dich.« Ihre Stimme klingt tatsächlich ruhig. »Aber wir suchen immer noch nach diesen dämlichen Unterlagen, finden sie aber in Ottos Chaos nicht. Und du hast für solche Sachen doch ein gutes Auge. Würdest du bitte herkommen und uns helfen?«

»Gibt es Schokolade und Portwein?«, entgegne ich.

»Wir feiern hier nicht gerade eine Party, falls du das meinst.«

»Trotzdem brauche ich jetzt ein, zwei Gläschen Portwein und am besten noch ein, zwei Marzipanpralinés«, kläre ich sie in sachlichem Ton über meinen Zustand auf. »Erst dann laufen meine kleinen grauen Zellen zu Hochform auf.«

»Ha!« Irma stößt einen trockenen Lacher aus. »Wer hätte das gedacht: Die Chefbuchhalterin süffelt.«

»Ex-Chefbuch…«

»Meinetwegen auch Ex«, unterbricht sie mich. »Was ist jetzt, kommst du?«

»Ich war noch nicht unter der Dusche«, antworte ich. »Also gib mir eine Stunde.«

»Nimm dir ein Taxi, ich zahle«, sagt Irma, nennt mir die Adresse und verabschiedet sich.

Ich will sie noch daran erinnern, dass Taxis in ihrem Budget nicht vorgesehen sind, doch da ist die Verbindung bereits unterbrochen.

Mit der U-Bahn von Gern nach Bogenhausen zu fahren dauert etwa dreißig Minuten. Doch ich bin viel zu neugierig auf Ottos Villa, um mir so viel Zeit zu lassen. Also setzte ich mich tatsächlich in ein Taxi.

Als der Wagen in der ruhigen Straße vor Ottos Domizil anhält, glaube ich im ersten Moment, eine falsche Adresse notiert zu haben. Doch dann erinnere ich mich, dass Irma den kleinen Park gegenüber schon mal erwähnte, der nach Shakespeare benannt wurde. Deshalb musste Otto das Haus einfach kaufen, hat sie damals erzählt.

Staunend und immer noch ungläubig stoße ich den unverschlossenen weißlackierten Eisentorflügel auf. Dahinter befindet sich ein zweigeschossiges weißes Gebäude mit hohen Sprossenfenstern. Es ist ein geradliniger Bau im Bauhausstil, dessen Eingang von zwei mächtigen blau blühenden Hortensienbüschen flankiert wird. Der eigentliche Garten ist von der Straße aus nicht einsehbar und sicher noch viel schöner als der Vorgarten. Soweit ich das beurteilen kann, ist ein Anwesen in dieser Gegend Millionen wert. Hier wäre Irma tatsächlich gut versorgt.

Ins Haus selbst gelangt man über fünf steinerne Stufen, die zu einem wuchtigen hellgrauen Eingangsportal führen. Rechts daneben ein schwarzer Klingelknopf inmitten einer blankgeputzten Silberrosette. Der Name fehlt.

Nach dem Klingeln höre ich Schritte, die schwere Tür öffnet sich – und Amelie strahlt mich an.

»Na endlich. Herein mit dir.« Sie tritt zur Seite und weist mit der Hand in eine ziemlich beeindruckende Diele. Eigentlich ist es eine Halle, halb so groß wie unsere gesamte Wohnung, also mindestens siebzig, achtzig Quadratmeter, mit Fischgrät-Parkettboden, holzvertäfelten Seitenwänden und einer Treppe, die ins obere Stockwerk führt.

»Na, was sagst du?«, fragt Amelie. »Allererste Sahne, was? Und: only good vibrations – von mir höchstpersönlich ausgependelt.«

»Mir bleibt die Spucke weg«, sage ich überwältigt.

Was für eine Traumvilla. Hier könnte sich meine Großfamilie nach Herzenslust vermehren. Schade, dass sie nicht mir gehört, seufze ich innerlich.

»Warte, bis du den Rest des Palastes gesehen hast.« Amelie schiebt mich durch die Halle zur Treppe. »Irma sucht in Ottos Ankleidezimmer nach den Unterlagen.«

»Ankleidezimmer?«, wiederhole ich konsterniert.

»Mit Office und Salon sind wir durch«, erzählt sie auf dem Weg in die erste Etage. »Leider erfolglos. Aber vielleicht finden wir ja in seiner Garderobe etwas Brauchbares. Übrigens, in der Garage steht ein alter James-Dean-Porsche. In Knallrot.«

Ankleide! Office! Salon! Und ein wertvoller Oldtimer! Mannomann, denke ich mir, als ein gellender Schrei ertönt. Amelie starrt mich erschrocken an, bevor sie losstürmt. Besorgt eile ich hinterher.

Zu besagter Ankleide gelangen wir durch ein im Kolonialstil möbliertes Schlafzimmer, das ein dunkel geflammtes Bambusbett dominiert. Über dem Kopfteil prangt ein gerahmtes Plakat, das Otto als jungen Schauspieler in einer Theaterproduktion als Stanley Kowalski in »Endstation Sehnsucht« zeigt. Der Goldrahmen wurde mit einem schwarzen Seidenschal dekoriert. Ich tippe, dass Irma ihre Trauer damit zum Ausdruck bringen möchte.

Die Kleiderkammer selbst misst schätzungsweise zehn mal zehn Meter und ist rundherum mit offenen Regalen aus honigfarbenem Holz, Schuhborden und breiten Schubladen ausgestattet. Auf massiven Messingstangen hängen Anzüge, Hosen, Jacken und Mäntel. Fast alles ist in Weiß oder hellen Farbtönen, dazu bunte Hemden und Accessoires nach den Farben des Regenbogens geordnet.

Für einen kurzen Augenblick sehe ich Otto in der Mitte des Raumes vor mir, wie er sich angesichts dieser unglaublichen Auswahl überlegt, ob er lieber ein rotes oder ein türkisfarbenes Accessoire wählt. Ein kurzes Blinzeln, und ich erkenne Irma, die auf dem Parkett kauert. Mit weit aufgerissenen Augen hält sie uns ein weißes Blatt entgegen.

»Die Erklärung?«, frage ich hoffnungsvoll.

Traurig schüttelt sie den Kopf. »Ein Brief.«

Amelie zögert nicht lange, reißt Irma das ramponierte Papier aus der Hand und fixiert es. »Der ist ja schon fünf Jahre alt!«

»Das Datum ist unwichtig«, entgegnet Irma. »Auf den Inhalt kommt es an!« Sie stöhnt auf. »Bitte, lies laut vor, vielleicht glaube ich dann, was da steht.«

Amelie holt gewichtig Luft und räuspert sich, als stünde sie vor Publikum, bevor sie beginnt: »*Mein Geliebter ...* «

»*Geliebter?*«, unterbreche ich sie schockiert.

»Otto hatte einen Geliebten!« Irma schluckt.

Amelie hebt beschwichtigend die Hand. »Nun wartet doch ab, was hier steht. Also: *Mein Geliebter, wie in einem schlechten Film ist meine Familie vor Jahren ausgestorben, deshalb setze ich dich als Alleinerben ein. Du wirst eine hinreißende Witwe abgeben* ... >Witwe in Gänsefüßchen< ... *und mir ein treues Andenken bewahren, wie du mir immer ein liebender Freund und eine zuverlässige Stütze in trüben Stunden warst. Ich werde dich immer lie-*

ben. *Kommen wir nun ohne langes Geschwafel zu meinem letzten großen Auftritt. Meine Beerdigung! Du kennst mich seit Jahrzehnten und weißt sehr gut, dass mir eine der üblichen Beisetzungen ein Gräuel wäre. Deshalb habe ich diesbezüglich Wünsche bei meinem Anwalt hinterlegt. Der Ablauf ist ein wenig dramatisch, aber auch lustig, wie in jedem guten Melodrama. Doch du wirst meinen Wunsch nach einer unkonventionellen Zeremonie ...* « Sie räuspert sich abermals. »Hier endet der Brief.«

Mit wässrigen Augen blickt Irma zu mir auf. »Wer hätte das gedacht? Ottos Geliebter bekommt alles: Auto, Haus, Vermögen.«

Ich kann mir gut vorstellen, was sie fühlt. Doch vielleicht ist die Situation gar nicht so schwarz, wie sie glaubt. »Wo war der Brief?«, frage ich.

Irma greift nach der blassblauen Strickjacke, die neben ihr auf dem Boden liegt. »In dieser Kaschmirjacke, die ich allerdings noch nie an ihm gesehen habe.«

Amelie öffnet die rechte Faust, in der sie einen Kristall an einer silbernen Kette hält. Sie lässt den Stein über der Jacke hin und her pendeln.

»Lass diesen esoterischen Quatsch«, meint Irma. »Das bringt doch nichts. Otto und ich waren nicht verheiratet, das allein zählt.«

»Pssst«, zischt Amelie und konzentriert sich auf das Pendel. »Möglicherweise ... ist Ottos Brief ... «, beginnt sie.

»Etliche Jahre alt!«, unterbricht Irma sie spöttisch.

Amelie zieht die Brauen hoch. »Du hast mich nicht ausreden lassen.«

Genervt hebt Irma die Schultern. »Na, dann spuck's schon aus, *Minerva*!«

»Längst hinfällig, wollte ich sagen.« Amelie setzt sich neben sie auf den Fußboden. »Du hast doch erzählt, dass Otto mit seinem Manager zusammen war. Und der ist vor einer ganzen Weile gestorben, oder nicht?«

»Ja, vor ungefähr fünf Jahren«, antwortet Irma.

»Na, bitte«, erwidert Amelie. »Vermutlich war der Brief bloß ein Entwurf. Er wurde ja auch nicht beendet. Ich bin sicher, er hat nichts zu bedeuten. Du solltest dir keine Sorgen machen. Otto hat dir das Erbe doch versprochen. Ich habe es selbst gehört.«

»Ich mache mir aber Sorgen«, beharrt Irma. »Nicht wegen des Erbes, wenn ihr das denkt. Ich komme schon irgendwie zurecht.« Sie sieht zwischen Amelie und mir hin und her. »Aber, wenn ich diesen blöden Wisch nicht finde, kann ich Ottos letzten Willen nicht erfüllen. Dann kann er nicht eingeäschert und auch nicht zum Diamant gepresst werden und muss für ewig im erdfeuchten Grab ...« Sie stockt, fischt in der Tasche ihrer schwarzen Hose nach einem Taschentuch und trocknet ihre Tränen. »Ich hab nur noch dieses Wochenende Zeit. Der Urnen-Eddie hat Ottos Ankunft aus Frankreich für Montag angekündigt und mich gebeten, eine Urne auszusuchen.«

»Wer ist Ottos Anwalt?«, frage ich sie.

»Welcher Anwalt?«

»Na, von dem im Brief die Rede war. Mit dem solltest du offensichtlich zuerst reden«, antworte ich.

Ächzend erhebt sie sich, streicht ihre Hosen glatt und schaut mich verzagt an. »Keine Ahnung ... Aber in Ottos Handy findet sich eventuell ein Eintrag.«

Langsam werde ich ungeduldig. »Und wo ist denn nun das Gerät?«

»Ich habe es in einen der Koffer gepackt, und die ...« Sie bricht ab.

»Das Gepäck steht noch unten im Salon«, mischt Amelie

262

sich ein und zieht Irma mit sich. »Wasch dir erst mal das Gesicht.«

Folgsam lässt sich Irma in das angrenzende Badezimmer bugsieren. Der von Tageslicht durchflutete Raum hat die Ausmaße unserer Küche und wurde im Originalzustand belassen. Die Wände sind weiß gefliest und eine freistehende Wanne auf Löwenpfoten lädt zum Planschen ein. An den beiden altmodischen Säulenwaschbecken hätte auch eine ganze Familie Platz. Die darüber angebrachten, leicht fleckigen Kristallspiegel zeichnen ein mildes Bild und zeigen nicht allzu viele Falten. Durchbrochen wird die Harmonie von türkisfarbenen Handtüchern, einer Batterie edelster Parfümflaschen, Cremetöpfen, Badezusätzen sowie einer kunterbunten Entenschar, die eindeutig Irma gehört.

Amelie lässt sich auf der Badewanne nieder. Ich bleibe im Türrahmen stehen. Irma dreht den antiken Wasserhahn auf und schaufelt sich Wasser ins Gesicht, als könne sie ihre Sorgen damit ertränken.

»So, jetzt reicht's«, unterbreche ich sie schließlich. »Ich hätte jetzt gern den versprochenen Port.«

Irma stöhnt auf, greift aber nach dem Frottiertuch und trocknet sich ab. Endlich begeben wir uns ins Erdgeschoss, in den Salon.

Ein schlichtes Wohnzimmer wie unseres habe ich natürlich nicht erwartet. Aber auf edle chinesische Antiquitäten mit Perlmuttintarsien war ich auch nicht vorbereitet. Einige der Stücke, wie das lackglänzende schwarze Sideboard, wirken wie aus einem alten Hollywoodfilm, in dem jeden Moment Marlene Dietrich auftritt.

Irma weist mit einer Handbewegung zu einem niedrigen bemalten Beistelltisch, auf dem diverse Flaschen und Gläser stehen. »Bitte, bedien dich.«

»Danke. Sonst noch jemand?«, erkundige ich mich. »Port ist allerdings keiner da. Sherry wäre im Angebot.«

»Vielleicht nehme ich auch ein winziges Schlückchen«, meint Amelie. »Es ist ein Brauch von alters her, wer Sorgen hat, hat auch Likör.«

Irma schüttelt den Kopf und macht sich schweigend über die Koffer her. Erst nachdem sie Ottos Klamotten auf sämtlichen Korbsesseln und den zwei breiten Sofas verstreut hat, findet sie das Telefon.

»Mist!« Sie drückt ungeduldig auf den Tastern rum. »Es lässt sich nicht einschalten.«

»Dann ist wohl der Akku leer«, beruhige ich sie und frage nach dem Ladegerät.

Es vergehen weitere Minuten mit Suchen, bis Irma es endlich gefunden hat.

Inzwischen hat Amelie den zweiten Sherry gekippt. Ich nippe noch am ersten Glas, und das steigt mir schon in den Kopf.

»Hast du ein Knäckebrot oder ein paar Kekse im Haus?«, frage ich. »Mir ist ganz flau im Magen.«

»In der Küche«, antwortet Irma. »Irgendwo in einem der Oberschränke. Direkt gegenüber.«

Als ich die moderne schwarzweiße Designerküche betrete, fällt mir sofort ein kleines rotes Licht neben dem Fenster auf. An der Wand ist ein Telefon befestigt, das hektisch blinkt.

Ich gehe zurück in den Salon. »Irma, hast du den Anrufbeantworter abgehört?«

»Nein, wieso?«

»Er blinkt«, informiere ich sie. »Es sind Nachrichten darauf. Könnte wichtig sein.«

»Na los, sofort«, drängelt Amelie, zieht Irma vom Sofa hoch und schiebt sie vor sich her.

Widerwillig drückt Irma auf einigen Tasten rum.

»Hier ist Dr. Rossberg«, ertönt eine Männerstimme. »Liebe Frau Behringer oder wer immer das hört … Ich suche Frau Irmgard Schöller. Dringend. Bitte, kontaktieren Sie mich so schnell wie möglich …« Er spricht die Nummer seiner Kanzlei sowie seine Handynummer auf Band.

Grabesstille. Keine von uns sagt etwas.

»Der Anwalt!«, erklärt Irma schließlich. »Er wird den Hausschlüssel wollen. Vermutlich beobachtet Ottos geheimnisvoller Geliebter das Haus.«

»Ach was«, winke ich ab, um sie zu beruhigen. »Ruf ihn an, dann erfährst du, worum es sich handelt.«

Amelie lässt abermals ihr Pendel aus der Hand gleiten. »Ich kann ausloten, ob er gute oder schlechte Neuigkeiten für dich hat.«

Irma tippt sich an die Stirn. »Frau Specht hat eindeutig 'ne Meise.«

Amelie zuckt die Schultern und pendelt stattdessen über dem Spülbecken. Keine Ahnung, was sie da finden möchte. Vielleicht eine Proseccoquelle?

»Würdest du für mich anrufen?« Irma hält mir den schnurlosen Apparat hin. »Ich trau mich nicht.«

Ich nicke lächelnd. Irma lässt die Ansage erneut laufen, um die Nummern aufzuschreiben.

»Good news«, verkündet Amelie triumphierend.

Irma quittiert Minervas Weissagung mit einer abwertenden Handbewegung.

Amelie stützt die Fäuste in die rundlich gewordene Taille und mustert sie. »Was bekomme ich, wenn ich recht habe?«

»Das schönste Zimmer im Haus – wenn ich es tatsächlich erbe«, antwortet Irma.

»Und ich will mit dem Porsche fahren!«, fordert Amelie.

Wir mustern sie ungläubig.

»Keine Sorge, ich bin immer noch gegen Spritfresser, schnelles Fahren und das alles«, erklärt sie. »Aber bevor ich ins Nirwana verschwinde, möchte ich nur ein einziges Mal nachts mit einhundertfünfzig Sachen über die Leopoldstraße rasen. Du weißt doch, je oller, je doller … … «

»Schluss jetzt, ihr zwei«, unterbreche ich sie. »Es hat doch überhaupt keinen Sinn zu spekulieren. Ich rufe den Rossbach jetzt an, und dann werden wir ja erfahren, was Irma erbt oder auch nicht.«

Ich erreiche den Anwalt tatsächlich. Das Gespräch dauert keine drei Minuten, wobei er spricht und ich nur einsilbig antworte.

Nachdem ich die Auflegetaste gedrückt habe, muss ich erst einmal durchatmen, wobei mich Irma keine Sekunde aus den Augen lässt.

»Und?«, drängelt sie mit hektischen roten Flecken im Gesicht. »Was hat er gesagt?«

»Es ging um Ottos Beerdigung. Ob du dich darum kümmerst?«

»Würde ich ja gern«, sagt Irma bedrückt. »Aber solange ich die verdammten Unterlagen nicht habe, kann … «

»Er hat sie.«

»Wirklich?« Irma reißt ungläubig die Augen auf.

»Ja, wirklich!« Ich nicke. »Auch den Zeremonienplan, den Otto in diesem Brief erwähnt … «

Sie atmet erleichtert auf. »Und was noch?«

»Jetzt kommen die good news.«, antworte ich.

»Ha!«, kräht Amelie dazwischen. »Ich hab's gewusst.«

Ich gebe ihr mit einem stummen Augenbrauenheben zu verstehen, dass sie sich zurückhalten soll.

»Otto hatte einen Bestattungsfonds«, verkünde ich. »Du

möchtest dich mit Rossbach in Verbindung setzen, um alle Details zu besprechen.«

»Bestattungsfonds?«, wiederholt Irma verwundert. »Was bedeutet das?«

»Dir entstehen keine Kosten«, kläre ich sie auf. »Otto hat vorgesorgt.«

»Das klingt ja ganz nett«, mischt Amelie sich ein. »Und wer erbt Haus und Hof und den geilen Flitzer?«

Ich zucke die Schultern. »Keine Ahnung.«

Meine Vermutung, dass Otto Goldbach doch Familie hatte, die ihn nun beerbt, behalte ich lieber für mich.

24

Knapp eine Woche später findet Ottos letzte Abschiedsgala im Arri-Kino statt. Kein Ort wäre geeigneter als das Traditionskino in der Türkenstraße, um sich von einem beliebten und prominenten Schauspieler wie Otto Goldbach zu verabschieden und ihn ein letztes Mal zu feiern.

Die »Show« beginnt um acht Uhr. Morgens.

Wer mich wirklich geliebt hat, wird auch bereit sein, früh aufzustehen, stand in der Verfügung, die Dr. Rossbach uns vorgelesen hat.

Eine halbe Stunde vor Beginn füllt sich Ottos Lieblingsfilmtheater langsam. Gutgelaunte Trauergäste in farbenfroher Kleidung schreiten vor den Kameras der Presse über den roten Teppich.

Ich möchte bei meiner >letzten Vorstellung< keine schwarzen Klamotten, keine Sonnenbrillen und erst recht keine Trauermienen sehen, hat Otto verfügt. *Und wer auf der Feier weint, mit dem rede ich nie wieder ein Wort!*

Amelie war ziemlich enttäuscht, hatte sie doch gehofft, dieses »scharfe schwarze Kleid« tragen zu können, zu dem ihr nur ein toller Hut mit Schleier gefehlt hätte. Ein winziges Hütchen in Blumenform mit Schleierverzierung wurde dennoch angeschafft, passend zu einem farbenfrohen Hippiekleid aus ihrer Vor-Minerva-Phase.

Gustl hat sich einen feinen hellen Leinenzwirn geleistet und sieht aus wie ein wohlgenährter englischer Landlord beim Pferderennen in Ascot.

Ich habe zu diesem besonderen Anlass endlich ein enges rotes Kleid mit einem klassischen U-Boot-Ausschnitt erstanden, in dem mich keiner mehr übersehen wird.

Irma trägt einen knallgrünen Hosenanzug im China-Look, den sie aus Cannes mitgebracht hat. In Kombination zu den kupferroten Haaren ist sie ein echter Hingucker – solange man ihr nicht ins Gesicht sieht.

Die anstrengenden Vorbereitungen haben sie ausgelaugt, zahlreiche Termine mit Urnen-Eddie und der Catering-Firma und die persönliche Einladung aller Freunde und Bekannter Ottos haben nicht nur Energie gekostet, sondern auch Botox.

»Geh bloß nicht weg, Mathilde«, flüstert mir Irma zu. »Trotz der beiden Happy-Pillen, die ich eingeworfen habe, stehe ich das Kondolenzgesülze nicht allein durch.«

Wir haben uns an einem hohen Tisch positioniert, um die illustre Gästeschar zu begrüßen. Irma hat extra Eintrittskarten für »Otto Goldbachs Last Picture Show« drucken lassen, die jeder Gast zur Erinnerung erhält. Hübsche junge Mädchen in knappen roten Uniformen wuseln zwischen den Gästen umher wie bei einer richtigen Filmpremiere. Schmunzelnd, mit einem Gläschen Schampus in der Hand, betrachten die Promis Fotos von Otto, die auf Staffeleien im Entrée aufgestellt wurden – wenngleich die gute Laune teilweise etwas aufgesetzt wirkt. Selbst Schauspielern fällt es wohl nicht leicht, ihre Trauer um Otto zu überspielen.

Als eine der Kellnerinnen mit einem Tablett vorbeibalanciert, schnappe ich uns zwei Gläser Schampus und proste Irma zu. »Auf Otto!«

»Gute Reise, Otto!«, erwidert sie mit einem kurzen Blick nach oben. »Von deinem Leichenschmaus wird die Stadt noch tagelang sprechen. Ganz, wie du es wolltest.«

Unsere Gläser klirren, und wir nehmen einen Schluck. Kaum

hat Irma das Glas abgestellt, ergreift der nächste Promi ihre Hand. Geduldig erträgt sie die Beileidsbekundungen.

»Er hinterlässt eine große Lücke.«

»Er wird uns fehlen.«

»Otto war mein liebster Kollege.«

Nach einer gefühlten Ewigkeit scheint es, als seien alle Gäste eingetroffen.

»Milius fehlt«, unterrichtet mich Irma. »Hast du ihn irgendwo gesehen?«

»Bisher noch nicht.«

Ich dagegen vermisse jemand anderen – Fred. Und kaum denke ich an ihn, tritt er durch die Tür. In Begleitung von Sophie.

Ungewohnt sieht er aus in dem hellgrauen Anzug, unter dem er ein blassrosa Hemd trägt. Sophie hat das bunte Kleid an, das ich von unserer Housewarming-Party kenne. Das aschblonde Haar fällt ihr in weichen Wellen auf die Schultern, sie ist leicht geschminkt und wirkt heute weniger unglücklich als noch letzte Woche.

Das wird an Freds Nähe liegen, sage ich mir und versuche, die aufkommende Hitzewelle wegzuatmen.

Vergeblich. Als Fred vor mir steht, laufe ich puterrot an und spüre, wie sich kleine Schweißperlen auf meiner Stirn bilden.

»Hallo Mathilde«, begrüßt er mich, drückt meine Hand und betrachtet mich ungeniert. »Toll siehst du aus. Rot steht dir wirklich gut. Solltest du öfter tragen.«

»Danke«, entgegne ich verunsichert und wende mich an Sophie. »Hat alles geklappt?«

»Ja, vielen Dank, Mathilde, du warst mir eine große Hilfe«, antwortet sie. »Dana und Moritz bringen Nora in die Krippe und Luis in den Kindergarten.«

Hastig winke ich einem der Servicemädchen und drücke Fred und Sophie jeweils ein Glas in die Hand. »Bis später.«

Fred nickt und schiebt Sophie fürsorglich durch die Menge. Ein hübsches Paar, seufze ich wehmütig und ärgere mich, die beiden eingeladen zu haben. Welcher hinterhältige Teufel hat mich nur geritten?, überlege ich. Sobald ich Fred in meiner Nähe weiß, kreisen meine Gedanken um ihn wie die Erde um die Sonne. Auch wenn ich mir tausendmal sage, dass er nur Sophie liebt und sein Verhalten Bände spricht. Warum sonst hätte er persönlich mit unserem Vermieter verhandelt und auch noch für sie gebürgt, damit sie wieder in ihre Wohnung kann?

Ein sanfter Schubser holt mich in die Realität zurück. Irma zeigt unauffällig Richtung Eingang und wispert mir zu: »Kommissar mit Gattin!«

Milius betritt den roten Teppich in einem eisblauen Smoking, der irgendwie nach Las Vegas aussieht. An seinem Arm schreitet Lola herein. Die schöne junge Gattin trägt ein knöchellanges Kleid in einem modischen Nudefarbton, und tatsächlich enthüllt die knallenge Robe mehr, als sie verbirgt. Vor allem der bauchnabeltiefe Ausschnitt lässt der Fantasie keinen Raum. Dazu mörderisch hohe Stilettos. Ich würde Höhenangst auf den Dingern bekommen. Vorausgesetzt, ein starker Männerarm würde mich stützen und ich könnte überhaupt darauf stolzieren. Doch starke Männerarme sind für alte Mädchen seltener als Millionengewinne an der Börse.

»Wie immer, als Letzter«, zischelt Irma. »Milius liebt es, wenn alle auf ihn warten. Bei Filmpremieren kommt er erst, nachdem alle Platz genommen haben.«

Kurz bevor Milius uns erreicht hat, lässt er seine junge Gattin los und schreitet mit ausladender Geste auf uns zu.

»Irma!«

»Karl!«

Er zieht Irma an sich und gibt ihr rechts und links ein Küsschen auf die Wange. An mich scheint er sich nicht zu erinnern, aber er nickt mir huldvoll zu.

»Goldbach war der Größte!«, sagt er. »Mein Nachruf wird dich umhauen.« Er klopft sich auf die Brust, wo vermutlich seine Notizen stecken.

»Ich bin gespannt.« Irma ringt sich ein Lächeln ab.

»Bis gleich«, empfiehlt sich Milius und hetzt in großen Schritten seiner halbnackten Lola nach, die gerade einem muskulösen blonden Mann mit Stoppelbart um den Hals fällt. Ich glaube, ihn von der Mattscheibe zu kennen. Dann fällt mir sein Name ein. Henning Baum, ein attraktiver Heldendarsteller, wie Milius es vor Jahren auch einmal war.

»Wir sollten reingehen«, sage ich zu Irma, als niemand mehr auftaucht.

Sie schüttelt den Kopf. »Einer fehlt noch.«

»Wer denn?«

»Der Star!«, flüstert sie, als verrate sie ein Geheimnis. »Die Show kann unmöglich ohne den Hauptdarsteller beginnen.«

»Ich verstehe nicht.«

»Otto!« Sie lächelt versonnen und blickt mit wässrigen Augen zur gläsernen Eingangstür. »Da kommt er.«

Ein hochgewachsener dunkelhaariger Mann undefinierbaren Alters schreitet in gemäßigtem Tempo auf uns zu. In seinen Händen trägt er ein kirschrotes Gefäß, das über und über mit kleinen glitzernden Steinen besetzt ist.

Eindeutig Otto! Nur äußerlich etwas verändert.

Der Träger muss demnach der Urnen-Eddie sein. Hätte er nicht das Gefäß in den Händen und dazu diese feierliche Miene aufgesetzt, würde man ihn in der albernen beigen Freizeithose und dem T-Shirt mit Totenkopfaufdruck niemals als Bestatter erkennen. Obwohl er in dieser seltsamen Aufmachung seinem Spitzname Urnen-Eddie gerecht wird.

»Guten Tag, Frau Schöller«, begrüßt er Irma mit feierlicher Miene. »Wo darf ich den Verblichenen … ähm … Ich meine, wie gestaltet sich der Ablauf der …?«

»Hallo Herr Huber«, entgegnet Irma. »Karl Milius wird Otto in den Saal tragen. Mathilde«, wendet sie sich an mich. »Wärst du so nett …«

»Schon unterwegs«, antworte ich, eile davon und bin wenig später mit dem Herrn Kommissar wieder zurück.

Milius übernimmt die Urne von Huber, hält sie sich fast vor die Nase und murmelt etwas, das sich wie »Na, Otto, oide Wurschthaut, auf geht's zur Abschiedsvorstellung!« anhört. Dann sucht er Irmas Blick. »Es kann losgehen. Gibt's du Bescheid wegen der Musik?«

»Mach ich.« Sie hakt sich bei mir unter und zieht mich an die kleine Espressobar, wo sie mit einer der Servicekräfte spricht.

Gemessenen Schrittes betritt Milius den Kinosaal, wo Irma und ich uns auf die reservierten Plätzen in der letzten Reihe setzen. Direkt neben Fred und Sophie. Während Milius Richtung Bühne schreitet, ertönt Musik und Zarah Leander beginnt zu singen:

> Davon geht die Welt nicht unter,
> Sieht man sie manchmal auch grau.
> Einmal wird sie wieder bunter,
> Einmal wird sie wieder himmelblau …

Einzelne Lacher ertönen in den Stuhlreihen, werden zu vorsichtigem Gekicher, das erstirbt, als Milius über einige Stufen die Bühne erklimmt. Mit großer Geste stellt er Ottos Urne auf den mit dunklem Samt umhüllten Tisch.

Gespanntes Schweigen breitet sich aus, als warte man auf den Beginn des Films.

Schnurrend öffnet sich der schwere Vorhang, und auf der Leinwand erscheint Ottos Porträt. Es zeigt ihn mit fröhlichem Lachen, windzerzaustem Haar und glitzernden Augen. Irma hat es wenige Tage vor seinem Tod in Cannes auf der Promenade geschossen. Als er noch voller Zuversicht auf die Rolle seines Lebens hoffte, die ihn das Leben kosten sollte.

Die letzten Takte der Musik klingen leise aus. Das Publikum zollt Beifall.

Als das Klatschen langsam verebbt und schließlich verstummt, räuspert sich Milius. »*Was kann ein Mensch Bessres tun, als lustig sein?*«, deklamiert er mit geschulter Stimme. »Dieses Zitat aus ›Hamlet‹, war Ottos Lebensmotto ...«

Bisher war die Szenerie noch irgendwie surreal, ein absurdes Theaterstück. Doch nun lässt sich nicht mehr verleugnen, dass wir hier auf Ottos Trauerfeier sind. Ich spüre einen dicken Kloß im Hals, und meine Augen füllen sich mit Tränen. Nein, jetzt bloß nicht losheulen. Aber die Tränen bahnen sich unaufhaltsam ihren Weg.

»Entschuldige, Irma, ich muss zur Toilette. Der Schampus«, flüstere ich ihr zu und bin weg, ehe sie mich zurückhalten kann.

Ich stürze die Treppen runter zu den Toiletten. Schluchzend lehne ich mich gegen eines der Waschbecken. Ich weine um Otto, der nicht wollte, dass wir traurig sind. Um Irma, die ihren Job für ihn aufgegeben hat, und nun vielleicht keinen neuen mehr findet. Und über diese Scheißwechseljahre, die mich heute zum x-ten Mal in Schweiß ausbrechen lassen und obendrein noch zum Heulen bringen ...

»Mathilde?«

Ein leises Klopfen an der Tür lässt mich zusammenzucken.

Das klingt nach Fred. Unmöglich, sage ich mir. Er sitzt doch neben Sophie im Kino und hält ihre Hand. Ich halluziniere.

»Mathilde, ich bin's, Fred. Alles in Ordnung?«, dringt seine warme Stimme zu mir.

Die Tür öffnet sich einen Spalt. Für einen kurzen Moment treffen sich unser Blicke im Spiegel, und ich meine zu sehen, wie er mich beinahe zärtlich ansieht. Quatsch! Die alte Scheune brennt wieder.

Hektisch drehe ich den Wasserhahn auf, beuge mich über das Becken, um das *Feuer* zu löschen.

»Geht es dir nicht gut?«, fragt er.

»Ach, es ist alles so traurig … «, bricht es ungewollt aus mir heraus. »Einfach alles … Otto wird uns nie wieder … Und ich bin … « Ein neuer Weinkrampf unterbricht mein Gestammel. Ich presse mir die Hand auf den Mund, bevor ich ihm in meiner Verzweiflung noch meine Gefühle gestehe.

»Alles wird gut.«

Fred macht einen Schritt auf mich zu, als wolle er mich in seine Arme nehmen. Als wüsste er genau, wie mir zumute ist. Als wolle er mich bemitleiden.

Nur das nicht. Ich fühle mich, als würde jeden Moment mein Herzschlag aussetzen. Abrupt drehe ich mich zum Handtuchspender, ziehe ein Papiertuch heraus und drücke es aufs Gesicht.

»Hmm«, brumme ich in das Tuch, um in dieser absurden Situation nicht hysterisch zu werden. Endlich bin ich mit dem Mann meiner Sehnsüchte allein. Und wo? Auf dem Damenklo!

»Lust auf einen Drink?«, fragt Fred unvermittelt.

Er klingt so gelassen und freundlich, als wäre es völlig normal, mich in einem Tränenmeer auf dem Klo zu treffen.

Im Spiegel sehe ich, wie er mir die Hand hinstreckt.

»Nein, danke!«, entgegne ich, seinem Blick ausweichend. »Mach dir keine Sorgen um mich, geh ruhig zurück zu Sophie.«

Achselzuckend dreht er sich um und verschwindet so plötzlich, wie er gekommen ist.

Als die Tür hinter ihm zufällt, atme ich tief durch. Wütend knülle ich das Papiertuch zusammen, pfeffere es in den Abfallkorb und betrachte mich im Spiegel.

Scheußlich!

Immerhin passt das verheulte Gesicht mit den roten Augen zum roten Kleid. Langsam beruhige ich mich etwas, wühle in der Handtasche nach dem Lippenstift und restauriere mich, so gut es mir möglich ist. Um sicherzugehen, dass Fred wieder im Kinosaal sitzt, nehme ich die Stufen im Schneckentempo.

Oben angelangt, schrecke ich zusammen. Nicht zu fassen.

An der kleinen Espressobar lehnt Fred lässig am Tresen, vor ihm ein Eiskübel mit einer Flasche und zwei Gläsern.

Als er mich sieht, winkt er mir freundlich lächelnd zu, als habe ich seine Einladung angenommen. Was soll das werden? Mir wird mulmig. Will er eine frustrierte alte Frau trösten, als Akt der Nächstenliebe?

»Magst du keine Ansprachen?«, frage ich ihn. »Oder hast du so großen Durst?«

»Keines von beiden«, entgegnet er. »Ich möchte ...« Er zögert. »Nun ja ... mit dir reden!«

Darauf war ich nicht gefasst. Aber dann begreife ich. »Über Sophie?« Unnötige Frage eigentlich, er wird mich bitten, mit der Rückforderung des Geldes zu warten.

Irritiert sieht er mir direkt in die Augen. Einen Wimpernschlag später schüttelt er schmunzelnd den Kopf, füllt die Gläser und reicht mir eines. »Auf Otto!« Er hebt sein Glas dem meinen entgegen. »Portwein war leider nicht zu haben.«

»Hm, Portwein«, murmle ich.

»Dein Lieblingsgetränk, oder?«

Sofort wird mir wieder heiß, und mein Gesicht beginnt zu glühen. Hastig stürze ich den Schampus in mich hinein, stelle das Glas auf dem Tresen ab und sage: »Ich höre.«

»Als Diplomatin wärst du eine Katastrophe.« Ein leichtes Lächeln umspielt seinen Mund. Was bitte findet er so lustig? »Aber wer dich als Freundin hat, muss nichts fürchten.«

»Wie bitte?« Ich verstehe kein einziges Wort.

»Mit dir als Freundin muss man keine Katastrophen fürchten«, präzisiert er und greift nach meiner Hand. »Ich weiß nicht, wann ich mal wieder allein mit dir sprechen kann, Mathilde. Deshalb sage ich dir jetzt, was mich seit Wochen beschäftigt. Bevor wir uns begegnet sind, war das Alleinsein in Ordnung. Doch seit wir uns das erste Mal in die Augen gesehen haben, weiß ich, was ich vermisse. In deiner Gegenwart fühle ich mich so lebendig und ausgelassen wie ein Zwanzigjähriger.«

Ich starre ihn an, als habe er mir einen unsittlichen Antrag gemacht. Und genauso fühlt sich sein seltsames Geständnis für mich an. Vor allem habe ich keine Ahnung, was er damit bezweckt. Er kann es unmöglich ernst meinen.

»Lass die Scherze, Fred.« Ich entziehe ihm meine Hand. »Du musst mir nicht schmeicheln, nur weil ich Sophie in einer Notlage geholfen habe. Ich habe es gern getan, nicht zuletzt wegen der Kinder. Und um es mit Amelies Worten auszudrücken: Das Geld kommt zu einer anderen Tür wieder herein.«

»Geld scheint dir über alles zu gehen.«

»Nein«, antworte ich verschnupft. »Geld ist *nicht* alles. Aber ohne Geld ist *alles* nichts.«

»Schön philosophiert.« Er nickt, greift hinter den Tresen nach der Flasche Champagner im Eiskübel und füllt abermals die Gläser auf. »Aber ich rede nicht von Geld, Mathilde. Ich spreche von Gefühlen. Von dir und mir. Von uns!«

Langsam wird mir die Situation unheimlich. Mein Herz beginnt zu flattern. Und in meinem Kopf wirbelt das Gedankenkarussell. Hat Fred tatsächlich romantische Gefühle für mich? Unmöglich. Er ist doch so viel jünger als ich, und ich bin viel zu alt für ihn, außerdem ist er mit Sophie liiert und überhaupt. Unmöglich!

»Du glaubst mir nicht?«

Schulterzuckend greife ich nach dem Sektglas, trinke einen großen Schluck und sehe ihn zweifelnd an.

Fred erwidert meinen Blick, und es fühlt sich an, als könne jeden Moment etwas geschehen. Etwas, dass mein Leben verändert. Für immer.

»Du hast ja keine Ahnung, was ich mir alles habe einfallen lassen, um in deiner Nähe zu sein«, gesteht er. »Ich habe meinen Sohn bei euch einquartiert, damit ... «

»Moment!«, unterbreche ich ihn. »Wieso hast *du* Moritz bei uns einquartiert?«

»Um jederzeit bei dir auftauchen zu können.« Er nimmt einen Schluck, bevor er weiterredet. »Ich habe ihn sogar finanziell unterstützt, damit er sich das Zimmer leisten kann.«

»*Du* bezahlst die Miete?!« Meine Stimme kippt.

»Zum Teil«, antwortet er. »Moritz kann den Betrag nicht allein aufbringen. Aber ich wollte dich unbedingt näher kennenlernen, und wenn ich mir etwas in den Kopf setze, gebe ich so schnell nicht auf. Man kann das auch ganz pragmatisch sehen: Normalerweise lädt man seine Angebetete zum Essen ein, macht ihr Geschenke, unternimmt Wochenendausflüge mit ihr und ... Na ja, da läppert sich auch einiges zusammen.«

Ich mustere ihn. »Wäre eine schlichte Einladung zum Essen nicht günstiger gewesen?«

Schmunzelnd schüttelt er den Kopf. »Nicht in ein Drei-Sterne-Restaurant. Davon abgesehen, bist du verschlossen wie die Bank von England. Aber vermutlich hast du einfach kein Interesse an einem unreifen Kerl wie mir.«

»Na ja … also … «, stammle ich.

»Ich habe sogar Amelie zum Shoppen begleitet«, redet er weiter.

»Willst du etwa andeuten, dass du mich eifersüchtig machen wolltest?«, entgegne ich schnippisch.

Er fährt sich durchs Haar, als hätte ich ihn bei etwas Unmoralischem ertappt. »Ich war verzweifelt. So verzweifelt, dass Sophie … «

»Gut, dass du Sophie erwähnst«, unterbreche ich ihn. »Ich würde mich niemals in eine Beziehung drängen. Und wie immer deine *Gefühle* für mich aussehen, für eine Affäre bin ich nicht zu haben.«

Zwischen Freds Brauen entsteht eine steile Falte. Dann entspannen sich seine Gesichtszüge, als habe er die Lösung für ein Problem gefunden. »Wie steht's mit einem klitzekleinen Affärchen?«, fragt er und lacht dabei aus vollem Herzen.

»Kein Bedarf!«

»Ein One-Night-Stand?«

»Also!« Empört schnappe ich nach Luft. »Dass du mit jeder Frau flirtest und nichts anbrennen lässt, habe ich längst bemerkt. Vielleicht funktioniert so was in Filmen … «

»Ich hab mal gelesen, das Kino sei der Platz zum Träumen«, unterbricht er mich. »Erzähl mir von deinen Träumen, Mathilde.« Er blickt mir tief in die Augen.

Reiß dich zusammen, mahnt eine Stimme in meinem Hinterkopf, es ist nur eine Illusion. Es ist Ottos Abschiedsfeier und definitiv nicht *dein* Liebesfilm. Fred wird dich kreuzunglücklich machen, wenn du dich auch nur eine einzige Nacht auf ihn einlässt. Ich beschließe, auf die Stimme zu hören, senke den Blick und will meine Handtasche vom Tresen nehmen, um mich davonzustehlen.

Aber Fred packt mich an beiden Armen, zieht mich an sich und küsst mich, ehe ich mich wehren kann.

Nicht, dass ich mich wehren wollte. Ich bin alt, aber nicht blöd. Es könnte schließlich der letzte Kuss meines Lebens sein. Der so wunderschön ist, dass ich noch auf dem Sterbebett davon träumen werde.

Doch dann siegt die Vernunft. Energisch befreie ich mich aus seiner Umarmung und gehe einen Schritt zurück auf Abstand.

»Warum?«, frage ich.

»Warum ich mich in dich verliebt habe?« Fred sieht mich eindringlich an. »Warum sind wir uns begegnet? Warum kann ich nicht aufhören, an dich zu denken? Warum bist du die Frau, mit der ich glücklich werden möchte? Im Moment weiß ich es nicht, aber ich werde es herausfinden, wenn du mir, UNS eine Chance gibst.«

Allein der Gedanke an ein UNS raubt mir den Verstand. Ich kann einfach nicht glauben, dass Fred es tatsächlich ernst meint.

»Angenommen ... ich ließe mich darauf ein«, entgegne ich mit klopfendem Herzen und zögere weiterzusprechen. »Würdest du Sophie verlassen?«

»Sophie verlassen?«, wiederholt er ungläubig. »Du glaubst immer noch, ich hätte ein Verhältnis mit ihr?«

Etwas in seiner Stimme verunsichert mich. »Das liegt ja wohl nahe, oder? Ich meine, ihr seid ständig zusammen, sie braucht dich nur anzurufen und du springst.«

Fred nimmt einen Schluck Champagner. »Wir sind Kollegen, unterrichten dasselbe Fach und verstehen uns eben gut.

Außerdem bin ich das, was Sophie einen Frauen-Mann nennt. Hätte ich die Wahl zwischen Fußball mit Kumpels und Kaffee-klatsch mit Frauen, wähle ich sofort den Kaffee, auch wegen des Klatschs.«

»Außerdem kümmerst du dich immer so unglaublich liebe-voll um Luis, als wärst du ...«

»Ja?«

»Na ja ... sein Vater!«, antworte ich.

Fred fasst mich an den Schultern und hält mich fest, als wolle er mich wachrütteln. »Luis ist mein Patenkind!«

Noch nie im Leben war ich so verblüfft. »Aber ... aber«, stottere ich. »Warum hast du nichts davon gesagt?«

»Ich habe angenommen, du wüsstest es von Sophie«, ent-gegnet er und lacht herzhaft auf. »Entschuldige, Mathilde, ich lache nicht über dich. Es ist nur irgendwie total albern. Ein Missverständnis, wie es kein Drehbuchautor schöner erfinden könnte.«

Übermütig falle ich ihm um den Hals. Aus dem Kinosaal dringen Begeisterungsstürme. Ich weiß, sie gelten Milius' dra-matischem Lobgesang auf Otto. Doch für den glücklichsten Mo-ment meines Alters könnte es keine passendere Geräuschku-lisse geben.

Fred liebt mich!

Vielleicht gibt es ja doch ein Chance auf Weltfrieden.

25

Gegen Mittag ist die Show vorbei. Wie bei jeder Premiere gibt es anschließend Schampus und Fingerfood an Smalltalk. Sophie erklärt mir, dass sie in den letzten Wochen wegen Torsten so durcheinander war und einfach vergessen hat, mir von Freds Patenschaft zu erzählen. Gemeinsam beobachten wir die Trauergäste, wie sie im Foyer herumschlendern, teure Brause schlürfen, Häppchen knabbern und Erlebnisse austauschen. Einige junge Schauspielerinnen nutzen die Gelegenheit, um auf ihren Highheels durch die Menge und vor den Augen der anwesenden Produzenten und Regisseure auf und ab zu stolzieren.

Nachdem sich auch der schwule Gerry von Irma verabschiedet hat, schlage ich vor: »Du begleitest uns in die Nachtigalstraße und erholst dich von dem ganzen Trubel. Danach überlegen wir, wie es weitergeht.«

Irma starrt mit hängenden Schultern ins Leere, als sei ihr alles egal. »Nichts würde ich lieber tun, als mir eine Decke über den Kopf zu ziehen und erst mit siebzig wieder aufzuwachen.« Sie stöhnt auf. »Aber Dr. Rossberg erwartet mich. Vermutlich, um mir mitzuteilen, wann ich Ottos Haus räumen muss. Schlimmstenfalls verlangt er den Schlüssel sofort.«

Amelie schickt einen giftigen Blick in Richtung Ausgang, durch den der Anwalt vor wenigen Minuten entschwunden ist. »Er hat dich direkt nach der Trauerfeier einbestellt?«, schimpft sie. »Gefühlloser Paragraphenreiter. Ich werde ihm klarmachen, dass er sich gefälligst noch ein, zwei Tage gedulden muss.«

»Ja, das Leben ist ungerecht«, erwidert Gustl und hält Amelie zurück, als sie schnaubend losstürmen will.

O ja, stimme ich Gustl insgeheim zu, so ist das Leben. Ausgerechnet jetzt, in Irmas schwerster Stunde, wo sie alles verloren hat, könnte ich vor Glück laut lossingen. »Love is in the Air« oder so etwas in der Richtung. Ich habe meine rosarote Brille wiedergefunden, und all meine Sorgen haben sich mit diesem attraktiven Mann an meiner Seite in Luft aufgelöst. Solange er meine Hand hält, ist mir alles egal. Was kümmern mich Geldprobleme oder meine wankelmütigen Mitbewohner. Ich bin glücklich, sogar meine Hitzewallungen sind wie weggezaubert.

Amelies durchdringender Blick bremst meine romantischen Gedankengänge aus.

»Wenn du möchtest, rede ich mit ihm«, erbietet sich Fred.

Sein freundliches Angebot löst etwas in mir aus, was ich seit Ewigkeiten nicht mehr gefühlt habe. Ein süßes Kribbeln läuft durch meinen Körper.

»Danke, Fred«, antwortet Irma. »Aber damit würde ich das Problem nur vor mir herschieben. Ich erledige das lieber sofort und verkrieche mich danach in irgendeinem Loch.« Sie schaut uns der Reihe nach an, als hoffe sie auf unsere Zustimmung.

»Wir begleiten dich!«, bestimme ich und erkundige mich, ob noch Abrechnungen zu erledigen wären.

»Alles geregelt«, antwortet sie. »Der Bestatter kümmert sich um Ottos Asche, den Diamanten erhalte ich dann in ein paar Wochen.«

Amelie spielt verträumt mit ihren Ketten. »Ich werde mich auch pressen lassen.« Verzückt gibt sie Gustl einen Kuss auf die Wange. »Dann kannst du dir einen Schlüsselanhänger daraus machen lassen und hast mich immer bei dir.«

»Und wenn ich den Schlüssel verliere?«, fragt Gustl grinsend.

»Ach was«, antwortet sie. »Du wirst doch gut auf dein geliebtes Gummibärchen aufpassen, oder?«

Tja, für Amelie ist das Leben mit dem Tod eben noch lange nicht beendet, es nimmt nur eine andere Form an. Und wenn es schön glitzert, umso besser.

Vor dem Kino stehen noch die letzten Raucher, die Irma tröstend zulächeln. Dr. Rossberg erwartet Irma lässig an seinem Mercedes lehnend, als plante er mit ihr ein Picknick. Gemeinsam schreiten wir auf ihn zu wie eine Rentnergang.

Irma kramt in ihrer Handtasche und holt einen Schlüssel hervor, den sie Dr. Rossberg unter die Nase hält. »Hier! Ich müsste aber noch einige Sachen aus dem Haus holen.«

Der Anwalt nickt schmunzelnd. »Wie wäre es jetzt gleich? Ich chauffiere Sie.«

Irma blickt mich an.

»Es spricht doch nichts dagegen, dass wir Irma begleiten, oder?«, sage ich in einem Ton, der keinen Widerspruch duldet.

»Nein, natürlich nicht«, entgegnet er, beeilt sich, für Irma die Beifahrertür zu öffnen, und fragt uns: »Möchte noch jemand mitfahren?«

Fred, Sophie und ich nehmen im Fond Platz. Amelie und Gustl besteigen ihren Beulen-Panda, der wenige Meter entfernt geparkt ist.

Die kurze Fahrt verläuft schweigend. Irmas leise Seufzer kann man nicht als Gespräch werten, auch wenn ich sie verstehe.

Als Dr. Rossberg vor Ottos Haus anhält, erwartet uns eine Überraschung. Ich traue meinen Augen nicht. Doch bevor ich realisiere, was ich sehe, lässt ein dumpfer Knall uns zusammenzucken.

Durch die Heckscheibe sehe ich hinter uns Amelie in ihrem Panda, die unschuldig mit den Schultern zuckt, und höre förmlich, wie sie »Ups« kichert. Sie ist mit ihrem ollen Kleinwagen auf den schicken Mercedes des Anwalts geknallt.

Erstaunlicherweise verzieht Dr. Rossbach keine Miene, sondern fragt nur: »Alle unverletzt?« Auf unser Nicken steigt er aus, geht zur Beifahrertür und reicht Irma formvollendet die Hand. »Wenn Sie mir bitte folgen würden.«

Seltsam berührt laufen wir hinter Dr. Rossberg auf das Anwesen zu. Irgendjemand hat ein breites rotes Band um die Villa geschlungen, das an der Haustür in einer großen Schleife endet und sie wie ein Geschenk aussehen lässt. Kein Wunder, dass Amelie bei diesem Anblick vergessen hat, auf die Bremse zu treten.

»Hochgradig sensibel, der feine Herr Anwalt«, wispere ich Fred zu und werfe einen besorgten Blick auf Irma, die mit gesenktem Kopf durch das Gartentor tritt.

Dr. Rossberg ist zur Haustür vorausgeeilt. Als wir bei ihm ankommen, streckt er Irma den Hausschlüssel entgegen. »Für Sie, Frau Schöller!«

Irma tauscht irritierte Blicke mit uns. »Ähm ... wie soll ich das verstehen?«

Schmunzelnd angelt er einen blassrosa Umschlag aus seinem Jackett und überreicht ihn ihr mit den Worten: »Ottos Testament.«

Irma starrt den Brief an. »Und was steht da drin?«

»Ich würde vorschlagen«, antwortet Dr. Rossbach. »Sie schließen auf und lesen Ottos letzten Willen im Haus.«

»Wollen Sie ... damit andeuten ...«, stammelt Irma. »Dass Otto mir ...«

Er nickt ihr aufmunternd zu.

Zögernd greift Irma nach Brief und Schlüssel. Vorsichtig zieht sie dann die Geschenkschleife auf, die dekorativ zu Boden gleitet. Langsam, als könne sie jeden Moment aus einem wunderschönen Traum erwachen, steckt sie den Schlüssel ins Türschloss und schließt auf.

Wir folgen ihr durch das Entrée in den Salon, wo Irma auf eines der ausladenden Rattansofas sinkt.

»Nun mach schon auf«, drängelt Amelie und schubst Gustl auf die gegenüberliegen Goldbach de Couch.

Irma streckt mir den Umschlag entgegen. »Ich trau mich nicht. Mathilde, bitte, lies vor.«

Unschlüssig blicke ich Dr. Rossberg an, der sich auf einem der zahlreichen Korbsessel niedergelassen hat.

»Es spricht nichts dagegen«, sagt er.

»Na gut.« Ich setze mich neben Irma, öffne den Umschlag und entnehme ein blassrosa Blatt Papier. »*München, den 10. Januar 2012*«, beginne ich zu lesen.

»Das ist ja noch nicht lange her«, flüstert Sophie halblaut.

»Richtig«, bestätigt Dr. Rossberg. »Herr Goldbach kam seit Jahren jeweils Anfang Januar in meine Kanzlei, brachte mir einen Umschlag mit aktualisiertem Testament und nannte den Erben.«

»*Mein letzter Wille*«, lese ich weiter. »*Ich, Otto Goldbach, in Vollbesitz meiner geistigen und körperlichen Kräfte, bestimme Frau Irmgard Schöller zu meiner Alleinerbin. Ich vermache ihr meine Villa, mein gesamtes Barvermögen sowie das Aktiendepot und meinen geliebten Porsche. Bedingungen: Frau Schöller darf das Haus nicht verkaufen und sollte es nach Möglichkeit selbst bewohnen. Ein Zimmer muss als Otto-Goldbach-Erinnerungsraum mit Fotos und Devotionalien ausgestattet werden. Unterschrift, Otto Goldbach.*«

Irma greift nach meinem Arm. »Steht das da wirklich?«

Stumm reiche ich ihr das Schreiben, denn auch mir fehlen jetzt die Worte.

»Ha, ich hab's doch gewusst!«, ruft Amelie und schaut triumphierend in die Runde. »Na, bin ich eine gute Hellseherin oder nicht?«

Ich bin nicht so schnell zu überzeugen und wende mich an den Anwalt. »Ist das denn rechtskräftig, Dr. Rossberg? Ich meine, das ist ja nur ein Brief.«

»Hat alles seine Ordnung«, antwortet er nickend. »Otto hatte keine Verwandten, und Frau Schöller war schließlich seine Verlobte, wie man überall in der Presse lesen konnte.«

Mit wässrigen Augen blickt Irma auf den Diamantring an ihrer linken Hand und schluchzt. »Ich bin … gar nicht … obdachlos«, stammelt sie ergriffen.

»Nein, du bist reich. Stinkreich!«, kichert Amelie und schlägt vor, das zu begießen.

»Vielleicht ist Irma gar nicht nach Feiern zumute«, wendet Gustl ein und sieht die frischgebackene Erbin fragend an. »Sollen wir dich lieber allein lassen?«

Fred nickt ebenfalls. »Ja, du solltest das erst mal alles verdauen.«

Irma atmet tief ein und streckt den Rücken durch. »Nein!«, sagt sie mit fester Stimme. »Mir geht es gut, sehr gut sogar, und ich möchte euch einen Vorschlag machen.«

Gespannte Stille tritt ein. Ich suche Freds Blick. Mir ist alles recht, solange ich mit ihm zusammen sein kann.

»Da die Villa viel zu groß für mich allein ist«, erklärt Irma, »fände ich es schön, wenn ihr alle zu mir zieht.«

»Wer ist alle?«, frage ich unsicher nach.

Dr. Rossberg erhebt sich. »Ich denke mal, das Angebot gilt nicht mir«, bemerkt er schmunzelnd und verabschiedet sich. »Behalten Sie bitte Platz, ich finde allein raus.«

Als die Haustür ins Schloss fällt, erklärt Irma: »Ich meine alle Anwesenden und natürlich auch eure Kinder. Mit einigen Umbauten und zusätzlichen Badezimmern könnten wir aus der Villa ein praktisches Mehrgenerationenhaus machen. Was haltet ihr davon?«

Irmas unerwartetes Angebot lässt uns alle verstummen. Und auch ich benötige einige Sekunden, bis ich begreife – mein Traum von der Großfamilie wird Wirklichkeit.